루쉰문고

1　6　　꽃테문학

루쉰문고 16 꽃테문학

초판 1쇄 인쇄 _ 2011년 7월 1일
초판 1쇄 발행 _ 2011년 7월 10일

지은이 · 루쉰
옮긴이 · 유세종

펴낸이 · 유재건 | 주간 · 김현경
편집 · 박순기, 주승일, 태하, 임유진, 김혜미, 강혜진, 김재훈, 고태경, 김미선, 김효진
디자인 · 서주성, 이민영 | 마케팅 · 정승연, 황주희, 이민정, 박태하
영업관리 · 노수준, 이상원, 양수연

펴낸곳 · (주)그린비출판사 | 등록번호 · 제313-1990-32호
주소 · 서울시 마포구 동교동 201-18 달리빌딩 2층 | 전화 · 702-2717 | 팩스 · 703-0272

ISBN 978-89-7682-140-9 04820 978-89-7682-130-0 (세트)
이 도서의 국립중앙도서관 출판시도서목록(CIP)은 e-CIP 홈페이지(http://www.nl.go.kr/
ecip)와 국가자료공동목록시스템(http://www.nl.go.kr/kolisnet)에서 이용하실 수 있습니다.
(CIP제어번호 : CIP2011002701)

그린비출판사 나를 바꾸는 책, 세상을 바꾸는 책
홈페이지 · www.greenbee.co.kr | 전자우편 · editor@greenbee.co.kr

꽃테문학

花邊文學

유세종 옮김

그린비

| 차례 |

| 일러두기 |

1 이 책은 중국에서 출판된 『魯迅全集』 1981년판과 2005년판(이상 北京: 人民文学出版社) 등을 참조하여 우리말로 옮긴 책이다.

2 각 글 말미에 있는 주석은 기존의 국내외 연구성과를 두루 참조하여 옮긴이가 작성한 것이다.

3 단행본·전집·정기간행물·장편소설 등에는 겹낫표(『 』)를, 논문·기사·단편·영화·연극·공연·회화 등에는 낫표(「 」)를 사용했다.

4 외국의 인명이나 지명, 작품명은 〈국립국어원〉에서 펴낸 '외래어 표기법'에 근거해 표기했다. 단, 중국의 인명은 신해혁명(1911년) 때 생존 여부를 기준으로 현대인과 과거인으로 구분하여 현대인은 중국어음으로, 과거인은 한자음으로 표기했으며, 중국의 지명은 구분을 두지 않고 중국어음으로 표기하는 것을 원칙으로 했다.

꽃테문학

『꽃테문학』(花邊文學)은 루쉰이 1934년 1월부터 11월 사이에 쓴 잡문 61편을 수록하고 있다. 1936년 6월 상하이 롄화서국(聯華書局)에서 출판했다. 같은 해 8월 재판을 찍었다. 작가 생전에 모두 두 차례 출판되었다.

서언[1]

내가 늘 단평短評을 쓰게 된 것은 분명 『선바오』의 『자유담』[2]에 투고하면서부터다. 1933년에 쓴 것을 묶었더니 『거짓자유서』와 『풍월이야기』 두 권이 되었다. 편집자인 리례원[3] 선생은 후에 정말 많은 박해를 받았다. 이듬해에 결국 쥐어짜듯 하여 책이 나왔다. 그것으로 붓을 놓을 수도 있었다. 그런데 오기가 생겨 작법을 고치고 필명도 바꾸고 다른 사람에게 베끼게 해 다시 투고했다. 그랬더니 새로 온 사람[4]이 내 글인지를 잘 알아보질 못해 글이 실릴 수 있게 되었다. 한편, 범위를 확대해 『중화일보』 부간인 『동향』[5]과 소품문小品文을 게재하는 반월간지인 『태백』[6] 같은 곳에도 간간이 비슷한 글을 발표했다. 1934년에 쓴 그 글들을 모은 것이 이 『꽃테문학』花邊文學이다.

이 명칭은 나와 같은 진영에 있는 한 청년 전우[7]가 자신의 이름을 바꾼 후 나에게 암전[8]을 쏜 것인데, 그것을 그대로 제목으로 정했다. 그 전우의 발상은 제법 훌륭했다. 그 하나는, 이런 종류의 단평이 신문에 실릴 때는 항상 한 다발의 꽃테를 두르고 나타나 글의 중요성을 돋보이게 하려 하기 때문에 내 전우가 글을 읽는 데 무척 골치가 아프다는 것이다. 둘째는, '꽃테'[9]가 은전의 별칭이기도 하기 때문에 나의 이런 글들은 원고료를 위한 것이고 그래서 사실 별로 읽을 만한 것이 못 된다고 하는 것이다. 우리들 의견은 서로 다르다. 이를테면 나는 외국인이 우릴 닭·오리보다 더 좋게 대해 주길 바랄 필요가 없다고 생각하는 데 반해, 그는 우릴 닭·오리보다 더 좋게 대해 줘야 한다고 생각하는 것이다. 그러다 보니 나는 서양인을 변호하고 있는 사람이 돼 버렸고 '매판'이 되었다. 그의 글이 「거꾸로 매달기」 아래 '부록'으로 첨부되어 있으니 여기서 길게 논할 필요는 없겠다. 그 외엔 별로 기록할 만한 일이 없다. 다만 「농담은 단지 농담일 뿐」 때문에 원궁즈[10] 선생이 보낸 편지를 인용한 것이 있는데, 그 붓의 공격이 앞의 전우보다 훨씬 더 심했다. 그는 나를 '매국노'라고 했다. 이 책에 그의 글을 내 답신과 함께 모두 실어 두었다. 그 나머지 글들은 모두 뒤에 숨어서 못된 짓거리 한 것들로, 숨었다 나타났다, 나타났다 숨었다 하며 공격한 글들이다. 위에 거론한 두 분과 한참 거리가 있어 여기엔 싣지 않았다.

『꽃테문학』은 정말 가능하지 않은 일이었다. 1934년은 1935년과 달랐다. 올해는 『황제 한담』 사건[11] 때문에 관청의 간행물 검열부[12]가 갑자기 어찌할 바를 몰라 하더니 일곱 명의 검열관을 잘라 버렸다. 삭제된 곳은 신문에 공백('구멍창'開天窓이란 용어로 불렸다)으로 남겨둘 수도 있었지만, 그땐 정말 심했었다. 이렇게 말해도 안 된다, 저렇게 말해도 안 된다, 또 삭제된 곳은 공란으로 남겨 두어선 안 된다고 했다. 글은 계속 이어 가야 했으므로, 필자는 횡설수설 뭘 말하는지도 모를 글을 쓰게 되었고 그 책임은 전적으로 작가 자신이 지게 되었다. 밤낮으로 살인이 벌어지는 이런 형국에서, 구차하게 연명하며 다 죽어 가는 목숨으로나마 독자들과 만날 수 있었다. 그러하니, 이 글들은 노예의 글이 아니고 무엇이겠는가?

몇몇 친구들과 한담을 나눈 적이 있다. 한 친구가 말하길, 요즘 문장은 글의 뼈대[13]가 있을 수 없게 돼 버렸어, 예를 들어 신문사 부간에 투고를 하면 먼저 부간 편집자가 몇 가닥 뼈를 빼내고, 또 총편집인이 다시 몇 개의 뼈를 더 빼내고, 검열관이 또 몇 갤 더 빼내니, 남는 것이 뭐 있겠어? 했다. 내가 말했다. 나는 스스로 알아서 뼈 몇 개를 먼저 제거해 버려. 그렇게 하지 않으면 '다른 것'조차 남지 않게 되기 때문이지. 그러니 이렇게 해서 발표돼 나온 글은 네 차례의 제거를 당한 셈이지. 지금 문천상이나 방효유[14] 같은 사람을 죽어라 찬양할 사람이 또 어디 있을까. 다행스럽게 그들은 송·명대 사람이었지. 그들이 지금 살아 있었다면 그들 언행은 아마 누구도 알 수 없게 돼 버렸을 게야.

그러다 보니 관방이 허락하는 뼈대 있는 문장이 아닌 게 되었다. 독자들은 그저 뼈대 없는 글을 조금 볼 수 있을 뿐이다. 나는 청조 때 태어났고 본시 노예 출신이어서 태어나면서부터 줄곧 중화민국의 주인이었던 스물다섯 살 이하의 청년들과 다르다. 그러나 그들은 세상사를 겪지 않아 어쩌다 '그 내막을 망각했다'간 큰 타격을 입을 수도 있다. 내 투고의 목적은 발표에 있다. 당연히 글에 뼈대를 드러낼 수 없다. 그래서 '꽃테'로 장식한 글이 청년작가들의 작품보다 훨씬 많을 것이다. 그런데 이상한 것은, 발표된 내 글에서 삭제된 곳이 아주 적은 편이다. 일 년 동안 겨우 세 편뿐이다. 지금 이 책에 그것을 완전히 복원해 두었다. 삭제되었던 부분은 검은 점으로 표시해 두었다. 내 생각에 「천리자이 부인의 일을 논함」의 끝부분은 『선바오』 총편집자가 삭제한 것이고 다른 두 편은 검열관이 삭제한 것이다. 나와 다른 그들의 생각을 모두 보여 주었다.

올 한 해 동안, 내가 투고했던 『자유담』과 『동향』은 모두 정간되었다. 『태백』도 나오지 않게 되었다. 그래서 생각해 본 적이 있다. 내가 기고하는 곳은, 처음 한두 호는 그래도 괜찮다가, 내가 계속 투고하게 되면 결국엔 오래 버티지 못하고 만다는 것을. 그래서 올해부터는 이런 단문을 그렇게 많이 쓰지 않고 있다. 동지들에 대해서는 그들 뒤에서 날아오는 둔탁한 일격을 피하고자 함이요, 나에 대해서는 앞장서서 멍석 까는 멍청한 짓거리를 하고 싶지 않아서이며, 간행물에 대해서는 그것이 살 수 있는 한 오래 살기를 바라기 때문이다. 그래서 어떤 사람이 나에게 원고 청탁을 하면 나는 일부러 성의 없이 질질 끌거나 했다. 그게 무슨 '폼을 재느라' 그랬던 것은 아니다. 일말의 호의에서 ─ 그러나 가끔은 악의이기도 한 ─ 나온 '처세술'이었다. 이 점, 원고 청탁을 하셨던 분들의 넓은 양해를 바란다.

금년 하반기가 되어서야 '정당한 여론 보호'를 위한 신문기자들의 청원과 언론 자유의 보장을 요구하는 지식계급의 청원[15]이 나왔다. 새해가 다가오는데 그 귀추가 어떻게 될지 모르겠다. 그런데 그 글들이 모두 민중들의 목구멍과 혀를 대신한 일이라 할지라도 그 대가는 역시 만만치 않았다 하겠다. 북쪽 다섯 개 성의 자치권[16]을 내준 것이 그것이다. 그것은 일전에 '정당한 여론 보호'를 감히 청하지 못하고 언론 자유를 요구하지 못한 대가로, 즉 동삼성의 함락과 같은 대가를 치른 것과도 기막히게 같은 것이다. 그러나 이번에 대가를 치르고 바꿔 온 것은 광명이겠지. 그런데 만약 불행하게도, 나중에, 내가 『꽃테문학』을 썼던 것과 같은 시대로 다시 돌아가게 된다면, 그 대가가 무엇이 되어야 할지는 여러분들이 좀 맞추어 보시기를…….

1935년 12월 29일 밤, 루쉰 씀

주)_____

1) 원제는 「序言」, 이 글은 1936년 6월 출판된 『꽃테문학』의 서문으로 1935년 12월 29일 작성되었다.

2) 『선바오』(申報)는 중국에서 최초로 출판된 일보(日報)이다. 1872년 4월 30일(청 동치同治 11년 3월 23일) 영국 상인이 상하이에서 만들었다. 1909년 매판 시위푸(席裕福)가 사들였다가 1912년 스량차이(史量才)에게 넘겨 이듬해부터 운영했다. 9·18사변(만주사변) 이후 민중의 항일 요구를 반영한 기사를 실었다. 1934년 11월 스량차이가 국민당에 의해 암살되자 논조가 보수적으로 변화했다. 1949년 5월 26일 상하이가 해방되면서 정간되었다.

『자유담』(自由談)은 『선바오』 부간 중 하나이다. 1911년 8월 24일에 만들었으며 원래는 원앙호접파(鴛鴦蝴蝶派) 작품을 위주로 실었다. 1932년 12월부터 진보적인 작가가 쓴 잡문과 단평을 게재하기 시작했다.

3) 리례원(黎烈文, 1904~1972)은 후난(湖南) 샹탄(湘潭) 사람으로 번역가이다. 1932년 12월부터 『자유담』 편집을 맡았고, 1934년 5월 사직했다.

4) 리례원의 후임으로 새로 온 사람은 장즈성(張梓生, 1892~1967)이다. 저장성(浙江省) 사오싱(紹興) 사람으로 루쉰과 아는 사이였다.

5) 『중화일보』(中華日報)는 국민당의 왕징웨이(汪精衛)를 중심으로 한 개혁파가 운영한 신문으로 1932년 4월 11일 상하이에서 창간되었다.
   『동향』(動向)은 『중화일보』의 부간으로 1934년 4월 11일부터 간행되었다. 녜간누(聶紺弩)가 주편을 맡았고 항상 진보적인 작가들의 작품을 실었다. 같은 해 12월 18일 정간되었다.

6) 『태백』(太白)은 소품문을 게재한 반월간지다. 천왕다오(陳望道)가 편집했고 상하이 생활서점에서 발행했다. 1934년 9월 20일 창간했고 1935년 9월 5일 정간했다.

7) 청년 전우는 랴오모사(廖沫沙)를 가리킨다. 후난성(湖南省) 창사(長沙) 사람으로 좌익작가연맹 회원이었다. 린모(林黙) 등의 필명으로 글을 발표했다. 이 책의 「거꾸로 매달기」(倒提) 부록 참조.

8) 암전(暗箭)은 뒤에서 몰래 쏜 화살을 말한다.

9) 옛날 은화의 테두리에 꽃무늬가 새겨져 있어서 은화를 속칭 '꽃테'(花邊)라고도 했다.

10) 원궁즈(文公直)는 장시성(江西省) 핑샹(萍鄉) 사람으로 당시 국민당 정부 입법원 편역처의 계장이었다.

11) 1935년 5월 상하이 『신생』(新生) 주간 2권 15기에 이수이(易水)가 「황제 한담」(閑談皇帝)을 발표하여 고금과 국내외의 군주제도를 논하고 일본 천황제를 언급했다. 그당시 상하이 주재 일본총영사가 "천황을 모욕하고 국가외교를 방해했다"라는 명분으로 이에 항의를 했다. 국민당 정부는 이 항의에 굴복하였고 그 기회를 이용해 진보적인 여론을 탄압했다. 『신생』 주간을 조사하여 폐쇄시켰고 법원은 이 잡지의 주편인 두중위안(杜重遠)에게 1년 2개월의 징역을 선고했다. 이 사건을 『신생』 사건이라고 부른다.

12) '국민당 중앙선전위원회 도서잡지 심사위원회'를 말함. 1934년 5월 25일 상하이에서 설립되었다. 『신생』 사건 발생 이후 국민당은 '실책'을 이유로 들어 1935년 7월 8일 이 위원회의 검열관 딩더옌(頂德言) 등 7명을 파면했다.

13) 원문은 '골기'(骨氣). 글에서 드러나는 필력(筆力)의 웅건한 힘 혹은 그 필세(筆勢)를 말한다.

14) 문천상(文天祥, 1236~1283)은 지저우(吉州)의 루링(盧陵 ; 지금의 장시성江西省 지안吉安) 사람으로 남송의 대신이었다. 남쪽에서 원나라에 항거하는 전쟁을 하다 패

하여 포로로 잡혔고, 뜻을 굽히지 않아 피살당했다. 충신으로 추앙을 받고 있다.

방효유(方孝孺, 1357~1402)는 저장성 닝하이(寧海) 사람으로 명 혜제(惠帝) 건문(建文) 때 시강학사(侍講學士)에 임명되었다. 건문 4년(1402), 혜제의 숙부인 연왕(燕王) 주체(朱棣)가 병을 일으켜 난징을 공격하여 스스로 황제가 되었고 방효유에게 즉위 조서를 초안하도록 명했다. 방효유는 이에 끝까지 저항하다 살해되었다.

15) 1935년 말, 베이핑(北平), 톈진(天津), 난징(南京), 상하이 등지의 신문계가 국민당 중앙에 전보를 보내 '여론 개방', '무력이나 폭력을 배경으로 하지 않는 언론 보장' 등의 요구를 했다. 같은 해 12월, 국민당 제5기 1중전회는 이른바 '정부령으로 정당한 여론 보장을 전국적으로 철저 시행할 것을 청함'이란 결의를 통과시켰다. 지식계급의 언론자유 요구는 1935년 말, 베이핑·상하이 등지의 교육문화계 인사들이 항일 구국운동을 전개하여 집회를 열고 선언을 발표했을 때, '집회, 결사, 언론, 출판의 절대 자유 보장'을 요구한 것을 말한다.

16) 1935년 11월, 일본제국주의가 중국 화베이(華北) 지역의 병탄 목적을 달성하기 위해, 첩자들을 움직여 이른바 '화베이 다섯 성 자치운동'(華北五省自治運動)을 실시했고, '지둥 방공자치정부'(冀東防共自治政府)를 결성했다. 북쪽 다섯 성은 당시 허베이성(河北省), 산둥성(山東省), 산시성(山西省), 차하얼성(察哈爾省), 쑤이위안성(綏遠省)을 말한다.

미래의 영광[1]

장청루張承祿

요즈음 거의 매년 외국 문학가들이 중국을 방문하고 있다. 그들은 중국에 오기만 하면 항상 작은 소란을 일으키곤 한다. 전에는 버나드 쇼[2]가 있었고 이후에는 데코브라[3]가 있었다. 오로지 바이앙 쿠튀리에[4]에 대해서만 아무도 언급하려 하지 않았다. 아마도 거론할 수가 없어서일 것이다.

데코브라는 정치에 대해 말하지 않았다. 처음에는 시비의 장 밖에서 놀 수 있을 것이라고 생각했기 때문이다. 그런데 뜻하지 않게 그는 음식과 여색을 몹시 중요시했고 또 '외국 문단의 건달'[5]이라는 나쁜 시호를 서둘러 얻는 바람에 우리 논객들이 이 논쟁에서 부지런히 의견을 내놓게 만들었다. 그는 아마 소설을 쓰려고 온 것 같다.

중국인 코가 펑퍼짐하고 작게 생겨 유럽 사람처럼 그렇게 높지 않게 생겨먹은 것이야 어쩔 도리가 없다. 그러나 만약 내 몸에 몇 푼의 돈이라도 있다면 그들과 마찬가지로 영화를 즐길 수는 있다. 탐정영화는 연기가 지겹고, 애정영화는 너무 능청스럽고, 전쟁영화는 보는 데 질렸고, 코믹영화는 심심하다. 그래서 아마 「태산의 유인원」도 있게 되고 「정글 속의 기인」도 있게 되고 「아프리카 탐험」 등도 있게 되어 야수와 야만이 등장하게 된 것이리라. 그런데 또 야만의 땅에서는 반드시 야만스러운 여자의 야만스러운 곡선을 끼워 넣어야만 하는 것이다. 우리 역시 즐겨 보기 때문에 그것으로 어떻게 조롱을 당한다 할지라도 여전히 얼마간은 미련을 버리지 못할 것이다. 시정잡배들에게 '성'性이란 아주 중요한 것이다.

서유럽에서 문학이 봉착한 난관은 영화와 다르지 않다. 소위 문학가라고 하는 사람들은 좀 그로테스크(grotesque)한 것과 색정적(erotic)인 것들을 찾아 그들 주고객들에게 만족을 주어야 한다. 그래서 그들은 모험 같은 여행을 하게 된다. 그 여행의 목적은 결코 그 땅의 주인들이 그들에게 절을 하고 술을 청하는 것을 즐기는 데 있지 않다. 그래서 어쩌다가 멍청한 질문들을 만나면 농담으로 대응한다. 사실 그들은 그 질문의 내용에 대해 잘 모른다. 알 필요가 없기도 하다. 데코브라 역시 그런 사람들 가운데 한 부류인 것이다.

그런데 중국인들은, 이런 문학가들의 작품 속에 이른바 '토인'土人들과 함께 등장하게 될 것이다. 신문에 보도된 데코브라 선생의 여정, 즉 중국, 남양,[6] 남미를 보기만 해도 알 수 있다. 그들에게 영국이나 독일 같은 나라는 너무 평범해 재미가 없는 것이다. 우리들은 묘사되고 있다는 것을 깨달아야 하고, 묘사되고 있는 영광이 더욱 많아지게 될 거라는 것을 깨달아야 하며, 장차 이런 일을 재미있어하는 사람이 있을 거란 것을 깨달아야 한다.

1월 8일

주)_____

1) 원제는 「未來的榮光」, 1934년 1월 11일 상하이 『선바오』의 『자유담』에 처음 발표했다.

2) 버나드 쇼(George Bernard Shaw, 1856~1950)는 영국의 극작가, 소설가, 비평가이
다. 최대 걸작인 『인간과 초인』(Man and Superman)을 써서 세계적인 극작가가 되
었고, 노벨문학상을 수상하기도 했다. 그가 1933년 2월 중국 여행을 했을 때 많은 신
문 보도와 논평이 쏟아졌다. 그가 "공산(共産)을 선전하고 있다"고 공격한 사람도 있
었다.

3) 데코브라(Maurice Dekobra, 1885~1973)는 프랑스의 소설가이며 기자이다. 작품은
『침대차의 마돈나』(La Madone des sleepings), 『새벽의 총살』(Fusillé à l'aube) 등이
있다. 시나리오 작가, 감독으로도 활동했다. 제1, 2차 세계대전 동안의 프랑스와 미
국 영화는 그의 원작이 많다. 1933년 11월 중국에 여행을 왔는데, 루쉰은 1933년 12
월 28일 한 편지에서 데코브라는 "프랑스의 토요일파(禮拜六派) 작가로 경박하고 교
활하다. 그가 중국에 온 것은 아마 소설 재료를 수집하러 온 것임이 분명하다"고 말했
다. '토요일파'는 20세기 초 상하이를 주무대로 활동한 대표적인 대중문학유파로서
'원앙호접파'(鴛鴦胡蝶派)라고도 불렀다.

4) 바이앙-쿠뤼리에(Paul Vaillant-Couturier, 1892~1937)는 프랑스의 작가이자 사회
활동가다. 프랑스공산당 중앙위원, 프랑스공산당 중앙기관지인 『인도바오』(人道報;
원제는 『뤼마니테』L'Humanité)의 주필을 역임했다. 1933년 9월, 세계반제국주의 전
쟁위원회가 개최한 원동(遠東)회의에 참석하기 위해 상하이에 왔다.

5) 데코브라가 1933년 11월 29일 상하이에서 중국과 프랑스 문예계와 언론계의 간담회
에 참석했을 때, 중국 신문기자들이 그에게 "일본이 중국을 침략한 것에 대해 어떻게
생각하는가?"라고 묻자, 그는 "그 문제는 심각한 것이기 때문에 소설가가 거론할 수
있는 것이 아니다"라고 답했다. 또 그에게 중국에 대한 느낌을 묻자 "중국에서 가장

나의 관심을 끈 것은 (1) 중국 요리가 매우 훌륭하다는 것이고, (2) 중국 여자들이 무척 아름답다는 것입니다"고 답했다. 나중에 그가 난징에서 베이핑으로 올 때, 여행 내내 국민당 관원들과 문인들의 환송과 영접을 받았다. 그동안 그는 계속 이런 종류의 말로 응대했다. 당시 어떤 사람이 신문에 이런 글을 발표했다. "데 씨가 베이징 와서 문학 이야긴 하지 않고 그저 중국 여자들만 희롱하고 있다. 중국 여자들은 데 씨가 건달일 거라고 생각할 따름이다."(1933년 12월 11일자 『선바오』 「베이핑특보」北平特訊)

6) 남양(南洋)은 태평양의 적도를 경계로 하여 그 남북에 걸쳐 있는 지역을 통틀어 이르는 말이다.

여자가 거짓말을 더 하는 것은 결코 아니다[1]

자오링이趙令儀

스헝[2] 선생이 「거짓말에 대해」에서 거짓말을 하는 것은 약하기 때문이라고 말했다. 그 실증의 예를 들어 말하길 "여자들이 남자보다 거짓말을 많이 하는 것도 그 때문이다"라고 했다.

그의 말은 틀린 말도 아니지만 또 분명한 사실도 아니다. 우리는 분명 남자들의 입에서 여자들이 남자보다 거짓말을 많이 한다는 소릴 자주 듣게 된다. 그것은 정확한 실증도 없고 통계가 있는 것도 아니다. 쇼펜하우어[3] 선생은 여자들을 심하게 욕했지만 그가 죽은 후 그의 책 더미 속에선 매독 치료약이 발견되었다. 또 한 사람, 오스트리아의 청년 학자[4]가 있다. 그 사람 이름은 지금 생각나지 않는다. 그는 대단한 책을 써서 여자와 거짓말은 불가분의 관계에 있다고 말했다. 그런데 그는 나중에 자살했다. 내 생각에 그는 정신병이 있었던 것 같다.

내 생각에, "여자가 남자보다 더 많이 거짓말을 한다"고 말하기보다는 차라리 "여자는 다른 사람들에 의해 '남자보다 거짓말을 더 많이 한다'고 이야기될 때가 많다"고 하는 것이 낫다. 그런데 이 역시 숫자상의 통계는 없다.

예를 들어 보자. 양귀비[5]에 대해, 안록산의 난 이후 지식인들은 하나같이 대대적인 거짓말을 퍼뜨렸다. 현종이 국사를 팽개치고 논 것은 오로지 그녀 때문이고 그녀로 인해 나라에 흉사가 많이 생겼다는 것이다. 오직 몇 사람이 "하나라와 은나라가 망한 것의 본래 진실은 불문에 부치면서 포사와 달기만을 죽이고 있구나"[6]라고 용감하게 말했다. 그런데 달기와 포사는 양귀비와 똑같은 경우가 아니었던가? 여인들이 남자들을 대신해서 죄를 뒤집어써 온 역사는 실로 어제오늘의 일이 아니다.

금년은 '여성 국산품 애호의 해'[7]다. 국산품을 진흥하는 일 역시 여성에게 달렸다. 얼마 안 있으면 국산품 애용도 여자들 때문에 호전의 기미가 생기지 않는다고 욕을 해대겠지만 말이다. 그런데 한번 제창하고 한번 책망을 하고 나면 남자들은 그저 책임을 다하게 된다.

시 한 편이 생각난다. 어떤 남자분께서 어떤 여사의 불평을 대신 노래한 시다.

임금께서 성루 위에 항복 깃발 꽂으셨네.
구중궁궐 신첩이 이 사실 어이 알리?
일제히 갑옷 벗은 이십만 병사
세상에 남아는 하나도 없구나![8]

통쾌하고 통쾌하다!

1월 8일

주)_____

1) 원제는「女人未必多說謊」, 1934년 1월 12일『선바오』의『자유담』에 처음 발표했다.

2) 한스헝(韓侍桁)을 말한다. 그는「거짓말에 대해」(談說謊)를 1934년 1월 8일『선바오』
   의『자유담』에 발표했다. 여기서 그는 이렇게 말하고 있다. "자기 지위의 견고함을 위
   해 거짓말을 하기도 하고 옆 사람을 돕기 위해 거짓말을 하기도 하지만, 이는 모두 약
   자의 욕망이 현실에서 성취될 가망이 없다는 걸 그 안에 내포하고 있다. 비록 약자라
   고는 하나 그가 만일 그렇게 거짓말을 할 수 있으면 얼마나 좋겠는가 하고 생각할 수
   도 있다. 그러나 거리낌 없이 입에서 나오는 대로 말하면 그것은 바로 큰 거짓말이 되
   어 버린다. 그러나 거짓말을 하지 않으면 그 어떤 난관을 넘어설 수 없는 경우도 종종
   있다. 이 경우라는 것 역시 약자가 당할 때가 많은 것이어서 대개의 경우 여자들이 남
   자보다 거짓말을 많이 하는 것도 그 때문이다."

3) 쇼펜하우어(Arthur Schopenhauer, 1788~1860)는 독일의 철학자로 유의지론자(唯
   意志論者)이며 염세사상의 대표자로 불린다. 그의 철학은 칸트의 인식론에서 출발
   하여 피히테, 셸링, 헤겔 등의 관념론적 철학자를 공격했다. 그러나 그 근본적 사상
   이나 체계의 구성은 그들과 같은 '독일 관념론'에 속한다. 일생 동안 여성해방을 반
   대했다. 대표적인 저서로『의지와 표상(表象)으로서의 세계』(Die Welt als Wille und
   Vorstellung)가 있다. 그는「여성론」(Über die Weiber)에서 여성이 허약하고 우매하
   며 옳고 그름을 판단하는 마음이 없다고 멸시하는 발언을 한 바 있다.

4) 오토 바이닝거(Otto Weininger, 1880~1903)를 가리킨다. 오스트리아의 빈 출신
   사상가다. 1902년 빈대학을 졸업하고 다음해에『성(性)과 성격』(Geschlecht und
   Charakter)을 발표한 후 이탈리아를 여행하고 돌아와 자살했다. 그 책은 플라톤, 칸
   트, 기독교를 사상적 배경으로 하여 주로 여성문제를 심리학적으로 다뤘다. 그는 이
   책에서 여성은 "허황된 말을 할 줄 알며", "왕왕 거짓말을 한다"고 했다. 여성의 지위

가 남자보다 낮아야 하는 것을 증명하고자 노력했다.

5) 양귀비는 당 현종의 비 양옥환(楊玉環, 719~756)을 말한다. 푸저우(蒲州) 융러(永樂; 지금의 산시山西 시융지西永濟) 사람이다. 그녀의 사촌 오빠 양국충(楊國忠)이 임금의 총애를 얻은 그녀를 등에 업고 권력과 사치를 전횡하고 나라를 좌지우지했다. 천보 (天寶) 14년(755년) 안록산이 양국충을 주살해야 한다는 명분으로 범양에서 의병을 일으켜 당나라를 공격하여 장안으로 진격했다. 당 현종이 황급히 쓰촨(四川)으로 난을 피하다가 마웨이(馬嵬)역에 이르러 양씨를 죽여 죄를 물어야 한다는 선비들의 주청으로 마침내 양국충을 죽였고 병사들의 불만을 무마시키기 위해 양귀비를 목매 죽이게 내주었다.

6) 원문은 '不聞夏殷衰, 中自誅褒妲'이다. 당대 두보(杜甫)의 시 「북방정벌」(北征)에 나온다. 중국고대사의 전설에 의하면, 하나라의 걸(桀)왕은 왕비 말희(妹喜)를 총애했고, 은나라 주(紂)왕은 왕비 달기(妲己)를 총애했으며, 주나라 유(幽)왕은 왕비 포사(褒姒)를 총애하여 삼대의 멸망을 초래했다고 했다. 두보는 이 시에서 이런 전설들을 인용했다.

7) 원문은 '婦女國貨年'이다. 1933년 12월 상하이 상공회 등 단체가 각계 인사를 초청하여 1934년을 '여성 국산품 애용의 해'로 결정하고 여성들에게 '애국과 구국의 정신'을 더욱 강화하여 국산품을 애용하도록 선전했다.

8) 전해지기로 이 시는 오대(五代) 후촉(後蜀)의 임금 맹창(孟昶)의 아내 화예(花蕊)가 지은 것이라고 한다. 북송의 진사도(陳師道)는 그의 『후산시화』(後山詩話)에서 이렇게 말하고 있다. "비(費)씨는 촉의 칭청(青城) 사람으로 재색을 겸비하여 촉궁에 들어갔다. 후주가 그녀를 아내로 맞았고 별호를 화예부인이라 했다. 그녀는 왕건(王建)을 모방하여 『궁의 노래』(宮詞) 백 수를 지었다. 나라가 망하자 새 나라의 후궁이 될 준비를 했다. 태조가 그 소식을 듣고 그녀를 불러 시를 짓게 했다. 인용한 시는 그녀가 「망국시」에서 읊은 내용이다. 태조가 이를 보고 즐거워했다. 촉의 병사는 십사만이었고 그의 군대는 수만 명뿐이었기 때문이었다. 후촉 하광운(何光運)의 『감계록』(鑒戒錄) 5권에 의하면, 전촉의 후주인 왕연(王衍)이 후당에서 사망했을 때 후당의 흥성(興聖)태자의 수군(隨軍) 왕승지(王承旨)가 그것과 비슷한 시를 지어, 주색과 놀음에 탐닉해 나라를 망하게 한 왕연을 조롱하고 풍자했다. "촉나라 조정의 어리석은 군주가 항복하러 나올 때, 보석을 입에 물고 양을 끌면서 깃발 거꾸로 묶었네. 이십만 군사가 일제히 두 손 모아 읍하니 진정한 사내는 한 명도 없구나."

비평가의 비평가[1]

니쉬얼倪朔爾

정세라는 것도 아주 빨리 변한다. 작년 이전에는 비평가와 비평가 아닌 사람들이 모두 문학을 비판했다. 물론 불만을 가진 사람이 훨씬 많았지만 호평하는 사람도 있었다. 작년 이후엔 작가와 작가 아닌 사람들이 몸을 한번 뒤집어 변신하더니 모두 몰려와 비평가를 비평했다.

이번에는 호평하는 사람이 그리 많지 않았다. 가장 극단적인 사람은 최근에 진정한 비평가가 있다는 걸 인정하려 들지 않았다. 인정한다 하더라도 비평가들은 엉터리라고 크게 비웃었다. 왜 그럴까? 비평가들은 항상 일정한 잣대를 작품 위에 뒤집어씌워,[2] 그것에 맞으면 작품이 좋다 하고 맞지 않으면 나쁘다고 말하기 때문일 것이다.

그런데 문예비평사에서 일정한 잣대를 갖고 있지 않은 비평가를 본 적이 있는가? 모두 가지고 있다. 어떤 사람은 미美의 잣대, 어떤 사람은 진실의 잣대, 어떤 사람은 진보의 잣대를 갖고 있다. 일정한 잣대를 가지고 있지 않은 비평가라면 그는 이상한 놈일 것이다. 잡지를 운영하면서는 일정한 잣대가 없다고 선언할 수 있다. 그러나 사실 그것이 바로 잣대인 것이다. 눈을 속이는 데 편리한 마법의 손수건일 뿐이다. 예를 들어 한 편집자가 있는데 유미주의자라고 하자. 그는 얼마든지 자기는 정견定見이 없다고 말할 수 있다. 그저 서평에서만 요술을 부리면서 놀면 그만인 것이다. 만약 이른바 '예술을 위한 예술' 작품을 만나게 되어 자신의 사사로운 생각에 들어맞으면 그는 그러한 주의에 찬성하는 비평이나 독후감을 뽑아 싣고는 그것을 하늘 높이 받들어 찬양할 것이다. 그렇지 않으면, 아주 혁명적인 것 같은 사이비 급진파의 비평가 문장을 이용해 그것을 땅에 내동댕이쳐 버린다. 그리하여 독자들의 눈을 혼란스럽게 만든다. 그러나 개인적으로 약간의 기억력이라도 갖고 있는 사람이라면 그렇게 양극단의 다른 비평을 할 수 있는 것이 아니다. 그러므로 비평가는 모름지기 일정한 잣대를 갖게 마련이다. 우리는 그가 잣대를 갖고 있는 것을 비난할 수는 없다. 우리는 그저 그의 잣대가 올바른 것인지 아닌지만을 비판할 수 있다.

그런데 비평가의 비평가들께서 장헌충[3]이 수재秀才 시험에서 사용했던 고전적인 방법을 인용하곤 하신다. 먼저 양 기둥 사이에 가로로 밧줄을 묶어 놓고는 수험생을 그 아래로 지나가게 한다. 너무 키가 큰 사람도 죽이고 너무 작은 사람도 죽인다. 그래서 촉蜀 땅의 영재들을 모조리 죽여 버렸다.[4] 이런 식으로 비유하면 나름의 견해를 가진 비평가들이 모두 장헌충과 같은 꼴이 될 것이니 이는 정말 독자들에게 가슴 가득 증오와 한을 품게 만들 것이다. 그런데, 문장을 평하는 잣대란 것이 사람을 재는 밧줄일 수 있을까? 문장의 좋고 나쁨을 논하는 것이 사람 키의 높낮이를 재는 것일 수 있을까? 그런 예를 인용하는 것은 모함이지 아무 비평도 아닌 것이다.

1월 17일

주)_____

1) 원제는「批評家的批評家」, 1934년 1월 21일『선바오』의『자유담』에 처음 발표했다.

2) 일정한 잣대를 작품 위에 덮어씌운다는 논조는 당시『현대』월간에 실린 글에 나온다. 제4권 제3기(1934년 1월)에 실린 류잉즈(劉瑩姿)의「신문단의 비평가들에게 내가 바라는 것」(我所希望於新文壇上之批評家者)에서 그는 다음과 같이 말했다. 비평가들이 "외국이나 본국의 유행하는 잣대를 가져다 작품의 높낮이와 장단을 재고 있다." "이것은 우리나라 신문단에 아직은 진지하고 위대한 비평가가 없다는 것을 분명하게 보여 준다." 또 제4권 제1기(1933년 11월)에 실린 쑤원(蘇汶)의「새로운 공식주의」(新的公式主義)에서는 이렇게 말하고 있다. "친구 장톈이(張天翼) 군이 그의 단편집『꿀벌』(蜜蜂)의「자서」(自題)에서 최근의 일부 비평가들에 대해 몇 마디 재미있는 말을 한 적이 있다. 그것은 이렇다. '그(한 비평가를 가리킴―쑤원 주)는 어디에서 온 것인지도 모르는 어떤 잣대를 가져다가 모든 글 위에 덮어씌운다. 작아서 맞지 않거나 커서 씌울 수가 없으면 불합격이라고 말한다. 딱 맞아 씌워지면 합격이라고 말한다.'"

3) 장헌충(張獻忠, 1606~1646)은 명말 사람으로 숭정(崇禎) 연간에 우창(武昌)을 근거지로 세를 키워 쓰촨성 청두(成都)를 함락시키고 자칭 대서국왕(大西國王)이라고 칭했다.

4) 장헌충의 수재 시험에 대한 이야기는 청대 펑준사(彭遵泗)의『촉벽』(蜀碧)에 나온다. "비적들이 시험관을 사칭하고 시험장 뜰의 앞 좌우에 긴 밧줄을 땅에서 4척 높이로 설치하고는 수험생들에게 이름 순서대로 서서 지나게 했다. 몸이 밧줄에 닿은 사람은 모두 서문 밖 청양궁(青羊宮)으로 끌고 가서 죽였다. 그 수가 합하여 만여 명에 이르렀고 버려진 붓과 벼루가 산처럼 쌓였다."

함부로 욕하다[1]

니쉬얼

비평가의 비평에 불만을 가진 사람이 또 있다. 그들은 비평가들이 '함부로 욕'하길 좋아하기 때문에[2] 그의 글이 결코 비평다운 비평이 될 수 없다는 것이다.

이 '함부로 욕하다'漫罵를 '깔보고 욕하다'嫚罵라고 쓰는 사람도 있고 '매도하다'謾罵라고 쓰는 사람도 있다. 이것들이 같은 의미인지 아닌지는 잘 모르겠다. 다만 그것에 개의치 않는 것도 좋으리라. 지금 묻고자 하는 것은 무엇이 '함부로 욕'하는 것이냐 하는 것이다.

어떤 사람을 가리키면서 "저 사람은 창녀다"라고 말했다 하자. 만약 그 여자가 양가의 딸이라면 그것은 함부로 욕한 것이 되지만, 그녀가 정말 웃음을 팔아 생계를 꾸리고 있다면 그것은 결코 욕이 아닌 것이다. 오히려 진실을 말한 것이 된다. 시인은 돈으로 살 수가 없으며 부자는 오로지 계산만 할 줄 안다. 이것은 사실이 그러하므로 그렇게 말해도 진실인 것이다. 설사 그것을 가지고 욕이라 할지라도 시인은 여전히 돈으로 살 수가 없는 것이다. 그런 환상은 현실에서 소소한 장애에 부딪히게 될 것이다.

돈이 있어도 문재文才가 있으란 보장은 없다. 이는 '아들딸이 많다'고 하여 아이들의 성격을 반드시 잘 알 수 있는 것이 아닌 것보다 훨씬 더 명백하다. '아들딸이 많다'는 것은 그저 그들 두 사람이 낳는 데 능숙하고 아이를 잘 기를 수 있는 것을 증명할 따름이지 결코 아동의 권리를 함부로 거론할 수 있음을 의미하진 않는다. 그런데도 만약 이를 거론한다면 그것은 부끄러워할 줄 모르는 것일 따름이다. 이 말이 욕하는 것처럼 들릴지 모르나 결코 그렇지 않다. 만일 이를 욕이라고 한다면 세계 아동심리학자는 모두 아이를 가장 잘 낳는 부모들일 것임을 인정해야 할 것이다.

아이들이 적은 음식 때문에 싸운다고 말하는 것은 아이들을 억울하게 만드는 것이며 사실은 아이를 함부로 욕하는 것이다. 아이들의 행동은 천성에서 우러나오는 것이고 후천적인 환경으로 인해 고쳐지기도 하는 것이다. 그래서 공융[3]은 배를 양보할 수 있었다. 아이들이 싸우기 시작하는 것은 가정의 영향이다. 성인이 되어서도 가산家産을 다투고 유산을 빼앗기도 하지 않는가? 아이들이 어른을 배운 것이다.

물론 함부로 욕하는 것은 선량한 대다수 사람을 억울하게 만든다. 그러나 '욕하는 것'을 어설프게 없애고자 하는 것은 반대로 모든 나쁜 종자들을 비호하는 일이 된다.

1월 17일

1) 원제는 「漫罵」, 1934년 1월 22일 『선바오』의 『자유담』에 처음 발표했다.

2) 1933년 12월 26일 『선바오』의 『자유담』에 스헝(侍桁)이 「비평에 대해」(關於批評)를 발표해 이렇게 말했다. "서로 비판하는 논쟁을 본 적이 있다. 그 언어들이 무의미한 욕지거리에 속하면 속할수록 더욱 즐겁게 참여하는 사람이 있다고 말하지 않을 수 없다." 이런 "욕지거리 비평"을 "우리는 비평이라고 인정하지 않는다".

3) 공융(孔融, 153~208)은 동한(東漢) 시기 노나라(魯國 ; 지금의 산둥성 취푸曲阜) 사람으로 문학가이다. 그가 배를 양보한 이야기는 『세설신어』(世說新語)에 남조(南朝) 양(梁)나라의 유준(劉峻)이 『융별전』(融別傳)을 인용하면서 주석한 곳에 나온다. "공융이 네 살 때 형들과 배를 먹었다. 그는 항상 작은 것을 가졌다. 사람들이 그 까닭을 묻자 대답하길 '어린아이니까 작은 것을 가져야 해요'라고 했다."

'경파'와 '해파'[1]

베이핑의 어떤 선생께서 모 신문지상에 '경파'를 칭송하고 '해파'를 비난하는 글을 실었다. 그런 후 한 차례 논쟁이 일었다. 가장 먼저는 상하이의 모 선생이 모 잡지에 불평을 하면서, 다른 어떤 선생이 한 말을 끌어다가, 작가의 본적은 작품과는 무관하다고 하며 베이핑의 모 선생에게 일격을 가하고자 한 것이다.[2]

사실, 그것만으로 베이핑 모 선생의 마음을 설복시키기에는 부족했다. 이른바 '경파'와 '해파'는 원래 작가의 본적을 말하는 것이 아니다. 사람들이 모여 있는 지역을 지칭하는 것이라 해서 '경파'가 모두 베이핑 사람을 말하는 것이 아니며 '해파'라고 모두 상하이인을 말하는 것 역시 아니다. 메이란팡 박사[3]는 극 중에서는 진짜 경파이기도 하지만 그의 본관은 오 땅[4]의 아래 지역이다. 그러니 정말 어떤 사람의 본적이 도시인가 시골인가를 가지고 그 사람의 공과를 결정할 수는 없는 노릇이며, 거처의 아름다움과 누추함이 곧바로 작가의 정신 세계에 영향을 주고 있는 것도 아니다. 맹자가 "처해 있는 지위가 그 사람의 기개와 도량을 바꿀 수 있고, 받들어 모심과 양육의 성격에 따라 그 사람의 모습과 자태를 바꿀 수 있다"[5]고 한 것은 이를 말하는 것이다. 베이징은 명·청대의 서울이고 상하이는 각 나라의 조계가 모인 곳이다. 제왕의 도시에는 관리가 많고 조계에는 상인이 많다. 그래서 문인이면서 서울에 있는 자는 관직을 가까이하게 되고, 바다에 빠진 사람은[6] 장사를 가까이하게 된다. 관직을 가까이하는 사람은 관직으로 이름을 날리고, 장사를 가까이하는 사람은 장사로 이익을 취하며 그것으로 입에 풀칠도 한다. 요약하여 말하자면, '경파' 문인은 관료들의 식객이고 '해파' 문인은 상인들의 하수인일 따름이다. 그런데 관직에 기생해 밥을 먹는 사람은 그 상황이 겉으로 잘 드러나 있지 않아 밖으로 오만을 떨 수가 있다. 그러나 장사에 기생해 밥을 먹는 사람은 그 상황이 그대로 드러나게 마련이어서 어딜 가나 감추기가 어렵다. 그래서 그리 된 연유를 잘 알지 못하게 되면 그걸 가지고 '경파'와 '해파'를 청淸과 탁濁으로 구분하여 보게 된다. 게다가 관리가 상인을 업신여기는 일은 정말 아주 오래된 중국의 구습이다. 그러다 보니 '해파'는 더욱 '경파'의 안중에 곤두박질하고 있는 것이다.

그런데 이전 베이징 학계는 진정으로 그 자체의 영광됨이 있었다. 그것은 5·4운동의 태동지로서 갖는 영광이다. 지금 비록 그 역사상의 광채가 좀 남아 있기는 하나 당시의 전사들은 "공명을 얻고 퇴직한" 사람도 있고, "신세가 편안해진" 사람도 있으며, 더욱이 "출세한" 사람도 있어서, 공들여 싸운 한바탕의 힘겨운 싸움이 사람들에겐 반대로 "관직을 얻고자 하면 살인방화를 저질러 조정의 인정과 사면을 받아 내야 한다"[7]고 하는 느낌조차 들게 만들었다. "옛사람 황학 타고 이미 사라졌는데, 여기 공터에는 황학루만 남았도다"[8]고 하더니, 재작년 대란이 임박했던 당시, 베이핑 학자들이 구원받을 요량으로 자신을 엄호하는 데 이용한 것은 고문화古文化였고, 그들이 생각해 낸 유일한 대사大事란 것 역시 사실인즉 고문물을 남쪽으로 옮겨 버린 일이었다.[9] 그것은 그들 스스로가 베이핑이 갖고 있는 것이 무엇인지를 아주 극명하게 보여 주고 있는 것이 아닌가?

그럼에도 베이핑에는 어찌 되었건 여전히 고문물이 남아 있으며 고서도 있고 고도古都의 인민들도 있다. 베이핑에 있는 학자와 문인들은 대개 강사나 교수를 본업으로 가지고 계신다. 그분들께서 이론을 논구하고 연구하고 창작하는 환경은 사실 '해파'와 비교하면 월등하게 훌륭한 것이다. 나는 학술상에서나 문예상에서 그분들의 대大저작을 볼 수 있기를, 희망하고 있는 중이다.

1월 30일

주)_____

1) 원제는 「'京派'與'海派'」, 1934년 2월 3일 『선바오』의 『자유담』에 처음 발표했다.

2) "베이핑의 모 선생"은 선충원(沈從文, 1902~1988)을 가리킨다. 후난성(湖南省) 펑황(鳳凰) 사람으로 작가이다. 그는 1933년 10월 18일 톈진의 『다궁바오』(大公報) 문예부간 제9기에 발표한 「문학가의 태도」(文學者的態度)에서 "진지하고 엄숙한" 문학창

작의 태도가 없는 몇몇 문인들에 대해 비판했다. 그런 유의 사람들은 "상하이에서는 서점, 신문사, 관공서가 운영하는 잡지사에 기생하여 살고 있고, 베이징에서는 대학교, 고등학교, 그리고 각종 교육기관에 기생하여 살고 있다", "베이징에서 교편을 잡거나 상하이에서 일없이 놀거나, 교편을 잡은 이들은 대개 매월 삼백 원에서 오백 원 정도의 고정수입이 있고, 일없이 노는 이들은 매주 세 차례에서 다섯 차례는 반드시 사교모임 같은 자리를 갖는다"고 말했다. "상하이의 모 선생"은 쑤원(蘇汶; 두형杜衡)을 가리킨다. 그는 1933년 12월 상하이 『현대』(現代) 월간 제4권 제2기에 「상하이에 사는 문인」(文人在上海)을 발표하여 상하이의 문인들을 변호했다. 그는 "저간의 사정은 묻지 않은 채, '해파문인'이라는 명사 하나만 가지고 상하이에 거주하는 모든 문인들을 싸잡아 말살하려는" 것에 대해 불만을 나타냈다. 그 글에서 이렇게 말했다. "기억하기로 루쉰 선생이 말했던 것 같다. 아주 우연적이고 더 많게는 비주체적으로 결정되는 개인의 이름과 본적으로 인해 죄가 만들어지거나 다른 사람의 조소와 비난을 받게 되는 것 같다." 그후 선충원은 다시 「해파'를 논함」(論'海派') 같은 글을 발표했다. 차오쥐런(曹聚仁) 등도 이 논쟁에 참가했다.

3) 메이란팡(梅蘭芳, 1894~1961)은 이름이 란(瀾)이고 자는 완화(畹華)다. 장쑤성(江蘇省) 타이저우(泰州) 사람으로 민초의 유명한 경극배우다. 1930년 메이란팡이 미국에서 공연할 때, 미국 파나마대학과 남가주대학이 그에게 문학 명예박사학위를 수여했다.

4) 오(吳) 땅은 역사적으로 장쑤 북부 지역을 가리킨다.

5) 『맹자』 「진심상」(盡心上)에 나온다. "맹자가 범현(范縣; 지금의 산둥성 판현范縣)에서 제나라로 가는데 제나라 왕의 아들을 보고 탄식하여 말했다. '처해 있는 지위는 그 사람의 기개와 도량을 바꿀 수 있고, 받들어 모심과 양육의 성격에 따라 그 사람의 모습과 자태를 바꿀 수 있다. 그 지위와 환경의 힘은 정말로 크구나!'"

6) '바다에 빠진 자'는 원문이 '沒海者'다. 상하이에 사는 사람을 뜻한다. 루쉰이 상하이(上海; '바다로 가다'는 의미)에서 '海'자만을 취해 '沒海'라고 바꿔 씀으로써 '上海'와 '沒海'를 대비시키고 있다.

7) 송대 장계유(莊季裕)의 『계륵편』(鷄肋編)에 나오는 말이다. "건염(建炎, 1127~1130; 남송 고종高宗의 연호) 이후의 속어에 당시의 일들이 보이는 것이 있다. 예를 들면 …… 관직을 얻고자 하면 살인방화를 저질러 조정의 인정과 사면을 받아 내고, 부자가 되고자 하면 서둘러 행재소를 차려 술과 식초를 팔아야 한다."

8) 당나라 시인 최호(崔顥)의 시 「황학루」(黃鶴樓)에 나오는 시구다. "옛사람 황학 타고 이미 사라졌는데, 여기 공터에는 황학루만 남았도다. 황학은 한번 가서 다시 오지 않고 흰 구름만 천 년 동안 헛되이 한가롭다. 한양수 우거진 곳 맑은 냇물 또렷하고, 앵무주 모래톱엔 녹음방초 우거졌다. 해는 저무는데 고향은 어디메뇨, 안개 낀 강가에서 슬픔에 젖는다."(昔人已乘黃鶴去, 此地空餘黃鶴樓. 黃鶴一去不復返, 白雲千載空悠悠. 晴川歷歷漢陽樹, 芳草萋萋鸚鵡洲. 日暮鄕關何處是, 煙波江上使人愁.)

9) 1932년 10월 초 베이핑 문화계의 장한(江瀚), 류푸(劉復) 등 30여 명은 일본군 침략으로 화베이가 위급해지자 국민당 정부에 청원서를 제출했다. 베이핑에는 "국가의 명맥과 국민의 정신이 담겨 있는 문화적 유품"이 보관되어 있고 "각종 학문에 종사하는 전문가들이 대부분 베이핑에 모여 있다"는 것을 이유로 "베이핑을 문화성(文化城)으로 지정하"고 "베이핑의 군사시설을 소개하"여 베이핑이 일본군의 포화를 피할 수 있도록 조치할 것을 건의했다. 이에 앞서 1933년 1월 일본이 산하이관(山海關)을 점령하고 베이핑 침공을 겨냥하자 국민당 정부는 "일본의 목표 달성을 최소화시킨다"는 명분하에 역사언어연구소와 고궁박물관의 고대유물들 일부를 난징과 상하이로 옮겼다.

북쪽 사람과 남쪽 사람[1)]

란팅스

이 글은 '경파'와 '해파'의 논쟁을 보고 난 후에 연상된 것을 적은 것이다.

북쪽 사람이 남쪽 사람 멸시하는 것은 이미 전통이 되었다. 이는 풍속과 관습이 달라서이기 때문이 아니다. 내 생각에 그 가장 큰 원인은 역사적으로 침입자가 대부분 북쪽에서 내려와, 먼저 중국의 북쪽을 정복하고 그다음 다시 북쪽 사람을 끌고 남쪽을 정벌하러 오기 때문에 남쪽 사람이 북쪽 사람 눈에 피정복자여서 그런 것이기도 하다.

육기, 육운 두 형제[2)]가 진晉나라에 들어갔을 때, 환영하는 자리에서 북방 인사들이 분명하게 보여 준 경박함 같은 것이 있었다. 그 예를 일일이 거론하기에 너무 번거로우니 그만두기로 하자. 쉬운 예로 보자면 양현지의 『뤄양가람기』[3)]에는 항상 남쪽 사람을 깔보며, 같은 부류로 대우하지 않는 사례가 나온다. 원대에 이르면 사람을 확연하게 네 등급으로 나눈다.[4)] 일등급이 몽고인, 이등급이 색목인, 삼등급이 한족漢族 즉 북쪽 사람이고, 사등급이 남쪽 사람이다. 왜냐하면 남쪽 사람들이 가장 늦게 투항한 무리이기 때문이다. 최후의 투항이란 것은, 화살이 떨어지고 구원이 끊겨야만 비로소 전쟁을 멈추는 남방인의 강인함[5]을 이야기하는 것이기도 하지만, 다른 한편으로 말하자면 순종할 줄 모르고 거역만 하여 오랫동안 왕의 군대에 성가신 적이 되는 것이다. 겨우 살아남은 자[6]들은 당연히 투항하게 마련이지만 노예의 자격이기 때문에 가장 천하게 분류되고, 천하기 때문에 신분이 가장 낮아서 누구나 그들을 멸시해도 무방하게 되어 버린다. 청조에 들어와 이 신분 장부가 다시 한 차례 정리되었고 그것의 여파가 지금까지 내려오고 있다. 만약 앞으로의 역사가 더 이상 그렇게 재연되지 않는다면 그것은 진정 남쪽 사람만의 천복은 아닐 것이다.

물론, 남쪽 사람은 결점이 있다. 부귀권세가 남쪽으로 이동함에 따라[7] 부패와 퇴폐의 풍조를 몰고 왔고 북쪽은 그 반대로 깨끗해졌다. 성정도 달라 결점이 있지만 장점도 있다. 이것은 북쪽 사람이 장단점 두 가지를 다 갖고 있는 것과 똑같다. 내 소견으로는 북쪽 사람의 장점은 중후한 것이고 남쪽 사람의 장점은 기민한 것이다. 중후함의 폐단은 어리석을 수도 있음이요, 기민함의 폐단은 교활할 수도 있다는 점이다. 그래서 어떤 선생[8]께서는 일찍이 그 단점을 지적하여 이렇게 말했다. 북방인은 "종일 배불리 먹고도 무언가 노력하려는 바가 없고," 남방 사람은 "종일 함께 지내도 의로움에 대해 언급하지 않는다". 유한계급들을 두고 한 말일 터인데 나는 이 말이 대체적으로 맞는 말이라고 생각한다.

결점은 고칠 수 있으며 장점은 서로서로 스승으로 삼을 수 있다. 관상학 책에 이런 말이 나온다. 북쪽 사람이 남방인 관상을 갖고 있거나, 남쪽 사람이 북방인 관상을 가지면 귀하게 된다. 내가 보기에 이 말 역시 틀린 말이 아니다. 북쪽 사람으로 남방인 관상을 가진 사람은 중후하면서도 기민할 것이고, 남쪽 사람으로 북방인 관상을 가진 사람은 기민하면서도 중후할 것이니 말할 필요가 없겠다. 옛사람들이 이른바 '귀하다'고 한 것은 그 당시의 성공에 불과하다. 지금, 귀하다고 하는 것은 유익한 일을 해내는 것이다. 이것이 중국인들이 만들어가야 할 아주 작지만 스스로 유신하는 길이다.

그런데 글을 쓰고 있는 사람은 남쪽 출신이 많아 북쪽이 오히려 그들의 영향을 받고 있다. 베이징의 신문지상에 실속 없이 겉만 번지르르하고, 횡설수설 더듬거리거나 자기 연민이나 하는 글들이 육칠 년 전보다 훨씬 많아지지 않았는가? 이것이 만일 북방 특유의 '억지 부리는 말'과 결혼이라도 하게 된다면 거기서 탄생하는 것은 분명 상서롭지 못한 새로운 열등종자가 될 것이다!

1월 30일

주)_____

1) 원제는 「北人與南人」, 1934년 2월 4일 『선바오』의 『자유담』에 처음 발표했다.

2) 육기(陸機)와 육운(陸雲) 두 형제를 가리킨다. 육기(261~303)는 자가 사형(土衡)이고

육운(262~303)은 자가 사룡(士龍)으로 오군(吳郡) 화팅(華亭; 지금의 상하이 쑹장松江) 사람이다. 두 사람 모두 서진(西晉)시대 작가로 '이육'(二陸)으로 병칭되었다. 조부인 육손(陸遜)과 아버지 육항(陸抗)은 모두 삼국시대 오나라의 명장이었다. 진이 오나라를 멸망시킨 후, 육기 육운 형제는 진나라의 수도 뤄양(洛陽)으로 가 서진의 대신인 장화(張華)를 만났다. 『세설신어』(世說新語)에서 남조(南朝) 양(梁)나라의 유준(劉峻)이 『진양추』(晉陽秋)를 인용하여 주석한 곳에서 다음과 같이 말하고 있다. "사공(司空) 장화(張華)가 그들을 만나고 나서 말하길 '오나라를 평정한 전리품(戰利品)은 이 두 준걸을 얻은 데 있다'고 했다." 또 『세설신어』「방정」(方正)편에 이런 기록이 있다. '이육'이 진나라로 들어간 후 "노지(盧志; 북방의 사족土族인 듯함)가 여러 사람 속에 앉아 육사형에게 묻기를 '육손과 육항은 그대에게 무엇인가?' 하고 물었다". 상하이의 옛 지역인 오나라 사람들인 이 두 사람이 북방인에게 냉대를 당한 기록은 여러 군데에 보인다. 『세설신어』「간오」(簡傲)편에서도 '이육'이 유도진(劉道眞)을 방문했을 때의 상황 묘사가 나온다. "예가 끝나고 처음에는 아무 말이 없다가 유일하게 묻는 말이 '동오(東吳; 오나라 동쪽) 지방에는 자루가 긴 조롱박이 있다고 하던데, 그래 경들은 그 씨를 가져왔는가?' 했다. 육씨 형제는 몹시 실망하여 그곳에 간 것을 후회하였다."

3) 양현지(羊衒之)는 양현지(楊衒之)라고도 한다. 북위(北魏) 베이핑(지금의 허베이성 만청滿城) 사람이다. 치청(期城) 태수와 휘군부사마(揮軍府司馬)를 역임했다. 『뤄양가람기』(洛陽伽藍記) 다섯 권이 동위(東魏) 무정(武定) 5년(547)에 완성되었는데, 그 가운데 북쪽 사람이 남쪽 사람을 경시하는 말이 나온다. 예를 들면 2권에 중원의 씨족이었던 양원신(楊元愼)이 남조 양나라의 장수로 당시 뤄양에 와 있었던 진경지(陳慶之) 장군에게 남쪽의 음식 습관에 대해 빈정거리는 장면이 나온다. "원신은 물을 머금었다가 경지에게 내뿜으면서 말했다. '괴상하게도 오나라 사람들은 수도 젠캉(建康; 지금의 난징)에 살면서 작은 관모를 쓰고 옷을 짧게 만들어 입는다면서요. 스스로를 아농(阿儂; 나, 저의 뜻)이라고 부르고 아방(阿傍)이라고 말한다면서요. 줄피를 밥으로 삼아 먹고 차를 장처럼 만들어 마신다고 하더군요. 풀을 삶아 만든 국을 홀짝거리며 마시고 게의 누런 알을 빨고 핥아 먹으며 손에는 육두구를 거머쥐고 입으로는 빈랑(檳榔) 열매를 질겅거린다던데……' 경지가 베개에 엎드려 말하길 '양군께서 날 욕보이심이 너무 심하구려!' 했다."

4) 원대에는 백성을 네 등급으로 나누었다. 앞의 세 등급에 대해서는 원말명초의 도종의

(陶宗儀)가 지은 『남촌철경록』(南村輟耕錄) 「씨족」(氏族)편에 기록이 나온다. 일등급은 지배자로 몽고 국적을 가진 자이고, 이등급은 색목인으로 몽고가 침략해 들어오기 전에 이미 중국에 살고 있던 서역침략국의 사람들인 킵차크 칸국(汗國)과 회족, 당올족(唐兀族; 간쑤성甘肅省 서쪽 지역에 살던 서하인西夏人) 등이 이에 속한다. 이들은 몽고가 중원으로 들어오기 전에 중국 서역을 정복했던 사람들이다. 삼등급은 거란과 고려 등의 민족과 금나라 치하의 북중국에 있던 한족이다. 사등급은 남인(南人)이다. 전대흔(錢大欣)의 『십가재양신록』(十駕齋養新錄) 9권에 말하고 있다. "한인(漢人)과 남인의 구분은 송나라와 금나라 지역을 경계로 해 구분했다. 장저(江浙), 후광(湖廣), 장시(江西) 세 성(行省)의 사람은 남인이고, 허난(河南)성은 강북의 화이난(淮南) 주루(諸路)만이 남인이다."

5) 자로가 공자에게 강함에 대해 물었다. 공자가 말했다. "남방의 강함이냐, 북방의 강함이냐? 아니면 너의 강함이냐? 관대함과 부드러움으로 남을 가르치고, 나에 대한 다른 사람의 무례에 보복하지 않는 것이 남방의 강함이니라. 군자는 이러한 강함을 편하게 여긴다."(『중용』, 제10장)

6) 원문은 '孑遺'. 여기서는 전조의 유민을 가리킨다. 『시경』「대아(大雅)·운하수(雲漢)」에 이런 기록이 있다. "주나라의 그 많던 백성들, 지금은 살아남은 사람이 거의 없다."

7) 한족의 통치자가 북방 소수민족 통치자의 침입을 막지 못하고 정권을 남쪽으로 이전한 것을 말한다. 예를 들면 동진이 북방 흉노가 침입해 오자 수도를 젠캉으로 옮긴 것, 남송이 북방 금나라의 압박을 받아 수도를 린안(臨安; 지금의 항저우杭州)으로 옮긴 것이 그러하다. 그들은 남천한 후에도 여전히 부패하고 문란한 생활을 계속했다.

8) 고염무(顧炎武, 1613~1682)를 가리킨다. 자는 영인(寧人)이고 호는 정림(亭林)이며 장쑤성 쿤산(昆山) 사람이다. 명말청초의 대학자다. 그는 『일지록』(日知錄) 13권의 「남북 학자의 병」(南北學者之病)에서 이렇게 말했다. "종일 배불리 먹고도 무언가 노력하려는 바가 없으니 참으로 어렵구나'(이 인용문은 『논어』「양화」陽貨편에 나옴)라고 하더니 오늘날의 북방 학자들이 그러하다. '종일 함께 지내도 의로움에 대해 언급하지 않으며, 작은 지혜를 부리기 좋아하니 참으로 어렵구나'(이 인용문은 『논어』「위령공」衛靈公에 나옴)라고 하더니 오늘날의 남방 학자들이 그러하다."

「이러한 광저우」 독후감[1]

웨커越客

며칠 전, 『자유담』에 「이러한 광저우」가 실렸다.[2] 그곳의 상점들이 눈에 전등불을 박은 현단과 이규[3]의 대형 초상을 만들어 맞은편 가게의 호랑이 간판을 제압하고 있다고, 현지 신문을 인용하여 그런 풍경을 전하고 있다. 아주 실감 나게 썼다. 물론 그 글이 목적하는 바는 광저우 사람들의 미신을 비웃고자 하는 데 있다.

광둥 사람들의 미신은 분명 좀 심한 것 같다. 각지 사람들이 혼거하는 상하이의 룽탕[4]을 걸어가다 보면 타닥타닥 폭죽을 터뜨리거나 대문 밖 땅바닥에 향촉을 피우는 사람들을 흔히 보게 된다. 이들 중 열에 아홉은 광둥 사람이다. 신당新黨 사람들이라면 탄식하게 될 것이다. 그러나 광둥 사람들은 미신을 아주 진지하게 믿고 있으며 기백도 있다. 현단과 이규의 대형 초상화 같은 것은 아마 백 원 정도가 아니면 마련할 수 없을 것이다. 한나라 사람들은 야광주를 죽어라 찾아다녔고 오吳나라 사람들은 코끼리를 찾아다녔으며 역대 중원 사람들은 항상 광둥으로 가 보물들을 착취하곤 했다. 광둥인들은 지금까지도 아직 다 빼앗기지 않은 무엇이 남아 있기라도 한 것 같다. 그러니 저렇듯 가짜 호랑이에게도 지지 않기 위해 그리 많은 신경을 쓰는 것일 것이다. 만일 그렇지 않다고 해도 그들로선 목숨을 걸고 하는 일이니 그 역시 그들이 믿는 미신의 진지함을 말해 주고 있다.

사실, 중국 사람 가운데 미신을 믿지 않는 사람이 있겠는가. 다만 미신을 믿는 것이 별 신통치 않게 되니까 다른 사람들이 관심을 갖지 않는 것일 뿐이다. 예를 들어 보자. 맞은편 가게에 호랑이 간판이 생기면 대개의 상점들은 맘이 편치 않기 마련이다. 그럼에도 장쑤성과 저장성 사람들이라면 아마 그렇게 사력을 다해 싸우려 하진 않을 것이다. 그들은 그저 동전 한 닢으로 붉은 종이 한 장을 사서 그 위에 "강태공⁵⁾이 여기 계시니 아무 두려울 게 없도다"라거나 "태산석을 대적할 자 없노라"⁶⁾를 써서 슬그머니 붙여 놓을 뿐이리라. 그래도 맘이 편해진다. 이것도 미신은 미신이다. 그러나 이런 미신은 얼마나 좀스러운가. 전혀 생기라곤 없고 겨우 숨을 할딱거리는 것과 같아서 『자유담』의 소잿거리로도 제공될 수 없는 그런 것이다.

미신을 믿으려면 모호하게 믿느니 차라리 진지하게 믿는 편이 낫다. 만약 귀신에게 정말 돈이 필요하다고 믿는다면 아예 북송北宋 사람들처럼 동전을 땅에 묻을 것에 찬성한다.⁷⁾ 지금 저렇게 몇 장의 지전이나 불사르는 것은 이미 타인을 속이는 것일 뿐만 아니라 자신을 속이고 나아가 정말 귀신을 속이는 것이 된다. 중국은 수많은 일에 있어서 헛된 명분과 거짓 모습들만 남아 있다. 그것은 진지함이 없기 때문에 생긴 것들이다.

　　광저우 사람들의 미신이 무슨 본보기 삼을 만한 것은 아니겠으나 그 진지함은 본받을 만하고 존경할 만하다.

2월 4일

주)＿＿＿＿＿

1) 원제는 『如此廣州』讀後感」, 1934년 2월 7일 『선바오』의 『자유담』에 처음 발표했다.

2) 1934년 1월 29일 『선바오』의 『자유담』에 웨이리(味荔)라는 이름으로 발표했다.

3) 현단(玄壇)은 도교에서 '정일현단원사'(正一玄壇元師)라고 추앙되는 재물의 신으로, 조공명(趙公明)을 말한다. 그것을 그려 놓은 초상이 흑호(黑虎)보다 몸집이 커서 '흑호현단'이라고도 불린다. 이규(李逵)는 장편소설 『수호지』(水滸志) 속에 나오는 인물이다. 이 책 43회에는 그가 네 마리의 호랑이를 죽이는 이야기가 나온다.

4) 상하이 특유의 주택가 골목을 가리키는 말이다.

5) 강태공은 주나라의 태공망(太公望) 여상(呂尙)이다. 성이 강(姜)씨이고 여(呂) 땅에 봉해졌기 때문에 여상이라고 불렸다. 『사기』 「봉선서」(封禪書)에 "예부터 여덟 명의 신장(神將)이 있었다. 혹자는 태공 이후에 만들어졌다고 한다"라고 기록되어 있다. 후에 신화소설인 『봉신연의』(封神演義)에는 강태공이 요괴와 귀신들에게 봉호를 내렸고 그래서 민간에서는 그의 이름으로 '요사한 것들'을 진압할 수 있다는 믿음이 생기게 되었다고 했다.

6) 원문은 '泰山石敢當'이다. 서한(西漢) 사유(史游)의 『급취편』(急就篇)에 이미 '석감당'(石敢當)이란 말이 나온다. 여기에 당대 안사고(顔師古)가 주석하길 "감당(敢當)은 처함에 있어 적이 없다는 말이다"라고 했다. 옛날 다리나 길이 있는 곳을 정면으로 향하고 있는 인가의 대문 어귀나 마을 입구 등지에 석상이나 돌조각을 세우고 그 위에 '태산석을 대적할 자 없노라'라는 글을 써 놓았다. 이것이 '사악한 것을 쫓아내는' 효용이 있다고 믿었기 때문이다. 앞에 '태산'을 첨가한 것은 아마도 옛날부터 '태산부군'

(泰山府君)이 '귀신과 사악함을 물리칠 수 있다'는 말이 민간에 유전되어 내려왔기 때문일 것이다.

7) 당대(唐代) 봉연(封演)의 『봉씨문견기』(封氏聞見記) 6권에 나오는 기록이다. "옛날, 귀신에게 제사를 지낼 때는, 규벽(奎璧 ; 규와 벽은 모두 제사 지낼 때 몸에 지녔던 옥)과 폐백(幣帛 ; 귀신에게 바치는 예물)을 놓았다. 제사가 끝나면 그것을 땅에 묻었다. …… 지전을 사용한 것은 위진(魏晉) 이후에 시작된 일이다." 지전을 사용한 이후에도 여전히 동전과 은화를 묘에 묻기도 했다.

설[1]

장칭루

올 상하이의 설은 지난해보다 활기가 넘쳤다.

　문자로 하는 호칭과 입으로 하는 호칭은 좀 다르게 마련인데, 어떤 이는 설을 '폐력'廢曆[2]이라고 불러 경멸하고, 어떤 이는 그것을 '고력'古曆이라고 불러 애틋해한다. 그런데 이 '역'曆에 대한 대우는 마찬가지인 것이다. 연말 결산장부를 정리하고, 신에게 제사를 지내며 조상에게 제를 올리고, 폭죽을 터뜨리며 마작을 하고, 세배를 하며 "부자 되세요!" 한다.

　설이지만 발간을 쉬지 않은 신문지상엔 이미 개탄의 말도 있다.[3] 그러나 개탄은 개탄일 뿐, 아무리 해도 현실을 막을 수는 없다. 몇몇 영웅 작가께선 사람들에게 일 년 내내 분발할 것과 비분강개할 것과 기념할 것을 호소했다. 그러나 그렇게 하라 할 뿐이니 아무리 해도 현실을 이기진 못한다. 중국은 슬퍼해야 할 기념일이 너무 많다. 그런 날은 관례에 따라 최소한 침묵은 지켜야 한다. 기뻐해야 할 기념일도 적지 않은 셈이다. 그러나 이 역시 "반동분자들이 기회를 틈타 난동을 부릴"[4]지도 모르니 두려워서 모두 마음 놓고 즐거워할 수가 없다. 몇 차례나 금지당하고 도태되다 보니 어떤 명절도 거의 목이 조여 죽을 지경이 되었다. 그래서 겨우 숨이 붙어 있는 이 '폐력'이나 '고력'이 겨우 우리에게 남아 있는 것들이란 생각에 더 애착이 간다. 이는 각별하게 경축할 일이지 무슨 '봉건의 잔재'라는 한마디 말로 가볍게 무시할 수 있는 것은 아니다.

사람들에게 일 년 내내 비분강개하고 열심히 일하라고 호소하는 영웅들은 이 비분강개하고 열심히 노동하는 사람들을 모르는 게 틀림 없다. 사실 비분강개하는 사람과 열심히 노동하는 사람은 수시로 휴식과 즐거움이 필요한 것이다. 고대 이집트의 노예들도 때로는 냉소를 던질 줄 알았다. 그것은 모든 것을 멸시하는 웃음이다. 이 웃음의 의미를 이해하지 못한 자들은 그저 노예의 주인이거나 노예 생활에 안주하여 일도 조금만 하는, 게다가 비분강개하는 것도 잊어버린 노예들뿐일 것이다.

나는 음력설을 지내지 않은 지 23년이 되었다. 그런데도 이번에는 연 삼 일 밤을 폭죽[5]을 터뜨려 이웃집 외국인이 "쉿" 하는 소릴 내게 만들었다. 이 소리는 폭죽과 더불어 내 일 년 중에 유일한 즐거움이 되었다.

2월 15일

1) 원문은 「過年」, 1934년 2월 17일 『선바오』의 『자유담』에 처음 발표했다.

2) 폐력(廢曆)은 음력(다른 말로 하력夏曆이라고 칭함)을 가리킨다. 1912년 1월 2일 중화 민국 임시정부는 음력을 폐하고 양력을 사용하라는 명을 내렸다. 나중에 국민당 정 부 역시 계속하여 이러한 명을 내렸다.

3) 1934년 2월 13일(음력 그믐날) 『선바오』호외(號外) 본부증간(本埠增刊 ; 상하이 항구 지역판)이 임시로 간행한 부간 『부자유담』(不自由談)에 페이런(非人)이란 이름으로 쓴 「개막사」(開場白)가 실렸고 여기에 이런 말이 나온다. "편집 선생님들이 일 년 내 내 고생했다. 요 며칠 겨울휴가 동안 좀 자유롭게 쉬면서 편하게 글이나 쓰고 좀처럼 얻기 어려운 행복을 누릴까 했다. 그런데 생각지도 않게 갑자기 명령이 내려왔다. 호 외를 발행해야 할 뿐 아니라 몇 줄 허튼소리라도 해야 한다는 것이다. 방법이 없어 몇 마디 허튼소릴 하고 있다."

4) "반동분자들이 기회를 틈타 난동을 부린다"는 『거짓자유서』(僞自由書) 「다난한 달」 ("多難之月")에도 나온 내용이다. 1933년 5월 5일 국민당 상하이 당부(黨部)가 '혁명 정부 수립 12주년 기념'대회를 거행했다. 사전에 각계에 이렇게 지시했다. "이날 오 전 9시 본 당부 3층 대강당에서 각계 대표를 소집해 기념대회를 거행한다." 그리고 그 기념의 아홉 가지 방법을 정했다. 그 마지막 항목이다. "사령부 지시(暨市) 공안국 에 서신으로 경비를 요청해 반동분자가 기회를 틈타 소란 피울 것에 단호히 대처한 다. 또한 군경 약간 명을 파견하여 회의장의 질서를 유지한다."

5) 원문은 '花爆', 즉 폭죽을 말한다. 1934년 음력 설이 다가오자, 국민당 상하이 정부는 "밤에 아이들이 기회를 틈타 일을 벌일지도 모른다"라는 이유로 "시민들은 폭죽을 터뜨리지 말아야 한다"는 명령을 발포했다.

운명[1]

니쉬얼

영화 「자매꽃」[2]에서 가난한 노파가 그녀의 가난한 딸에게 이렇게 말했다. "가난한 사람은 평생 가난한 사람일 뿐이니 너는 잘 인내해야 한다!" 중한[3] 선생이 이를 개탄하며 비판하고 이름 붙이길 '빈자철학'이라고 했다.(『다완바오』大晚報 참조)

물론, 이 말은 사람들에게 가난 속에서도 평화로울 수 있음을 가르치는 것으로 그것이 근거하고 있는 것은 '운명'이다. 안빈安貧을 주장한 고금의 성현들은 이미 수없이 많았다. 하지만 안빈하지 못하는 가난한 사람도 '끝까지' 줄어들지 않고 있다. '현자가 아무리 주도면밀 사려를 해도, 한 번 실수는 반드시 있기 마련'[4]이라 했다. 여기서 '실수'란 그 사람이 관 뚜껑을 덮은 후가 아니고선 그 사람 운명을 '끝까지' 알 수가 없다는 것이다.

운명을 예언한 사람이 과거 없지는 않았다. 도처에는 관상을 보는 사람과 팔자를 논하는 사람들이 있다. 그런데 그들 가운데 자신의 손님에게, 그가 평생 동안 가난할 것이라고 단정해 말할 사람은 거의 없을 것이다. 만일 있다 해도 여러 사람들의 의견이란 것은 같은 관상을 보아도 일치하지 않는 법이니 갑이 가난할 것이라 말하면 을은 부자가 될 것이라 말할 것이다. 그래서 가난한 사람들로 하여금 자기 장래의 운명을 확실하게 믿을 수 없게 만든다.

운명을 믿지 않으면 '안분'安分할 수 없다. 가난한 사람이 복권을 사는 것은 '안분하지 않으려는 생각'에서다. 그런데 이는 오늘날 국가에 있어서 이익이 전혀 없다고 말할 수 없는 것이다. 그러나 '이로움이 있으면 반드시 폐단도 있어', 기왕 운명을 알 수 없는 바에야, 가난한 사람도 황제가 되고 싶은 꿈을 꾸니 이는 이상한 일이 아니다. 이래서 중국에 『추배도』[5]가 출현하게 되는 것이다. 송나라 사람의 말에 따르면, 오대五代 때 많은 사람들이 이 그림책을 보고 나서 자기 아들에게 이름을 지어 주어 장래에 좋은 징조가 들기를 바랐다고 한다. 송 태종 때에는 이 책에서 마구 채록해 만든 백여 종의 다른 책들이 별권들과 함께 한꺼번에 유통되게 되었다. 독자들이 그 책들 목차를 보면 서로서로 상충되는 것도 많고 내용도 일치하지 않았다. 그러자 사람들은 더 이상 소중히 간직하지 않게 되었다. 그러나 9·18사변 때 상하이에서는 여전히 『추배도』의 새 판본이 대량 팔려 나갔다.

'안빈'은 정말 천하를 태평하게 만드는 데 있어 중요한 방법이다. 그런데 최후의 운명을 꼭 집어 예견할 길이 없다면 결국 사람들에게 죽어라 체념만 하고 편히 지내라 할 수가 없다. 오늘날의 우생학[6]은 원래 과학적인 것이라고 말할 수 있다. 중국에도 바야흐로 이것을 주장하는 사람이 생겨 운명설의 빈약함을 구제해 보려 하고 있다. 그러나 역사는 또 기어이 이런 주장에 힘을 보태 주지 않는다. 한 고조[7]의 아버지는 결코 황제가 아니었으며, 이백의 아들 역시 시인이 아니었다. 또 입지전적인 인물들의 전기도 있다. 이런 책들은 사람들에게 조잘조잘 서양의 누가 모험으로 성공을 하였다느니 또 누가 빈손으로 부를 축적하였다고 말하고 있다.

운명설을 가지고는 치국평천하를 할 수 없다. 이는 명명백백하게 역사가 증명하고 있다. 그래도 만일 그것을 가지고 국민을 통제하는 수단으로 삼으려 한다면 중국의 운명은 정말 더할 나위 없는 극'빈'이 될 것이다.

2월 23일

주)_____

1) 원제는 「運命」, 1934년 2월 26일 『선바오』의 『자유담』에 처음 발표했다.

2) 정정추(鄭正秋)가 자신이 편집한 무대극 「귀인과 범인」에 근거해 개편하고 그 자신이 감독한 영화다. 1933년 상하이 밍싱영화공사(明星影片公司)가 촬영했다. 영화는 1924년 군벌 내전을 배경으로 어릴 때 헤어진 쌍둥이 자매를 그리고 있다. 동생은 군벌의 첩이 되었고 언니는 죄수가 되었다. 나중에 서로 만나 부모와 함께 온 집안이 단란하게 사는 것으로 끝난다.

3) 자오중한(昭宗漢, 1907~1989)을 말한다. 장쑤성 우진(武進) 사람으로 신문 관계 일을 했다. 그의 『빈자철학』(窮人哲學)은 1934년 2월 20일 『다완바오』(大晩報) 「일일담」(日日談)에 발표했다.

4) 원문은 '智者千慮, 必有一失'이다.

5) 『추배도』(推背圖)는 참위(讖緯)설에 근거한 그림책이다. 『송사』의 「예문지」(藝文志)에 편찬자의 이름 없이 오행가(五行家)의 저서로 열거하고 있다. 남송 악가(岳珂)의 『정사』(桯史)에는 당대 이순풍(李淳風)이 지었다고 했다. 현존하는 판본은 1권 60도(圖)로 되어 있다. 『정사』 권1의 「예조금참서」(藝祖禁讖書)에는 다음과 같은 기록이 있다. "당 이순풍이 『추배도』를 지었다. 오대(五代)의 난리로 왕과 제후들이 굴기하자 사람들은 요행을 바라는 마음을 가지게 되었다. 따라서 참위에 관한 학설이 세차게 일어나 걸핏하면 참위서를 뒤져 오월(吳越)에서는 그 자식의 이름을 짓기에 이르렀다. …… 그런데 추배도가 전해진 지 수백 년이 되었고 민간에서도 많이 소유하고 있었기 때문에 회수하기가 어려워 관리들이 걱정했다. 하루는 조(趙) 한왕(韓王)이 카이펑(開封)의 감옥 사정에 대해 상주하면서 '지키지 않는 자가 너무 많아 이루 다 죽일 수가 없습니다'고 했다. 이에 위에서 말하길 '지나치게 금지할 필요 없다. 그것을 혼란스럽게 만들면 된다'고 했다. 이에 구본(舊本)을 가져오게 명령한 뒤 입증된 것을 제외하고 모두 순서를 바꿔 놓고 뒤섞어 써서 백 가지 판본으로 만들어 원래 책과 함께 유통하게 했다. 이에 그 책의 선과 후, 진위를 알 수 없게 되어 버렸다. 간간이 구본을 가지고 있는 사람도 있었으나 더 이상 영험하지 않아 보관하지 않게 되었다." 『거짓자유서』 「추배도」의 주석 6번 참조.

6) 우생학(優生學, eugenics)은 종의 개량을 목적으로 인간의 선발육종에 대해 연구하는 학문이다. 인류를 유전학적으로 개량할 것을 목적으로 하여 여러 가지 조건과 인자 등을 연구하는 학문으로 1883년 영국의 프랜시스 골턴(Francis Galton)이 창시했다. 우수 또는 건전한 소질을 가진 인구의 증가를 꾀하고 열악한 유전소질을 가진 인구의 증가를 방지하는 것이 목적이다.

7) 한 고조(高祖)는 유방(劉邦, B.C. 247~195)을 말한다. 자는 계(季)이고 페이현(沛縣: 지금의 장쑤성) 사람으로 한 왕조를 세운 사람이다.

크고 작은 사기[1]

덩당스鄧當世

지난 이 년 동안에도 짜깁기, 표절, 매명賣名, 도용 등등 '문단'의 추한 일들이 정말 적잖이 폭로되었다. 그런데 끝까지 해명될 수 없었던 일도 있었다. 그것은 단지 우리들이 너무 익숙하게 보아 왔던 터여서 크게 염두에 두질 않았기 때문이다.

명사의 추천 글이 반드시 잘 쓴 것으로 보이진 않더라도 단지 그 책의 작가나 출판인이 그 명사를 잘 알고 있다는 것을 표현한 것이므로 내용과는 무관할지라도 사람을 속인 것이라 할 수는 없다. 의심이 가는 것은 '감수'다. 감수를 담당하는 사람은 대개 명사, 학자, 교수가 된다. 그런데 이들 선생들께서 그 분야 학문과 관련된 저서가 전혀 없는 분들이다 보니 정말 감수를 제대로 한 것인지 아닌지가 문제된다. 정말 감수를 한 것이라도 그 감수가 정말 믿을 만한 것인지 역시 다시 문제가 된다. 그러나 재감수를 하여 비평을 한 글을 우린 거의 보지 못했다.

또 한 가지가 있다. '편집'이다. 이 편집자도 대개는 명사들이어서 그 이름만 보고도 독자들을 그 책은 믿을 수 있는 것이라고 생각하게 된다. 그런데 여기도 의심스러운 것이 있다. 만일 그 책에 서문이나 발문이 있으면 그 글과 글이 보여 주는 사상으로 인해 그 책이 정말 그 명사가 편집한 것인지 아닌지를 판가름할 수가 있다. 그러나 시중에 진열된 책들은 펼치기만 하면 언제나 서문도 없이 바로 목차가 나와 버려 생각을 조금 더 더듬어 나갈 수 없게 한다. 그러니 어떻게 믿을 수 있겠는가? 각 분야 대형 간행물의 이른바 '주필'이란 사람들은 그 명사의 이름이 위로는 하늘로 치솟고 아래로는 땅에 다다라 도무지 통달하지 않은 분야가 없다. "아무것도 하지 않으면서도 하지 않는 일이 없게 된다"[2]이니, 우리들이 더 이상 재단하고 추측할 필요가 없게 된다.

또 한 가지가 있다. '특약기고'다. 간행물이 처음 나오면 광고에 종종 대대적으로 수많은 특약기고의 명사들 이름을 열거하곤 한다. 때로는 볼록 나온 부각인쇄로 작가의 친필 서명을 찍어 내 그것이 진짜임을 보여 주기도 한다. 이런 것은 결코 의심할 수 없다. 그런데 일 년, 반년이 지나면 점차 파탄이 난다. 소위 그 수많은 특약기고가의 문장을 한 글자도 볼 수 없으니 말이다. 애당초 기고 약속을 하지 않은 것인지 아니면 약속을 하고도 글을 보내지 않은 것인지 우린 통 알 수가 없다. 그러니 이른바 그 친필 서명이란 것들도 다른 데서 오려 온 것이거나 위조한 것인지도 모른다. 만약 친필 서명을 친필 원고에서 취한 것이라면 왜 서명만 보이고 그 사람의 원고는 보이지 않는가?

그 명사들은 그들의 '이름'을 팔아, 잘 모르겠지만 '공돈'을 받은 것일까? 만약 받았다면 자신을 파는 것에 동의한 것이지만 그렇지 않다면 '도적질당해 팔린 것'이라고 할 수 있다. '세상을 속이고 이름을 도용하는' 자들이 있고, 이름을 도적질해 팔아서 세상을 속이는 자들도 있다. 인간사는 정말 천태만상이다. 그러하니 손해를 보는 사람은 단지 독자뿐이다.

3월 7일

주)_____

1) 원제는 「大小騙」, 1934년 3월 28일 『선바오』의 『자유담』에 처음 발표했다.
2) 『노자』(老子) 제48장에 나오는 말이다. "학문을 하면 날로 지식이 늘어나지만, 도 닦는 일을 하면 날로 지식이 줄어들 것이다. 지식이 줄고 또 줄어들어서 아무것도 하지 않게 됨에 이르게 된다. 아무것도 하지 않으면서도 하지 않는 일이 없게 되는 것이다." 『노자』 원문에 나오는 '늘어나다'(益)와 '줄어들다'(損)는 지식과 욕망의 증감을 가리킨다.

'어린아이 불가'[1]

미쯔장 宓子章

최근 5, 6년 동안 외국 영화가 우리에게 먼저 보여 준 것은 서양 협객들은 온통 용감하다는 것이고 그리하여 야만인들은 누추하고 못났다는 것이며 또 그리하여 서양 아가씨들의 각선미는 훌륭하다는 것이다. 그런데, 안목이란 것은 점점 더 높아지게 마련이어서 마침내 다리 몇 개로는 부족하게 되어 아주 많아지게 되었고, 그것으로도 부족하게 되자 아예 벌거벗어 버렸다. 이것이 바로 '나체운동대사진'[2]이란 것이다. 비록 그것이 정정당당하게 '인체미와 건강미의 표현'이라 할지라도 역시 '어린아이 불가'[3]인 것이다. 어린아이는 이러한 '미'美를 볼 자격이 없다는 것이다.

왜 그런가? 광고 문구에 이런 말이 있다.

"아주 총명한 아이가 말했지요. 그 여자들은 몸을 왜 안 가려?"

"아주 엄숙한 아빠가 말했지요. 어쩐지 극장이 아이들 불가라고 하더라니!"

이것은 물론 작가들이 지어낸 훌륭한 문장일 뿐이다. 왜냐하면 이 영화는 상영하면서부터 '어린아이 불가'를 내걸었기 때문에 아이들은 볼 수 없었다. 그런데 만일 아이들에게 정말 보여 주었다면 그런 질문을 하였을까? 아마 그랬을 거라고 생각한다. 그러나 이 질문의 뜻은 장생이 노래한 "아아, 어찌하여 얼굴을 돌리지 않나요"[4]와는 완전히 다른 것일 게다. 영화 속 인물들의 부자연스러운 태도가 아이들에게 이상한 생각이 들게 만들어 그렇게 질문했을 수도 있겠다. 어쩌면 중국의 아이들이 다소 조숙하고 성감도 좀 예민한 편일지도 모르겠다. 그래도 어른인 그들의 '아빠'들에 비해 마음이 그렇게 엉큼한 것은 아닐 것이다. 만일 그렇다고 한다면 20년 후 중국 사회는 정말 한심스럽게 될 것이니. 그런데 사실은 결코 그렇지 않을 것이므로 그 아버지의 대답은 역시 이렇게 고치는 것이 좋겠다.

"날 참지 못하게 만드니, 정말 얄밉구나!"

그러나 감히 이렇게 말하는 '아빠'가 꼭 있으란 법도 없다. 그는 언제나 "자신의 마음으로 남의 마음을 헤아리"고자 하기 때문에,[5] 다 헤아린 후에는 자기의 마음을 다른 사람의 가슴에 억지로 밀어 넣고는 짐짓 자신은 안 그런 척 위장하면서 다른 사람의 마음이 자기만큼 깨끗하지 않다고 말해 버리곤 하기 때문이다. 나체를 한 여인들이 모두 "몸을 돌리지 못하는 것"은 사실 전적으로 이런 부류의 인물들 때문이다. 설마 그 여자들이 백치가 아니고서야 이 '아빠'들 눈빛이 아이들의 눈빛보다 훨씬 더 순수하지 못하다는 것도 알아채지 못하겠는가?

그런데 중국 사회는 아직 이 '아빠' 부류들이 휘어잡고 있는 사회여서 영화를 만들려면 '엄마' 부류는 몸을 바쳐야 하고 '아들' 부류는 비방을 당해야만 한다. 그러다 만일 결정적이고 중요한 일이 닥치면 여전히 무슨 '목란이 군대를 갑네', '왕기가 나라를 수호합네' 하면서,[6] '여자와 소인'[7]을 떠밀어 난관을 대강 모면하곤 한다. "우리 국민들은 장차 어떻게 후일에 대처하려는가?"

4월 5일

주)_____

1) 원제는 「小童擋駕」, 1934년 4월 7일 『선바오』의 『자유담』에 처음 발표했다.
2) 1934년 3월 상하이대극장에서 독일, 프랑스, 미국 등 국가의 나체운동 다큐멘터리 영화인 「자연으로 돌아가다」(回到自然)를 상영했다. 이즈음 극장은 이를 대대적으로 선전했다. 이 말과 다음에 나오는 인용문은 모두 선전광고에 나온 문구들이다.
3) '어린아이는 입장 불가' 혹은 '어린아이는 관람 불가'의 의미다.
4) 장생(張生)은 장공(張珙: 즉 군서君瑞)를 가리킨다. 원대 왕실보(王實甫)의 『서상기』(西廂記)에 나오는 인물로 여기서 인용한 노래 가사는 이 극본의 제4본(本)인 「초교점몽앵앵」(草橋店夢鴬鴬)의 제1절(折)에 나온다. "아아, 어찌하여 얼굴을 돌리려 하지 않는가?"
5) "자신의 마음으로 남의 마음을 헤아리다." 『중용』 13장의 주회(朱熹) 주석에 나오는 말이다.
6) 목란(木蘭)이 군대를 간다는 것은, 위진남북조시대 북조의 민간 장편 서사시인 「목란시」(木蘭詩)에 나오는 이야기를 가리킨다. 이 시는 목란이 남장을 하고 징병당할 처지에 놓인 늙은 아버지를 대신하여 군에 들어가 12년간 전쟁에 참가하여 공을 세우고 고향으로 돌아온다는 것을 서사하고 있다.
   왕기(汪錡)는 춘추시기 노나라의 한 아이였다. 제나라의 침략을 받은 노나라를 구하기 위해 전쟁터 랑(郎) 땅으로 떠났다가 거기서 전사했다. 후에 공자에 의해 나라를 위해 희생한 모범으로 추앙되었다. 『예기』(禮記) 「단궁하」(檀弓下)편에 이런 기록이 있다. "랑 땅에서 노(魯)나라와 제(齊)나라 병사들이 전쟁을 했다. 공숙우인(公叔禺 人)은 …… 그 이웃의 동자 왕기와 함께 전쟁터로 달려가 모두 그곳에서 전사했다."

7) "여자와 소인은 다루기 어려우니 가까이하면 불손해지고 멀리하면 원망한다"에 나오는 말이다. 『논어』 「양화」편에 나온다.

옛사람은 결코 순박하지 않았다[1]

왕준翁隼

노인들은 항상 말하곤 한다. 옛사람들이 요즘 사람들보다 순박하고 마음씨도 곱고 그래서 장수하였다고. 나도 예전에는 이런 믿음을 갖고 있었다. 그러나 지금은 그 믿음이 흔들리게 되었다. 달라이 라마는 보통사람보다 마음이 선량했지만 결국에는 "불행히도 단명하여 일찍 죽었다".[2] 그런데 광저우에서 열린 경로잔치[3]에는 예상 밖에 수많은 할아버지 할머니들이 모였다. 백여섯 살 된 한 노부인은 아직도 실을 바늘에 꿸 수가 있다고 했다. 사진이 그것을 증명하고 있다.

옛사람과 지금 사람의 마음이 좋고 나쁨을 비교하기란 다소 어렵다. 하는 수 없이 시문詩文에서 그 비교의 방법을 찾아볼 따름이다. 옛날 시인은 '온유돈후'한 것으로 이름이 나 있다. 그런데 어떤 시인은 이렇게 말하고 있다. "태양은 어찌하여 사그라지지 않고 있는가, 내 너와 함께 멸망하리라!"[4] 당신 생각에 이것은 얼마나 지독한 말인가? 그런데 더 이상한 것은 공자님께서 '교열'의 과정을 거치면서도 이것을 삭제하지 않았다는 점이다. 그러고서도 무슨 "시경 삼백 편을 한마디로 말한다면 시의 사상에 사악함이 없다"[5]고 하셨다니, 분명 성인께서도 이를 사악하지 않은 것으로 여기셨나 보다.

또 현존하여 유통되고 있는 『문선』이란 책이 있다.[6] 청년작가들이 어휘를 풍부하게 하고 싶거나 건축을 잘 묘사하고자 한다면 반드시 이 책을 보아야 한다고들 말한다. 그런데 내가 그 속의 작가들을 죽 한번 조사해 봤다. 그런데 적어도 그 절반이 제명에 죽질 못했다. 물론, 이것은 마음이 착하지 않았기 때문이리라. 소명昭明태자가 죽 한번 선별을 해서 만든 이 책은 정말 그 어휘력에 있어 스승이 된 듯하다. 그러나 거기에는 개인적인 주장도 있고 편벽되면서 아주 격한 글도 있다. 만일 그런 글들이 없었다면 그 사람들은 전혀 내려오지 않았을 것이다. 당나라 이전 역사에 나오는 작가전을 시험 삼아 좀 죽 들추어 보았더니 대개는 상전의 속마음과 취지를 잘 받들어 격문檄文을 초안하거나 축사를 지었던 사람들이다. 그런데 이런 작가들의 글은 지금까지 전해지는 것이 극히 드물다.

이로 미루어 볼 때 고서본 전체를 영인해 내는 것은 아주 위험한 일일 수 있다. 근자에 우연히 석판본 『평제문집』[7]을 보았다. 작자가 송대 사람이니 옛날이라고 할 수는 없겠다. 그런데 그 시가 교훈이 될 만하지 않았다. 예를 들면 「여우와 쥐」狐鼠를 노래하여 이렇게 읊는 것이다. "여우와 쥐는 한 굴에서 뽐내고, 호랑이와 뱀은 사통팔달 천하를 다니네. 하늘에 눈이 있은들 무엇하리, 그들이 온 땅을 지배하고 있거늘……." 또 「형공」荊公을 노래하여 이렇게 읊조리고 있다. "기른 자는 화근을 품고 떠나갔으나, 종산鍾山은 여전히 사람을 향해 푸르구나."[8] 집권자를 질책하는 이런 말투는 지금 사람들이 읽기에 익숙하지 않다. 당송 '팔대가'[9] 가운데 한 사람인 구양수[10]는 과격한 문장가라고는 할 수 없겠으나 그의 글 「이고의 글을 읽다」 가운데는 이렇게 말한 것이 나온다. "오호라, 관직에 있으면서 스스로 노심초사하려 하지 않더니, 다른 사람도 모두 근심걱정을 못 하게 금하누나. 참으로 개탄스럽도다!" 이 역시 몹시 성을 내고 있는 글이다.

이런 글들이 있었음에도 후세 사람들의 엄선을 거치면서 옛사람들이 순박해지기 시작한 것이다. 후세 사람들이 옛사람을 순박하게 만들 수 있었으니 그들이 옛사람들보다 훨씬 순박하단 걸 알 수 있다. 청조는 일찍이 황제의 명령으로 『당송문순』과 『당송시순』[11]을 편찬했다. 이것은 황제가 옛사람들을 순박하게 만들어 놓은 아주 좋은 표본이다. 아마도 머지않아 어떤 사람이 이 책을 다시 찍어 냄으로써 "이미 역류하고 있는 노도의 물결을 돌이켜 보려 하겠지".[12]

4월 15일

주)_____

1) 원제는 「古人幷不純厚」, 1934년 4월 26일 상하이 『중화일보』(中華日報)의 『동향』(動向)에 처음 발표했다.

2) 달라이 라마는 1933년 12월 17일 세상을 떠난 티베트의 13대 달라이 라마 갈와 툽텐

갸초(Thubten Gyatso, 1876~1933)를 말한다. 그는 티베트의 저물어 가는 운명과 일생을 함께 한 비극의 지도자였다. 1876년 태어나 1878년에 즉위한 그는 1904년 영국의 침략과 1909년 중국의 침략을 받았다. 티베트 정치는 외부의 침략으로 인해 안에서 다툴 여력이 없었다. 그래서 13대 달라이 라마는 국내 정치를 상대적으로 안정시킬 수 있었다. 기나긴 중국의 침략을 간신히 견뎌냈으나 끝까지 막지 못하고 조국 티베트의 비극을 예언하며 1933년 입적했다.

"불행히도 단명하여 일찍 죽었다"는 공자가 제자 안연(顏淵)이 일찍 죽은 것을 애도하며 한 말이다.『논어』「옹야」(雍也)편에 나온다.

3) 경로잔치의 원문은 '耆英會'이다. 1934년 2월 15일 국민당 정부의 광저우 시장 류지원(劉紀文)이 신축한 시청사의 낙성을 기념하여 경로잔치를 열었다. 80세 이상 노인 200여 명이 모였다. 그중에 106세 된 장쑤스(張蘇氏)란 사람은 실을 바늘에 꿸 수 있었다. 그녀가 바늘에 실 꿰는 모습을 찍은 사진이『선바오』의『화보특간』(畵報特刊) 2호에 게재되었다.

4)『상서』(尙書)「탕서」(湯誓)에 나오는 말이다. 원문은 "時日曷喪, 予及汝偕亡!"이다. 여기서 해(時日)는 하나라 걸(桀)임금을 가리킨다. 걸임금의 폭정을 원망한 시로 해석된다.

5) 원문은 '詩三百, 一言以蔽之曰, 思無邪'이다. 공자가『시경』을 평가하여 한 말이다.『논어』「위정」(爲政)편에 나온다.

6)『문선』(文選)은 양(梁)나라 소명(昭明)태자 소통(蕭統)이 편한 책으로, 진한(秦漢) 시기에서 제량(齊梁)까지의 시문을 모은 중국 최초의 시문집이다. 총 30권. 당대 이선(李善)이 60권으로 나누어 주석을 달았다. 1933년 9월 스저춘(施蟄存)이 청년들에게『문선』을 추천하면서 이 책을 읽으면 "어휘력을 확장시킬 수 있으며", 그 속에서 "궁중 건축" 등을 묘사하는 좋은 단어들을 차용할 수 있다고 말했다.

7)『평제문집』(平齋文集). 총 32권으로 송대 홍자기(洪咨夔, 1176~1236)가 지었다. 홍자기는 자가 순유(舜兪)이고 저장성 위첸(於潛; 지금은 린안臨安에 편입됨) 사람이다. 가태(嘉泰) 2년(1202)에 진사(進士)가 되었고, 관직은 형부상서와 한림학사를 역임했다. 석판본은 1934년 상우인서관(商務印書館)에서 찍은『사부총간속편』(四部叢刊續編)본을 말한다.

8) 형공(荊公)은 왕안석(王安石, 1021~1086)을 가리킨다. 왕안석은 자가 개보(介甫)이고 푸저우성(撫州省) 린촨(臨川; 지금은 장시江西에 속함) 사람이다. 북송의 개혁 정치가

이자 문학가이다. 신종(神宗) 때 재상이 되어 개혁을 시도하였으나 보수파의 반대와 공격으로 실패했다. 재상 때 형국공(荊國公)에 봉해졌기 때문에 왕형공으로도 불렸다. 여기서 '화근'은 왕안석이 이전에 중용한 적이 있었으나 나중에 왕안석을 배척했던 여혜경(呂惠卿)의 무리를 가리킨다. 왕안석은 개혁 실패 후 만년에 난징(南京)에 있는 중산(鍾山)의 반산당(半山堂)으로 물러나 은거했다.

9) 당대의 한유, 유종원, 송대의 구양수, 소순, 소식, 소철, 왕안석, 증공 등 8명의 유명한 산문가를 지칭한다. 송대의 모곤(茅坤)이 그들의 작품을 선집으로 묶어 『당송팔가문초』(唐宋八家文鈔)라고 명명한 데서 '팔대가'란 이름이 나왔다.

10) 구양수(歐陽修, 1007~1072)는 자가 영숙(永叔)이고 루링(廬陵 ; 지금의 장시江西 지안吉安) 사람이다. 북송을 대표하는 작가이며, 추밀부사(樞密副使), 참지정사(參知政事)를 역임했다. 「이고의 글을 읽다」(讀李翶文)는 『구양문충집』(歐陽文忠集) 73권에 들어 있다.

이고(李翶, 772~841)는 자가 습지(習之)이고 룽시(隴西) 청지(成紀 ; 지금의 간쑤 타이안泰安) 사람이다. 당대의 작가로 관직이 중서사인(中書舍人), 산남동도(山南東道) 절도사(節度使)에 올랐다.

11) 청대 건륭 3년(1738), 황제의 명으로 『당송문순』(唐宋文醇) 58권을 편찬하여 당송팔대가와 이고, 손초(孫樵) 등 10명의 문장을 수록하였다. 『당송시순』(唐宋詩醇)은 건륭 15년(1750) 황제의 명으로 47권을 편찬하여 당대의 이백, 두보, 백거이, 한유와 송대의 소식, 육유 등 6명의 시를 수록하였다.

12) 이 말은 당의 한유(韓愈)의 「진학해」(進學解)에 나오는 다음 말에서 왔다. "수많은 강을 막아 동으로 흐르게 하고, 이미 역류하고 있는 노도의 물결을 돌이키고자 했다." (障百川而東之, 回狂瀾於旣倒) 이 말은 불교와 도교가 성행하고 유교가 쇠락해 가는 당대의 시대사조를 바로잡고자 했던 한유의 결의를 나타낸 말이다. 루쉰의 이 글의 의도는 혁명의 새로운 물결을 저지하기 위해 저항정신이 결여된 고문서를 발행하고 있는 국민당을 비판하기 위한 것이다. 그들은 고서를 발행하면서 최상의 작가 작품과 고서를 발행하고 있다고 했다.

법회와 가극 [1)]

명후 孟弧

「시륜금강법회 모금행사를 위한 발기문」[2)]에 이런 글귀가 있다. "옛날 사람은 재난을 당하면, 윗사람은 자신을 벌주는 것이었고, 아랫사람은 수신修身을 하는 것이었다.…… 지금은 인심이 쇠락하여 불력佛力의 도움에 의지하지 않고서는 이런 재난을 없앨 방도가 없다." 지금도 이 글귀를 기억하고 있는 사람이 있을 것이다. 이것은 정말 사람들에게, 자신과 다른 사람이 모두, 홍수를 막거나 메뚜기떼를 몰아내는 데 아무 쓸모가 없는, 반푼어치의 가치도 없는 하찮은 존재란 느낌이 들게 만드는 말이다. 만일 "자신이 지은 업을 지우거나 타인의 재난으로부터 안전하고자 한다면"[3)] 다른 방법 없이 판첸 라마 대사를 모셔다가 부처님께 도움을 청해야 하는 것이다.

믿음이 깊은 사람들이 분명 있는 모양이다. 그렇지 않다면, 어떻게 그 막대한 돈을 모금할 수가 있겠는가.

그러니 결국 "인심은 쇠락에 접어든" 듯하다. 중앙사의 17일자 항저우발 통신은 이렇게 전했다. "시륜금강법회가 이달 28일 항저우에서 개최될 예정이다. 메이란팡, 쉬라이, 후디에를 초청하여 회의 기간 중 닷새 동안 가극歌劇 공연을 할 예정이라고 했다."[4] 범패 소리의 청아한 음이 결국 경쾌한 노래와 느릿한 춤사위에 '휩싸이게' 되었다. 어찌 상상 밖이라 아니하겠는가!

무릇 옛날에는 부처가 설법을 하면 천상의 여인이 꽃을 뿌렸다는데,[5] 지금 항저우에서 열리는 법회에는 부처가 친히 왕림하지는 않을 것인즉, 메이 선생에게 잠시 천상의 여인으로 분장해 줄 것을 정중히 청했다고 하는 것은 당연 있을 수 있는 일이다. 그러나 법회가 그런 모던 아가씨들과 무슨 관계가 있단 말인가? 영화배우와 표준미인[6]이 노래를 부르지 않으면 "그런 재난을 없앨" 수 없다는 말인가?

아마도 부처에게 예불 드릴 사람들은 아직은 인심이 막 '쇠락하기' 직전이라, 겸해서 오락 공연 보는 것을 좋아하게 되었을지도 모른다. 자금도 한계가 있고 법회도 크지 않으니 스님들도 심벌즈를 때리고, 노래를 부르며, 선남선녀들에게 만족을 주자는 것이리라. 그런데 도학자들께서는 아주 머리를 설레설레 흔들었다. 판첸 라마 대사는 단지 법회만 '인가'[7]하고 「가랑비」[8]는 못 부르게 했다는 것이다. 이것이 원래 부처님의 취지에 합당한 조치이리라. 그런데 예상치 못하게 가극을 동시에 공연하게 생겼다.

원시인과 현대인의 마음은 크게 차이가 있을 듯하다. 만일 시간 차가 몇백 년에 불과하다면 그 차이는 있다 하더라도 아주 미미하고 미미할 터이다. 옛날 마을 축제에서 연극을 만들고, 향시[9]에서 예쁜 여자들을 훔쳐 보던 것은 '예로부터 이미 있어 왔던' 놀이다. 한없는 행복을 만들고 또 보고 듣는 즐거움을 만끽하고자 하는 것은, 현재에도 미래에도 모두 좋은 일이다. 그것은 예로부터 지금까지 불사佛事를 흥행하게 만드는 힘 있는 호소력이었다. 그렇지 않고서야 누렇고 뚱뚱한 중들이 염불만 외우는데 참가자들이 환호작약하지 않았을 것이다. 그러면 분명 재난을 없애려는 희망도 사라지게 되었을 것이다.

그러나 이러한 안배가 비록 자비심에서 나왔다 할지라도, 그래도 여전히 "인심이 쇠락에 접어든" 증좌이다. 이는 사람들로 하여금 의심이 들게 한다. 혹 우리 자신이 "이 재난을 없애는" 일에 아무 쓸모가 없게 되어 버린 것은 아닌지, 그래서 앞으로는 판첸 라마나, 미스 쉬라이, 미스 후디에에게 의존해야 하는 것은 아닌지 하는 의심 말이다.

4월 20일

주)_____

1) 원제는 「法會和歌劇」, 1934년 5월 20일 『중화일보』의 『동향』에 처음 발표했다.

2) 「시륜금강법회 모금행사를 위한 발기문」(時輪金剛法會募捐緣起). 시륜금강법회는 불교 밀종(密宗)의 한 의식이다. 1934년 3월 11일 국민당 정부의 고시원 원장 다이지타오(戴季陶), 행정원 비서장 주민이(褚民誼) 등이 발기하여, 하야한 군벌 돤치루이(段祺瑞)를 이사장으로 추대하고, 제9세(世) 판첸 라마(Panchen Lama, 班禪額爾德尼)를 항저우 링인사(靈隱寺)에 초청해 시륜금강법회를 거행했다. 이 일은 각지의 군벌 요인인 황푸(黃郛), 장췬(張群), 마훙쿠이(馬鴻逵), 상전(商震), 한푸쥐(韓復榘) 등의 동의를 얻었다. 장제스(蔣介石)는 저장성과 항저우 시당국에 협조를 요청했다. 이 법회

를 위한 「모금 발기문」이 『논어』 제38기(1934년 4월 1일) 「고향재」(古香齋) 칼럼란에 게재됐다.

3) 1934년 3, 4월 사이에 상하이 여러 신문들은 「시륜금강법회 모금행사를 위한 발기문」에 나오는 말을 전재하여 사람들에게 '시주'를 권했다. 거기서 이렇게 말하고 있다. "이미 고인이 되신 종친의 고통을 덜어 드리거나, 살아 계신 부모님의 복을 기원하기 위해, 혹은 자신이 지은 업을 지우거나 타인의 재난으로부터 안전하고자 하기 위해서이다."

4) 중앙사의 이 통신은 당시 사실과 좀 다르다. 쉬라이(徐來)와 후디에(胡蝶)는 당시 항저우 저장 대무대에서 공익경찰을 위한 모금 의무 공연을 하고 있었다. 그녀들과 메이란팡(梅蘭芳)은 모두 법회의 공연을 하지 않았다. 쉬라이(1909~1973)는 저장성 사오싱 사람이고, 후디에(1908~1989)는 본명이 후루이화(胡瑞華)이고 광둥성 허산(鶴山; 지금의 가오허高鶴) 사람이다. 두 사람 모두 30년대의 영화배우였다.

5) 『유마힐소설경』(維摩詰所說經; 줄여서 『유마힐경』) 「관중생품」(觀衆生品)에 나오는 이야기다. "그때 유마힐의 방에 한 천상의 여인이 나타났다. 여러 천인(天人)들이 그의 설법을 듣는 걸 보고는 현신하여 여러 보살과 제자들 위로 천상의 꽃을 뿌렸다." 메이란팡은 이 이야기를 빌려 경극 「천녀산화」(天女散花)를 연출한 바 있다.

6) 표준미인(標准美人). 당시 상하이 신문지상에서 종종 사용하던 배우 쉬라이의 필명.

7) '인가'(印可)는 불교 용어로 승인, 허가의 의미다. 『유마힐경』 「제자품」(弟子品)에 "만약 이렇게 앉을 수 있는 자는 부처가 인가하는 바다"라는 말이 나온다.

8) 리진후이(黎錦暉)가 지은 노래로 1930년 전후에 유행했다.

9) 향시(香市). 사원에서 공양을 올리고 재를 드리는 날이다.

양복의 몰락[1)]

웨이스야오 韋士繇

몇십 년 동안, 우리는 늘 마땅하게 입을 만한 옷이 없다는 것을 한탄해
왔다. 청조 말년에 혁명적 색채를 지닌 영웅들이 변발을 혐오하였을
뿐만 아니라 만주복이라 하여 마과와 파오즈[2)]도 혐오했다. 한 노선생
이 일본을 관광차 갔다가 그곳의 복장을 보고는 너무도 기쁜 나머지
어느 잡지에 「오늘 한나라의 관복을 다시 보리라곤 생각 못했네」[3)]라
는 글을 발표했다. 그는 옛날로 돌아가는 복장을 찬성했던 것이다.

그런데 혁명이 지난 후 채택된 것은 양장이었다. 이는 모두 유신
을 원했고 민첩한 것을 원했으며 허리뼈를 똑바로 세울 수 있길 원했
기 때문이다. 젊은 영웅의 무리들은 반드시 양복을 착용했을 뿐만 아
니라 다른 사람이 파오즈를 입는 것도 경멸했다. 듣기로 그 당시 어떤
사람이 판산樊山 노인[4)]에게 왜 만주 복장을 입으려 하는가 하고 물었
다고 한다. 판산 노인이 되묻기를 "당신이 입은 것은 어느 나라 복식
입니까?" 하자, 젊은이가 "제가 입은 것은 외국 옷입니다"라고 대답했

다. 판산이 말하길 "내가 입은 것도 외국 옷이지요"라고 했다.

이 이야기는 일시에 퍼져 나가 파오즈와 마과를 입는 무리들이 기를 펴게 만들어 주었다. 그런데 그 대화 속에는, 근자에 주장된 위생 때문이나 경제 때문과는 아주 다른, 일말의 혁명 반대의 의미가 들어 있었다. 나중에는 결국 양복이 점차 중국인들과 대립을 하게 되었다. 위안스카이 왕조에서 파오즈와 마과를 상례복으로 제정했을 뿐만 아니라,[5] 5·4운동 이후 베이징대학 학생들이 교풍을 쇄신하기 위해 제복을 결정했을 때 학생들이 공청회에 부쳐 결정한 것 역시 파오즈와 마과였던 것이다!

이때 양복으로 결정하지 않은 이유가 바로 린위탕 선생께서 말씀하신 위생에 적합하지 않아서라는 것이었다.[6] 자연 조화가 우리들의 허리와 목에게 부여한 것은 본시 구부릴 수 있는 것이다. 허리를 구부리고 등을 구부리는 것은 중국에서는 흔히 있는 자세이다. 남이 나에게 모질게 굴어도 순응하며, 잘해 주면 물론 더 순응해야 한다. 그래서 우리들은 인체를 가장 잘 연구할 수 있게 되었고 몸을 순기자연하면서 쓸 줄 아는 인민들이 되었다. 목이 가장 가늘기에 참수형을 발명했고, 무릎 관절을 굽힐 수 있기에 꿇어앉는 것을 발명했다. 둔부에는 살이 많고 치명인 곳이 없기에 엉덩이 태형을 발명했다. 자연에 위배되는 양복은 이리하여 점점 더 자연스레 몰락해 갔다.

어쩌다가 변발과 전족을 완고한 남녀의 몸에서 볼 수 있는 것과 마찬가지로, 양복이 남긴 흔적은 이제 모던한 남녀의 몸에 그 잔재만 남아 있을 뿐이다. 그런데 생각지도 못하게 명을 재촉하는 부신符信이

다시 날아들었으니 그것은 양복 입은 사람 등 뒤에서 몰래 질산을 뿌린 것이었다.[7]

그러면 어찌해야 하는가?

옛 복장으로 돌아간다고 하자. 황제부터 송명대에 이르기까지의 의상을, 하나의 시대로 다루기는 정말 어렵다. 무대 위의 장식들을 모방한다고 하자. 망포에 옥대를 차고, 흰 밑창의 검은 장화를 신고, 오토바이를 타고 서양 음식을 먹으러 가는 것은 정말 코미디와 다름없다. 그래서 이리 고쳤다 저리 고쳤다 하다 결국에는 아마 파오즈와 마과만은 그래도 살아남게 될 것이리라. 비록 외국 복장이긴 해도 벗어버리진 못하게 될 것이다.…… 정말 희한한 일이다.

4월 21일

주)_____

1) 원제는「洋服的沒落」, 1934년 4월 25일『선바오』의『자유담』에 처음 발표했다.

2) 마과(馬褂)는 만주족 남자의 복장으로 허리까지 내려오는 짧은 상의다. 주로 말 탈 때 입었고 검은색이 대부분이었다. 파오즈(袍子)는 소매가 길고 무릎까지 내려오는 만주족의 긴 겉옷 이름이다.

3)「오늘 한나라의 관복을 다시 보리라고 생각 못했네」(不圖今日重見漢官儀)는 잉보(英伯)란 이름의 작가가 1903년 9월 도쿄에서 유학생들이 발행하던『저장의 조수』(浙江潮) 제7기에 발표되었다. 이 제목의 출처는『후한서』(後漢書)「광무제기」(光武帝紀)에 나온다. 왕분(王奔)이 피살된 후, 유수(劉秀 ; 나중에 한 광무제가 됨)가 막료들을 이끌고 창안(長安)으로 가자 그곳의 관리들이 그들을 맞이했다. "모두 기뻐 어쩔 줄 몰

라했다. 늙은 관리는 눈물을 흘리며 말했다. '오늘 다시 한나라 관리의 위풍스러운 모습을 보게 될 줄은 생각지도 못했습니다.'" 원문에서의 '한나라'는 '한조'(漢朝)를 가리키는데 잉보의 글에서 '한나라'는 '한족'(漢族)을 가리킨다.

4) 판정샹(樊增祥, 1846~1931)을 말한다. 자는 자푸(嘉父)이고 호는 판산(樊山)이며 후베이성(湖北省) 언스(恩施) 사람이다. 청 광서 연간에 진사가 되었고 장쑤성 포정사(布政使)가 되었다. 저서에 『판산시집』, 『판산문집』이 있다. '외국 복장'에 대한 이 이야기는 이쭝쿠이(易宗夔)의 『신세설』(新世說) 「언어」(言語)에 의하면, 청대의 문장가 왕카이윈(王闓運)과 관련된 이야기라고 한다. "왕런푸(王壬甫)는 박식한 노인으로 성품이 장난을 좋아했다. 신해년 겨울, 민국이 성립되자 사대부들이 앞다투어 변발을 자르고 서양식 의관으로 바꾸었다. 때마침 공이 80세가 되어 하객들이 문전성시를 이루었다. 공은 여전히 청조의 의관을 입고 있었다. 손님이 웃으며 그 연유를 물었다. 공이 말하길, '나의 관복은 물론 외국식이오. 그런데 제군들의 의복을 어찌 중국식이라 하겠소? 배우같이 의관을 잘 차려입을 수 있다고 하여 한족을 광복시킬 수 있단 말인가.' 손님들은 그를 비난할 수 없었다."

5) 1912년 10월 위안스카이 정부는 명을 내려 창파오(長袍)와 마과를 남자의 상례복으로 지정했다.

6) 린위탕(林語堂)은 국민당이 제창한 유교복고주의에 부응하여 1934년 4월 16일 『논어』제39기에 발표한 「서양 복장을 논함」(論西裝)이란 글에서 이렇게 말했다. "서양 복장이 일시에 유행하고 모던한 여성들이 즐겨 그것을 추종하는 유일한 이유는 일반 인사들이 서양 문물의 명성에 경도되어 있어 그것을 모방하기 좋아하기 때문이다. 윤리적으로나 미감상으로나 그리고 위생상으로 이는 결코 받아들일 근거가 없는 것이다. 중국민족에게 적합한 옷은 파오즈와 마과이다."

7) 1934년 4월 14일 『신생』 주간 제1권 제10기에 이런 글이 실렸다. "항저우시에는 모던 파괴철혈단이 나타나, 질산을 가지고 모던한 의복을 입은 사람을 해치고 있다. 서양 물건을 사용하는 모던 젊은이들에게 경고장을 발송했다고 한다." 당시 베이징과 상하이 등지에서도 이런 일이 발생했다.

친구[1]

황카이인黃凱音

나는 소학교 시절, '귀로 글자를 듣는다'는 둥 '종이인형이 피를 흘린다'는 둥 친구들이 마술 부리는 것을 보며 아주 재미있어했다. 마을 제사 때가 되면 이런 마술을 전수하는 사람이 있어 동전 몇 푼에 하나씩 배울 수 있었다. 그러나 일단 배워 가지고 오면 오히려 그때부터 흥미가 싹 사라진다. 중학교에 들어가서는 시내에 살았다. 그래서 본격적인 마술을 흥미진진하게 구경하게 되었다. 그러나 나중에 어떤 이가 나에게 마술의 비밀을 알려 주었다. 나는 더 이상 마술 구경을 하는 구경꾼들의 둥근 원 가까이 가는 걸 즐거워하지 않게 되었다. 지난해 상하이로 옮겨 왔을 때, 심심풀이 소일거리를 다시 발견했다. 그것은 영화를 보는 일이다.

  그러나 오래지 않아 책에서 영화 필름 제조법을 보게 되었다. 책을 보기 전에는 영화 만드는 일이 마치 천 길 깊이나 되는 듯 심오해 보였지만 사실은 굉장히 얕은 것에 불과하단 것을 알게 되었다. 이상한 새와 짐승들도 단지 종이로 만든 것임을 알게 되었다. 그때부터 영화의 신기함이 사라지고 반대로 영화의 허점만을 신경 쓰며 보게 되어 다시 심심해지기 시작했다. 세번째 소일거리를 잃어버린 것이다. 어떤 때는 그런 유의 책 본 것을 후회하고 심지어 작가가 그런 제조법의 비밀 같은 것은 쓰지 말았어야 하지 않았나 하고 원망하기도 했다.

폭로자는 갖가지 비밀을 폭로하여 스스로 남에게 이로움이 되는 일을 한다고 생각하겠지만 심심한 사람들은 심심함을 달래기 위해 즐겨 속임을 당하며 또 속임을 당하는 것을 아주 편안하게 생각한다. 그렇게 하지 않으면 더더욱 무료해질 것이다. 그렇기 때문에 마술은 천지간에 영원히 존재할 것이며, 숨어 있는 비밀을 폭로하는 사람은 속이는 사람들이 싫어할 뿐만 아니라 속임을 당하는 사람들도 아주 싫어하게 될 것이다.

폭로자는 단지 행동하는 사람에게만 도움이 된다. 그러나 심심한 사람들에게는 사라져야 할 존재다. 폭로자의 자구지책은 그가 비록 모든 비밀을 안다 할지라도 일체 내색을 하지 않고 속이는 사람을 도와 기꺼이 속기를 바라는 심심한 사람들을 속일 수 있도록 도와주는 것이다. 그리하여 그 심심한 마술이 한번 또 한번, 영원히 반복하며 발전해 가도록 놔두어야 한다. 주변에는 언제나 마술 구경을 할 사람들이 있게 마련이다.

마술은 가끔 손을 공손히 모으고 말한다. "……집 떠나면 친구를 믿어야 해!" 이는 마술의 내막을 자세히 아는 사람을 향해 하는 말이다. 그 목적하는 바는 그가 비밀을 들추어 진상을 밝히지 못하게 하는

데 있다.

"친구란 의기가 투합하는 자다."[2] 그러나 지금까지 우리는 그렇게 해석한 적이 없다.

4월 22일

주)_____

1) 원제는 「朋友」, 1934년 5월 1일 『선바오』의 『자유담』에 처음 발표했다.
2) 원문은 '朋友, 以義合者也'이다. 『논어』 「향당」(鄕黨)편에 나오는 말이다.

청명절[1]

멍후

청명절은 성묘를 하는 때다. 어떤 사람은 관내에 들어와 조상의 제를 지내고,[2] 어떤 사람은 산시로 가서 성묘를 한다.[3] 혹자는 천지가 들끓게 격론을 벌이는가 하면, 혹자는 지축을 울릴 듯 환호성을 지르니, 그야말로 성묘로 나라가 망할 수도 있고 나라를 구할 수도 있는 듯하다.

무덤이 이처럼 큰 관계가 있으니, 무덤을 파헤치는 것은 당연히 해서는 아니 될 일이다.[4]

원나라의 국사國師 바허쓰바였을 것이다.[5] 그는 무덤을 파헤치는 행위의 이해관계에 깊은 믿음을 갖고 있었다. 그는 송나라 능을 파헤쳐 그 인골을 돼지 뼈, 개 뼈와 함께 묻음으로써 송 왕조를 망하게 하려 시도했다. 다행히 나중에 한 의로운 사람이 인골을 훔쳐 달아나는 바람에 목적을 달성하지 못했다. 그래도 송조는 망했다. 조조[6]는 '모금교위'摸金校尉와 같은 관직을 설치해 전문적으로 도굴을 하게 했다. 그래도 그 아들은 황제가 되었고, 자신은 마침내 '무제'武帝라는 시호를 받아 그 위세가 대단했었다. 이렇게 볼 때 죽은 사람의 안위는 살아 있는 사람의 화복과 아무 관계가 없는 듯하기도 하다.

전해지는 말에 의하면 조조는 자신의 사후 사람들이 자기 능을 도굴할까 두려워하여 일흔두 개의 가짜 무덤을 만들어 사람들이 손을 쓰지 못하게 위장했다고 한다.[7] 후대의 시인[8]이 노래하길, "일흔두 개 의총을 모두 다 발굴하면 그중 하나에는 반드시 그대 시신 있으리" 라고 했다. 그러자 후대의 한 논자[9]는 또 이렇게 말했다. "나는 아만[10] 이 매우 영리하다고 생각한다. 그의 일흔두 개 의총 속에는 조조의 시체가 없을 것이다." 정말 알 방도가 없는 것이다.

아만이 비록 간사하고 교활했지만, 내 생각에, 의총 같은 것은 만들지 않았을 것이다. 그런데 옛날부터 무덤은 늘 파헤쳐지곤 하였지만, 무덤 속의 주인 이름이 분명하게 밝혀진 것은 아주 드물었다. 뤄양의 북망산[11]은 청말에 도굴이 아주 심했던 곳이다. 비록 고관대작의 무덤일지라도 도굴로 얻은 것은 그저 지석[12] 하나와 어지러이 흩어져 있는 도자기들뿐이었다 한다. 원래부터 귀중한 순장품이 없었던 것은 아니었을 것이다. 일찌감치 다른 사람들이 도굴해 가져간 것이다. 언제 도굴당했을까. 알 도리가 없다. 아마 장례를 치른 그 이후부터 청말 도굴당한 그날까지의 그 사이 언제일 것이다.

무덤의 주인이 도대체 누구인가는 발굴해 보지 않고서는 알 수 없는 노릇이다. 전해지는 주인 이름이 있을지라도 대개는 믿을 수 없다. 중국인들은 예부터 큰 인물들과 상관 있는 명승지 만드는 걸 좋아해, 스먼에는 '자로가 머물러 잔 곳'이 있고,[13] 타이산에는 '공자가 천하가 작다고 한 곳'이 있다.[14] 작은 산에 동굴이 하나 있으면 우임금이 묻혀 있을 것이며,[15] 몇 개의 큰 둔덕이라면 문왕, 무왕과 주공이 매장되어 있는 것이다.[16]

성묘하는 것으로 분명 구국을 할 수 있다고 한다면, 그렇다면, 성묘는 정말 정확하게 성묘해야 할 것이다. 문왕과 무왕과 주공의 능에 성묘해야지 다른 사람 흙더미에 대고 해서는 안 된다. 또 성묘하는 자신이 주왕조의 후손인지 아닌지를 조사·연구해야 한다. 그래서 고고 사업이 필요한 것이다. 무덤을 발굴해서 문왕과 무왕과 주공 단의 증거물이 있는지 없는지를 살펴보고 만일 유골이 있다면 『세원록』[17]의 방법에 따라 피를 좀 떨구어 시험해 볼 수도 있다. 그런데, 이런 방법은 성묘구국설과는 상반된 것이기도 하고, 효성스러운 자손의 마음에 상처를 내는 것이기도 하다. 하는 수 없다. 그저 눈 꾹 감고, 염치 불고하고, 아무렇게나 한바탕 절을 올리는 수밖에.

"그 귀신이 아닌데 제를 지내는 것은 아첨하는 것이다!"[18] 오로지 성묘로 나라를 구하고자 했으나 영험이 없다면 그래도 그건 그저 작은 웃음거리에 불과할 뿐이다.

4월 26일

주)_____

1) 원제는 「淸明時節」, 1934년 5월 24일 『중화일보』의 『동향』에 처음 발표했다.
2) 1934년 4월 4일 『다완바오』에 난 기사 내용이다. 위만주국의 황제인 푸이는 청명절

에 관내(만리장성의 안, 즉 산하이관 안쪽)로 들어가 청대 황제의 묘에 성묘할 것을 요구했고 이는 당시 사람들의 분노를 샀다.

3) 1934년 4월 7일 『선바오』에 실린 기사다. 청명절에 국민당 정부의 고시원 원장인 다이지타오(戴季陶) 등은 시안(西安) 군정의 요인들 및 각계 대표들과 함께 산시성(陝西省) 셴양(咸陽), 싱핑(興平)으로 가 주 문왕과 한 무제 등의 능묘에 제를 올렸다. "참관하는 민중들이 인산인해를 이루어 길이 막혔다. …… 실로 민족의 성묘라 할 수 있었다."

4) 1934년 4월 11일 다이지타오는 시안에서 중앙연구원 원장인 차이위안페이(蔡元培)와 행정원 원장인 왕징웨이(汪精衛) 등에게 전보를 보내 '백성의 덕을 배양'한다는 이유를 들어 "국학을 연구하는 여러 과학자들이, 고분을 발굴해 학술자료로 삼는 것을" 반대한다고 말했고, 정부를 향해서는 "전국에 훈령을 내려 공공연히 묘를 파헤치고 물건을 가져가는 모든 사람은 이유를 불문하고 일률적으로 형법 특별조항에 의거해 엄중히 처리할 것"을 요구했다. 당시 학술계는 강력하게 반발했다. 4월 14일 차이위안페이는 회신 전보를 보냈다. 학술단체들의 발굴활동은 "금지하는 것이 타당하지 않다", "천년 고대사를 규명하는 작업은 그 쓰임이 크기" 때문이라고 했다.

5) 바허쓰바(八合思巴, 1239~1279)는 바쓰바(八思巴; 파스파 혹은 파크파라고도 한다)이고 본명은 뤄줘젠찬(羅卓堅參)이다. 토번족 싸쓰쟈(薩斯迦; 지금의 시짱자치구西藏自治區의 르카쩌지구日喀則地區 싸쟈현薩迦縣) 사람이다. 쿠빌라이 칸의 보호를 받았던 불교의 고승이다. 원나라 중통(中統) 원년(1260)에 '국사'로 봉해졌다. 송대의 능묘를 파헤친 사람은 원대 강남의 불교 수령이었던 양련진가(楊璉眞迦)라고 한다. 도종의(陶宗儀)의 『남촌철경록』(南村輟耕錄) 「송대 능침 발굴」(發宋陵寢)에 나오는 기록이다. 원나라 지원(至元) 15년(1278)에 양련진가는 잡역부를 동원하여 저장성 사오싱 등지에 있는 송대의 여러 왕릉을 파헤쳤다. "시체를 절단하고 주옥, 비단, 옥함 등은 취하고 부패한 것들은 불태워 버리고 뼈들은 풀숲에 버렸다." 또 명을 내리길, "능의 뼈들을 모아 오래된 소뼈 말뼈와 마구 섞고 그 위에 탑을 하나 지어 그것들을 누르게 하라. 탑 이름은 진남(鎭南; 남방을 진압하다의 뜻)으로 하라"고 했다. 전해지기로는 당시의 유생인 당각(唐珏)과 임덕양(林德陽)이 각기 송대 황제의 유골을 몰래 수습하여 매장해 두었다. 그리하여 명대에 이르러 송대의 능묘를 복원할 수 있었다고 한다. 건당(建唐), 임사(林祠), 문징명(文徵明)이 지은 『쌍의사기』(雙義祠記)에서는 두 사람을 "천고의 의로운 선비"라고 칭송했다.

6) 조조(曹操, 155~220)는 자가 맹덕(孟德)이고 어릴 때 이름은 아만(阿瞞)이다. 패국(沛國)의 치아오(譙; 지금의 안후이성安徽省 하오현豪縣) 사람으로 삼국시대의 정치가, 전략가, 작가였다. 한 말기에 권력을 잡았으나 전쟁 중에 사망했다. 그의 아들 조비(曹丕)는 아버지의 위업을 이어 한을 멸하고 황제에 올라 위(魏)를 창건했다 자신을 문제(文帝)라 칭하고 그 아버지를 무제(武帝)로 추존했다. 조조가 '모금교위'를 설치한 것에 대해서는 한말 진림(陳琳)의「원소를 위해 예주에 격문을 보냄」(爲袁紹檄豫州)에 다음과 같은 기록이 있다. "또 양(梁) 효왕(孝王)은 선제와 모친과 형제들의 묘와 능을 잘 만들었다. 뽕나무 가래나무 소나무 잣나무가 엄숙하게 호위하고 있었다. 조조는 지방관을 대동하고 친히 발굴했다. 관을 부수고 시신을 발가벗겼으며 금은보화를 약탈했다. 지금에 이르러서도 성조는 눈물을 흘렸고 사민은 슬퍼했다. 조조는 또 발굴 담당 중랑장(發丘中郎將)과 모금교위를 특별하게 설치했다. 그래서 가는 곳마다 파헤쳐지고 드러나지 않은 유골이 없었다."

7) 조조가 일흔두 개의 묘를 만든 일과 관련해서는 송대 나대경(羅大經)의『학림옥로』(鶴林玉露) 15권에 이런 기록이 있다. "장허(漳河)에 일흔두 개의 무덤이 있다. 전해지기를 조조의 의총(疑塚)이라고 한다."

8) 후대의 시인은 송대 유응부(兪應符)를 가리킨다. 그는 조조를 읊는 시 속에서 이렇게 노래하고 있다. "살아서는 하늘을 속여 한나라의 계승을 끊어 버리더니 사후에는 의총을 만들어 사람을 속이누나. 사는 동안 지력을 쓰다가도 죽으면 그치거늘 어찌하여 계책을 남겨 무덤까지 이르게 하나. 사람들은 의총이라고 말들 하지만 나는 의심하지 않는다. 나는 그대가 모르는 방법을 알고 있네. 일흔두 개 의총을 모두 다 발굴하면 그중 하나에는 반드시 그대 시신 있으리."

9) 후대의 논자란 명대의 왕사성(王士性)을 가리킨다. 그는『예지』(豫誌)에서 이렇게 말했다. "나는 조조가 매우 영리하다고 생각한다. 그의 일흔두 개 의총 속에는 조조의 시체가 없을 것이다."

10) 아만(阿瞞)은 조조의 아명(兒名)이다.

11) 북망산은 망산(邙山)을 말하고 허난(河南) 뤄양의 북쪽에 있다. 동한(東漢)과 당·송대의 왕, 후, 공경대부들의 무덤이 모두 여기 있다. 이들 무덤은 역대 수많은 사람들에 의해 도굴당했다. 진(晉)대의 장재(張載)는「칠애시」(七哀詩)에 이렇게 비탄하고 있다. "북망산엔 어찌 저리 첩첩인가, 높다란 능묘에는 네다섯 …… 말세에 슬픈 난 일어나니 도적들 승냥이 호랑이 같다. 한줌 흙 파헤치곤 곧바로 묘실에 닿아 시신

방을 연다네. 옥체로부터 떨어져 나온 주옥 상자들, 약탈당하는 진귀한 보배들."

12) 지석(誌石)은 죽은 자의 약력 등을 새겨 무덤 안에 넣었던 돌이다. 밑돌은 아래에 깔고 머릿돌은 위에 덮었다. 밑돌에는 죽은 이의 약력에 관한 기록을 석각으로 새기고 머릿돌에는 누구누구의 무덤이라는 글자를 새겨 후대 사람이 알아보도록 했다.

13) '자로가 머물러 잔 곳'과 관련된 기록은 『논어』「헌문」(憲文)편에 나온다. "자로가 스먼(石門)에서 하루 머물렀다." 후세인들이 이를 기념하기 위해 산시성(山西省) 핑딩(平定) 스먼 부근에 '자로가 머물러 잔 곳'이란 석패를 세웠다. 그러나 『논어』에 대한 한(漢)나라 정현(鄭玄)의 주석에 의하면 "스먼은 루성(魯城)의 외문(外門)이다"로 되어 있다.

14) 『맹자』「진심상」(盡心上)에 나오는 기록이다. "공자가 동쪽 산에 오르니 노나라가 작아 보였고 타이산(泰山)에 오르니 천하가 작아보였다." 후대 사람들이 타이산 정상에 '공자가 천하가 작다고 한 곳'이라는 석패를 세웠다.

15) 저장성 사오싱 남쪽 콰이지산(會稽山)에 있는 동굴을 말한다.

16) 문왕 주공의 묘는 과거에 산시성(陝西省) 셴양성(咸陽城) 서북쪽에 있다고 전해졌다. 당대 소덕언(蕭德言) 등이 지은 『괄지지』(括地誌)에는 이렇게 말하고 있다. 주나라 문왕과 무왕의 묘는 모두 "융저우(雍州) 완녠현(萬年縣 ; 지금의 산시성 린퉁臨潼 웨이수이渭水 북쪽) 서남쪽 28리 언덕 위에 있다". 또한 셴양 서북쪽 14리에 있는 것은 진(秦) 혜문왕(惠文王)의 능이고 셴양 서쪽 10리에 있는 것은 진(秦) 도무왕(悼武王)의 능이다. 이것을 "속칭 주 무왕의 능이라고 하지만 잘못이다".

17) 『세원록』(洗寃錄)은 달리 『세원집록』(洗寃集錄)이라고도 한다. 송대 송자(宋慈)가 지었고 5권으로 되어 있다. 시체를 검사하는 것에 대해 기술한 책이다. 피를 떨어뜨려 친지를 가려내는 것은 이 책의 권1『피를 떨구다』(滴血)에 나온다. "부모의 유골이 다른 곳에 있어 자녀가 이를 확인하고자 하면 자신의 몸을 베어 피를 그 뼈 위에 떨어뜨린다. 친생자라면 피가 그 뼛속으로 스며드나 그렇지 않으면 스며들지 않는다."

18) 『논어』「위정」편에 나오는 공자의 말이다. "그 귀신이 아닌데 제를 지내는 것은 아첨하는 것이다!" 이에 대해 송대 주희는 이렇게 주석을 달았다. "그 귀신이 아니라는 것은 그가 제사 지내야 할 귀신이 아니란 말이다."

소품문의 생기[1]

지난해는 유머가 큰 행운을 만난 때여서, 『논어』[2] 말고도 입을 열기만 하면 유머, 유머 하며 이 사람도 유머리스트 저 사람도 유머리스트라고들 했다. 그런데 뜻하지 않게 올해는 그 운이 기울어 이것도 옳지 않고 저것도 옳지 않다고 하면서 모든 허물을 유머로 돌리고 있다. 심지어 유머를 문단의 어릿광대로 비유하고 있다. 유머를 욕하면 마치 목욕이라도 하는 것인 양, 한 번 목욕을 하면 자신이 깨끗해질 수 있을 거라고 여기는 것 같았다.

만약 진정으로 '천지가 대극장'이라고 한다면, 그렇다면 당연 문단에도 광대가 있어야 할 것이다. 그리고 반드시 헤이터우黑頭[3]도 있어야 할 것이다. 광대가 광대놀이를 하는 것은 아주 흔한 일이나, 헤이터우가 광대놀이를 바꿔 하는 것은 좀 이상하다. 그러나 대극장에선 이런 일들이 종종 있을 수 있다. 그리하여 곧은 마음을 가진 사람이 비뚤어진 마음을 가진 사람을 흉내 내 비웃고 욕하게 된다. 열정적인 사람은 이를 보고 분노하고, 마음 여린 사람은 가슴 아파하게 된다. 광대가 노래도 제대로 부르지 못하고 사람을 웃기지 못해서일까? 결코 그렇지 않다. 그는 진짜 광대보다 훨씬 더 우습다.

그러한 분노와 가슴 아픈 것은 헤이터우가 광대놀이를 바꿔 한 후에도 끝나지 않기 때문이다. 극을 하자면 여러 배역 즉, 성生, 단旦, 모末, 처우丑, 징淨⁴⁾ 그리고 헤이터우가 있어야 한다. 그렇지 않으면 그 극은 오래갈 수가 없다. 어떤 이유로 인해 헤이터우가 광대 역을 대신하지 않으면 안 될 경우 관례에 따라 거꾸로 광대가 반드시 헤이터우를 대신해야 하는 것이다. 노래 부르는 것뿐만 아니라 헤이터우는 밉살맞게 광대로 분장하고 광대는 가슴을 내밀고 헤이터우를 흉내 낸다. 무대 위에는 하얀 코와 검은 얼굴의 광대가 많아져 그들만 보인다. 이것이 바로 천하의 가장 큰 코미디다. 그러나 이는 코미디일 뿐이지 결코 유머라고 할 수는 없다. 어떤 사람이 "중국에는 유머가 없다"⁵⁾고 했는데 이것이 바로 그에 대한 설명이다.

더욱 개탄할 일은 '유머대사'라고 칭송받는 린林 선생께서도 마침내 『자유담』에 고인의 말씀을 인용하여 다음과 같이 말한 사실이다. "미친 듯 술 마시고 주정을 부리거나 조용히 침잠하여 이름을 드러내지 않으려는 사람들은 순결한 자신을 잘 간수하려는 사람에 불과하다. 지금 세상의 온갖 비열한 자들은 이 순결을 지키려는 사람에게 망국의 죄를 뒤집어씌우곤 한다. 그러한즉 '오늘은 까마귀처럼 모여들었다가 내일은 새처럼 흩어지고, 오늘은 창을 겨누었다가 내일은 수레를 같이 타고, 오늘은 군자가 되었다가 내일은 소인이 되며, 오늘은 소인이었다가 내일은 다시 군자가 되는' 그런 무리이리니 죄가 없다 하겠다."⁶⁾ 이 글은 비록 소품문에서 그리 멀지 않은 데서 인용한 것인 듯하지만, '유머'나 '한담'의 이치와는 거리가 멀다. 이것이 중국에는 유머가 없다는 또 하나의 설명이 되겠다.

그런데 린 선생께서, 최근 신문지상에서 『인간세』⁷⁾가 공격을 당하자 이것은 누군가가 조직적으로 이름을 바꿔 가며 장난을 친 것이라고 말했다. 이는 잘못된 것이다. 서로 다른 논지와 다른 작풍이 그 증좌다. 그 가운데는 물론 남에게 빌붙으려다 끝내 용에 올라타지 못한 '명인'도 있고, 헤이터우로 분장했으나 실제로는 진짜 광대의 한 솜씨를 발휘한 사람도 있다. 한편으론 열성적인 마음을 가진 이의 올바른 직언도 있었다. 세상만사 이렇듯 싸움이 있는 법이니, 비록 소품문일지라도 분석과 공격의 대상이 될 수도 있는 것이다. 이것이 오히려 『인간세』의 한 줄기 생기가 될 것이다.

4월 26일

주)＿＿＿＿＿

1) 원제는 「小品文的生氣」, 1934년 4월 30일 『선바오』의 『자유담』에 처음 발표했다.

2) 『논어』(論語)는 린위탕(林語堂) 등이 1932년 9월 상하이에서 창간한 반월간 문예지이다. 생활 속의 '유머와 한적함'을 제창하였고, '성령'(性靈)이 있는 소품문 창작을 목적으로 하였다. 1937년 8월 정간되었다가 1946년 12월에 재창간되었고 1949년에 다시 정간되었다.

3) 헤이터우(黑頭)는 경극에서 머리를 검게 칠하고 등장하는 배역으로 성격이 호탕하다. 주로 위엄이 있는 궁정 인물 역을 했다.

4) 성(生)과 단(旦)은 남녀 주인공을, 모(末)는 늙은이를, 처우(丑)는 광대를, 징(淨)은 악인 역을 가리킨다.

5) 루쉰 스스로 이런 견해를 가지고 있었다. 루쉰은 『남강북조집』「논어 1년」에서 "중국에는 유머가 있을 수 없다"고 했다.

6) 린위탕이 1934년 4월 26일 『선바오』의 『자유담』에 발표한 「저우쭤런 시 독법」(周作人詩讀法)에 나오는 말이다. 그중 옛사람의 말을 인용한 것은 명대 장훤(張萱)의 「유충천에게 답하는 글」(復劉冲倩書)에 나온다. 인용문 가운데 '새처럼 흩어지고'(鳥散)는 원래 '짐승들처럼 흩어지고'(獸散)이다. 장훤은 자가 맹기(孟奇)이고 별호가 서원(西園)이다. 광둥성 보뤄(博羅) 사람이다. 만력 시기에 관직이 평월지부(平越知府)에 이르렀고 저서에 『서원존고』(西園存稿) 등이 있다.

7) 『인간세』(人間世)는 린위탕이 발행한 소품문 반월간지이다. 1934년 상하이에서 창간했고 1935년 12월 42기를 내고 정간되었다. 량유(良友)도서인쇄공사에서 발행했다. 이 잡지가 출간된 지 얼마 되지 않아 『선바오』의 『자유담』 등에 이 잡지가 표방한 '한적'한 작풍을 비판하는 글들이 실렸다. 이에 린위탕이 즉시 「저우쭤런 시 독법」을 발표하여 답했다. 그 가운데 이런 말이 나온다. "요즈음 어떤 사람들은 용에 올라타려고 하다 실패했다. 『사람의 말 주간』(人言週刊), 『십일담』(十日談), 『모순월간』(矛盾月刊), 『중화일보』 그리고 『자유담』에 그 이름을 바꾸어 투고를 하고 있고 조직적으로 『인간세』를 공격하고 있다. 마치 야생 살쾡이가 부처를 논하고 비열한 자들이 신선을 논하는 것 같아 차마 말로 다하고 싶지 않다."

칼의 '스타일'[1]

황지黃棘

이달 6일 『동향』에 아즈[2] 선생이 쓴, 양창시[3] 선생의 대작 『압록강가에서』가 파데예프[4]의 소설 『괴멸』과 흡사하다는 글이 실렸다. 그 글에서 필자는 실례도 거론하고 있다. 이러니 아마 "영웅들이 보는 바는 대개 같다"라고 말할 수는 없게 되겠지. 왜냐하면 그대로 베낀 모양이 정말 너무 분명하기 때문이다.

그러나 베끼는 것에도 재주가 있어야 한다. 양 선생은 약간 부족한 듯하다. 예를 들면 『괴멸』의 번역본 시작은 이렇다.

로빈슨은 돌계단에서 손상된 일본 지휘도를 쟁강거리며 후원으로 걸어갔다.……

그러나 『압록강가에서』의 시작은 이렇다.

진원성金蘊聲이 정원으로 걸어 들어갈 때, 그의 손상된 일본 스타일 지휘도가 돌계단에서 타르륵거렸다.……

인물의 이름이 다른데 그것은 당연하다. 칼 울리는 소리가 다른 것 역시 중요하지 않다. 가장 특이한 점은 그가 '일본' 밑에 '스타일'이 란 글자를 첨가한 것이다. 이것도 어쩌면 이상할 일이 아닐 것이다. 일 본인이 아닌데 어떻게 '일본 지휘도'를 찰 수 있었겠는가? 분명 일본 스타일을 따라 본인이 직접 만들었을 것이다.

그러나, 다시 좀더 생각을 해보자. 로빈슨이 인솔한 것은 습격대 였으니 적들을 습격하여 무기를 탈취하기도 했을 것임이 분명하다. 자신의 병기가 온전치 못했을 것이므로 무기를 얻기만 하면 곧바로 자기가 사용했을 것이다. 그래서 그가 차고 있는 것도 바로 '일본 스타 일 지휘도'가 아니라 '일본 지휘도'였을 것이다.

작가가 소설을 보면서 동시에 베껴 써먹을 생각을 하는 것은 밀 접한 관계에 있다고 할 수 있다. 그럼에도 베낀 것이 이처럼 조잡스러 우면 어찌 개탄하지 않을 수 있겠는가!

5월 7일

주)_____

1) 원제는「刀'式'辯」, 1934년 5월 10일 『중화일보』의 『동향』에 처음 발표했다.

2) 아즈(阿芷) 선생은 예즈(葉紫, 1910~1939)를 말한다. 후난성(湖南省) 이양(益陽) 사람

으로 작가이며 좌익작가연맹의 회원이었다. 그가 1934년 5월 6일 『중화일보』의 『동향』에 발표한 글은 「서양 형식의 절취와 서양 내용의 차용」(洋形式的竊取與洋內容的借用)이다.

3) 양창시(楊昌溪)는 친일본 노선의 '민족주의 문학' 추종자였고 그의 중편소설인 『압록강가에서』(鴨綠江畔)는 1933년 8월 『땀과 피 월간』(汗血月刊) 제1권 제4기에 실렸다.

4) 파데예프(Александр Александрович Фадеев, 1901~1956)는 소련 작가다. 코사크 백군(白軍)에 저항하는 지하투쟁에 참여했고 1918년 공산당원이 되었다. 1923년부터 문필활동을 시작하여 17년 동안 극동에서 살며 혁명을 주제로 소설을 창작했다. 1919년의 일본군과 빨치산 부대의 전투를 취재하여 소설화한 장편 『괴멸』(Разгром, 1926)로 일약 이름을 날렸으며, 이 밖에 『범람』(Разлив), 『청년 근위병』(Молодая гвардия) 등을 창작했다. 『괴멸』은 루쉰이 수이뤄먼(隋洛文)이라는 필명으로 중국어로 번역해 1931년 다장서포(大江書鋪)에서 출판했다가 나중에 '삼한서옥'(三閑書屋)이란 명의로 계속 자비 출판했고 역자 이름도 루쉰으로 바꾸었다.

신종 가명법[1]

바이다오白道

금년에 두헝 선생은 쑤원 선생과 함께 문단의 나쁜 풍조 두 가지의 비밀을 폭로했다. 하나는 비평가의 비평 잣대이고 하나는 문인들의 이름 바꾸기이다.[2]

그런데 그는 말하지 않은 비밀을 보류해 놓고 있었던 것이다.

잣대 가운데는 출판사의 편집자가 사용하는, 크게도 할 수 있고 작게도 할 수 있으며 네모나게도 둥글게도 할 수 있는 고무 잣대가 있다. 그 출판사에서 출판되는 책이기만 하면 이런 것이어도 '괜찮고' 저런 것이어도 역시 '괜찮다'가 된다.

이름을 바꾸면 다른 사람으로 변할 수 있을 뿐만 아니라 다른 '사'社[3]로도 변할 수 있다. 이 '사'는 또 문장을 선별하고 평론을 할 수 있으므로 오직 어떤 사람의 작품만이 '괜찮다'이고 어떤 사람의 창작만이 '괜찮다'가 된다.

예를 들면 '중국문예연감사'에서 편찬한 『중국문예연감』[4] 앞에 나오는 '조감'鳥瞰이 그렇다. 그것의 '내려다보는'瞰 법에 따르면 이렇다. 쑤원 선생의 비평도 "괜찮고" 두형 선생의 창작도 "괜찮다"라는 것이다.

그런데 우린 사실 이 '사'를 어떻게 해도 찾을 수가 없었다.

이 '연감'의 총발행소를 좀 조사해 봤더니 현대서국이었고, 『현대』[5] 잡지 맨 마지막 쪽의 편집자를 좀 들춰 보았더니 스저춘과 두형이었다.

Oho!

손오공은 신통력이 대단하다. 새, 짐승, 곤충, 물고기로 변신할 수 있을 뿐만 아니라 사당으로도 변할 수 있다. 눈은 창문으로 변하고 입은 사당 문으로 변했다. 그런데 꼬리를 제대로 처리하지 못해 깃대로 변하게 해 사당 뒤에 똑바로 세워 놓았다.[6] 그런데 깃발을 세워 놓는 사당이 어디에 있겠는가? 이랑신二郎神에게 들통이 나 파탄이 난 것은 바로 그것 때문이었다.

"아주 부득이한 경우가 아니라면", 한 사람의 문인이 '사'로 둔갑하지 말기를 "나는 희망한다". 그저 자기 자신을 좀 내세우기 위한 것이었다면 그건 정말 "좀 비열한 짓에 가까운 일"이다.[7]

5월 10일

1) 원제는 「化名新法」, 1934년 5월 13일 『중화일보』의 『동향』에 처음 발표했다.

2) 두헝(杜衡)은 쑤원(蘇汶)을 말한다. 비평가의 잣대에 대해서는 이 문집의 「비평가의 비평가」 주석 2번을 참조하기 바란다. 그가 말하는 '문인들의 이름 바꾸기'(文人的化 名)는 1934년 5월 『현대』 월간 제5권 제1기에 발표한 「문인들의 가명에 대해」(談文人 的假名)에 나온다.

3) '사'(社)는 문학단체, 출판사, 동호인 조직 등의 집단, 단체를 말한다.

4) 1932년 상하이 현대서국에서 출판한 『중국문예연감』(中國文藝年監)을 말한다. 두헝 과 스저춘(施蟄存)이 편했다. 연감의 권두에 「1932년 중국문단 조감」이란 글이 실렸 다. 이 글은 쑤원이 고취한 '문예자유론'을 변호하면서, 동시에 창작 방면에서 현실주 의 문학에 "지대한 공헌을 하였다"고 두헝을 치켜세웠다. 루쉰은 1934년 4월 11일에 일본 마쓰다 쇼(增田涉)에게 보낸 편지에서 이렇게 말하고 있다. "소위 '문예연감사' 란 것은 사실 존재하지 않습니다. 현대서국이 이름을 바꾼 것일 뿐입니다. 그 「조감」 을 쓴 사람은 두헝이고 일명 쑤원입니다……. 그 「조감」에서 현대서국 간행물과 관 련이 있는 사람은 모두 잘 썼다고 말하고 있습니다. 기타의 사람들은 대부분 삭제를 당했지요. 또 다른 사람의 문장을 빌려다가 거짓으로 자신을 치켜세웠습니다."

5) 문예월간지이며 스저춘과 두헝이 편집하여 상하이 현대서국에서 출판했다. 1932년 5 월 창간하여 1935년 3월 종합지 성격의 월간지로 전환했고 왕푸취안(王馥泉)이 편집 을 맡았다. 같은 해 5월 제6권 제4기를 끝으로 정간되었다.

6) 이 이야기는 명대 오승은(吳承恩)의 『서유기』(西遊記) 제6회에 나온다.

7) 쑤원은 「문인들의 가명에 대해」에서 이렇게 말했다. "필명 쓰는 것을 반대할 수는 없 다. 그러나 나는 희망한다. 아주 부득이한 경우가 아니라면, 모든 사람이 고정된 필명 을 사용하는 것이 타당하다고……." 그는 또 말하길, "일종의, 글의 책임을 회피하기 위해 그리하는 사람이 있으니, 이는 좀 비열한 짓에 가까운 일이다"고 했다. 루쉰이 마지막 문장에서 말한 "나는 희망한다"와 "좀 비열한 짓에 가까운 일"은 쑤원의 위 문장 표현을 그대로 가져온 것이다.

책 몇 권 읽기[1]

덩당스

죽은 책을 읽으면 책벌레가 되며 심지어는 책상자가 된다고 하여 일찍이 이를 반대한 사람이 있다.[2] 세월의 흐름에 따라 독서를 반대하는 사조도 갈수록 심해지더니 어떤 종류의 책도 읽는 것 자체를 반대하는 사람이 생겨났다. 그의 근거는 쇼펜하우어의 진부한 말이다. 다른 사람의 저작을 읽는다는 것은 자기 머릿속에 그 저자로 하여금 말을 달리게 하는 것에 불과하다는 것이다.[3]

이것은 죽은 책을 읽는 사람들에게 분명 일침을 가하는 것이 되겠지만 깊이 연구하기보다는 차라리 놀고 먹으면서 아무렇게나 까칠하게 구는 천재들에게 있어서는 써먹을 만한 명언이기도 하다. 그러나 분명하게 알아야 할 것이 있다. 이 명언을 죽어라 끌어안고 있는 천재, 그들의 두뇌 속을 바로 쇼펜하우어가 말을 질주하여 마구 어지럽게 짓밟고 있다는 사실을.

오늘날 비평가들은 좋은 작품이 없다고 불평하고 있고, 작가들 역시 온당한 비평이 없다고 불평하고 있다. 장 아무개가 이 아무개의 작품을 상징주의라고 말하면 이 아무개는 스스로도 상징주의려니 생각하며 독자들은 더욱더 당연하게 상징주의려니 하고 생각한다. 그런데 어떤 것이 상징주의일까? 지금까지 분명하게 해둔 것이 없었으니 하는 수 없이 이 아무개의 작품을 그 증거물로 삼는 수밖에 없다. 중국에서 소위 상징주의라고 하는 것은 다른 나라의 이른바 Symbolism[4]과 다른 것이다. 전자가 비록 후자의 번역어이긴 하지만 말이다. 그런데 마테를링크[5]가 상징주의 작가이다 보니 이 아무개도 중국의 마테를링크가 되었다고 한다. 이 밖에도 중국의 프랑스[6]요, 중국의 바비트[7]요, 중국의 키르포틴[8]이요, 중국의 고리키[9]요…… 수두룩하다. 그런데 정말 아나톨 프랑스 등 그들의 작품 번역은 중국에 거의 없다. 설마 '국산품'이 이미 있는 까닭 때문은 아니겠지?

중국 문단에서 몇몇 국산 문인들의 수명은 참 길기도 하다. 그러나 서양 문인들의 수명은 참 짧기도 하여서 그 이름에 겨우겨우 익숙해지려 하면 이미 사라져 버렸다고 한다. 입센[10]은 대대적으로 전집을 낼 생각이 있었지만 지금까지 제3집이 나오지 않았으며, 체호프[11]와 모파상[12]의 선집 역시 흐지부지되는 운명을 면치 못하게 된 것 같다. 그러나 우리가 깊이 증오하고 미워하는 일본에서는 『돈키호테 선생』과 『천일야화』가 완전히 번역되었고, 셰익스피어, 괴테,……의 전집들도 다 있다. 톨스토이의 것은 세 종류가 있으며 도스토예프스키의 것도 두 종류가 있다.

죽은 책을 읽는 것은 자신을 해치며 입을 열어 말을 하면 다른 사람을 해친다. 그러나 책을 읽지 않는 것 역시 결코 좋다고 할 수 없다. 예를 들어 도스토예프스키를 평하고자 한다면 적어도 그의 작품 몇 권은 반드시 보아야만 하니 말이다. 물론, 지금은 국난의 시기이니 어찌 이런 책들을 번역하고 이런 책들을 읽을 겨를이 있겠는가. 그러나 내가 지금 주장하는 바는 거칠고 조급하게 굴며 그저 불평만 일삼는 큰 인물들을 향해 하는 것이다. 결코 위험에 처한 나라를 구하러 가거나, '와신상담'하고 있는 영웅들을 향해 하는 것은 아니다. 왜냐하면 전자와 같은 인물들은 독서를 하지 않을 뿐만 아니라 놀고만 있어서 위험에 처한 나라를 구하러 가지 않기 때문이다.

5월 14일

주)_____

1) 원제는 「讀幾本書」, 1934년 5월 18일 『선바오』의 『자유담』에 처음 발표했다.

2) 책상자의 원문은 '書廚'이다. 글 뒤주란 의미이다. 『남사』(南史) 「육징전」(陸澄傳)에 이런 기록이 있다. "삼 년 동안 『역』(易)을 읽었으나 문장의 뜻을 이해하지 못했고, 『송서』(宋書)를 편찬하고자 했으나 끝내 이루지 못했다. 왕검희(王儉戱)가 말하길 '육공은 책상자(書廚)다'라고 했다." 청대 섭섭(葉燮)이 『원시』(原詩) 「내편하」(內篇下)에서 이렇게 말했다. "무릇 가슴에 깨닫는 힘이 없는 사람은 종일토록 열심히 배운다 해도 아무 소득이 없다. 이를 속칭 '두 발 달린 책상자'라고 한다. 암기와 낭송을 하면 할수록 더욱더 피곤해진다."

3) 상하이 『인언』(人言) 주간 제1권 제10기(1934년 4월 21일)에 후옌(胡雁)의 「독서에 대해」(談讀書)가 실렸다. 그 글은 먼저 쇼펜하우어의 "머릿속에 다른 사람이 말을 달리

게 하다"라는 말을 인용한 후, 이렇게 말했다. "한 권의 책을 읽으면 다른 사람이 한바
탕 말을 달리게 하는 것이다. 본 책이 많으면 많을수록 머릿속은 말 경기장으로 변해
버려 곳곳이 다른 사람의 말이 달리는 길이 되어 버린다. …… 내 생각에 책은 굳이
꼭 읽을 필요 없다." 쇼펜하우어는 「독서와 서적에 대하여」란 글에서 독서를 반대했
다. "책을 읽을 때 우리들 머릿속은 이미 자신이 활동하는 공간이 아니다. 그것은 다
른 사람의 사상 싸움터가 되어 버린다." 그는 또 "자신의 사상으로 진리를 얻어야 한
다"고 주장했다.

4) 상징주의는 19세기 말 프랑스에서 일어난 문예사조이자 유파다. 사물은 모두 그에 상
응하는 의미와 함의를 갖고 있다고 생각하여, 모름지기 작가는 사물의 배후에 숨어
있는 이러한 의미들을 발굴해 내 황홀한 언어와 사물의 이미지로 암시적인 '이미지'
(즉 상징)를 만들어야 한다. 그렇게 하여 독자로 하여금 그 속에 들어 있는 깊은 뜻을
깨닫게 해야 한다고 강조했다.

5) 마테를링크(Maurice Maeterlinck, 1862~1949)는 벨기에의 상징주의 시인이자 극작
가며 수필가다. 『펠레아스와 멜리상드』(Pelléas et Mélisande)로 유명해졌으며, 희극
『말렌 왕녀』(La Princesse Maleine)를 비롯한 몇 편의 상징극과 『파랑새』(L'Oiseau
bleu) 등 신비주의적 경향의 작품들을 남겼다. 1911년 노벨문학상을 받았다.

6) 프랑스(Anatole France, 1844~1924)는 프랑스 작가다. 주요 작품으로 『보나르의 죄』
(Le Crime de Sylvestre Bonnard), 『타이스』(Thaïs), 『펭귄섬』(L'Île des Pingouins)
등이 있다. 1921년 노벨문학상을 수상했다.

7) 바비트(Irving Babbitt, 1865~1933)는 미국 근대 신인문주의운동 지도자 가운데 한
사람이며 문학평론가다. 낭만주의를 반대하고 윤리도덕이 인류행위의 기본이란 신
념을 가졌다. 저서에 『신 라오콘』(The New Laokoön), 『루소와 낭만주의』(Rousseau
and Romanticism), 『민주와 영도』(Democracy and Leadership) 등이 있다.

8) 키르포틴(Валерий Яковлевич Кирпотин, 1898~1997)은 러시아 문예비평가이며 저
서에 『러시아 맑스-레닌주의 사상적 선구』(Идейные предшественники марксизма-
ленинизма в России) 등이 있다.

9) 고리키(Максим Горький, 1868~1936)는 소련의 프롤레타리아계급 작가이다. 작품으
로는 장편소설 『포마 고르지예프』(Фома Гордеев), 『어머니』(Мать), 자전소설 3부작
『어린 시절』(Детство), 『세상 속으로』(Влюдях), 『나의 대학』(Мои университеты) 등이
있다.

10) 헨리크 입센(Henrik Ibsen, 1828~1906)은 노르웨이의 극작가이다. 그의 작품은 부르주아 사회의 허위와 저속함에 대해 맹렬히 비판하고 개성해방을 부르짖고 있다. 그의 작품은 5·4시기에 중국에 소개되어 당시 반봉건운동과 여성해방운동 등에서 적극적인 작용을 했다. 주요 작품으로는 『인형의 집』(*Et Dukkehjem*), 『민중의 적』(*En Folkefiende*) 등이 있다. 당시 상하이 상우인서관(商務印書館)에서 판자쉰(潘家洵)의 번역으로 『입센집』이 출판되었지만 단지 두 권만 나오고 말았다.

11) 체호프(Антон Павлович Чехов, 1860~1904)는 러시아의 소설가 겸 극작가다. 리얼리즘 문학론을 주장했고 그 계열의 작품을 발표하여 당시 러시아 사회를 심도 있게 반영하고 있다. 대표작에 『갈매기』(Чайка), 『세 자매』(Три сестры), 『벚꽃 동산』(Вишнёвый сад), 『반야 삼촌』(Дядя Ваня) 등 수많은 희곡과 단편소설을 남겼다. 카이밍서점(開明書店)에서 자오징선(趙景深)이 번역한 『체호프 단편걸작집』 8권을 출판했다.

12) 모파상(Guy de Maupassant, 1850~1893)은 프랑스의 대표적인 근대 작가다. 주요 작품에 장편소설 『여자의 일생』(*Une vie*), 『아름다운 친구』(*Bel-Ami*)와 단편소설 「비계 덩어리」(Boule de Suif) 등이 있다. 당시 상우인서관에서 리칭아이(李青崖)가 번역한 『모파상 단편소설집』 3권을 출판했다.

한번 생각하고 행동하자[1]

만쉐曼雪

국가정치 문제를 해결하고, 전쟁을 계획하는 것이 아니라면, 친구 사이에 몇 마디 유머를 하거나, 서로 빙그레 웃는 것은 내 보기에 큰일은 아니다. 혁명 전문가일지라도 가끔은 뒷짐을 지고 산책을 하기 마련이며 도학선생[2]일지라도 아들과 딸을 두지 않을 수는 없으니, 이는 그가 밤이나 낮이나 언제나 도학자의 모습으로 엄숙하지만은 않다는 것을 증명하고 있는 것이다. 소품문은 아마 미래에도 문단에 여전히 존재할 수 있으리라. 단지 '유유자적함'만을 위주로 해서는[3] 좀 부족하지 않을까 걱정이다.

인간세상의 일이란 중이 미워지면 그가 걸친 가사가 미워지는 법이다. 유머와 소품이 처음 시작되었을 때는 누가 싫다는 말을 한 적이 있었던가. 그런데 갑자기 온 천하에 유머와 소품문 아닌 것이 없게 되어 버렸다. 유머가 어디에 그토록 많았는지. 그래서 유머는 익살이 되고 익살은 농담이 되고 농담은 풍자가 되고 풍자는 욕설이 되었다.

입에서 나오는 대로 마구 지껄이는 것이 유머가 되었다. "천기가 맑다"[4]고 하면 그냥 소품문이 되었다. 정판교의 『도사의 노래』를 한번 보고는 열흘간 유머를 말하고, 원중랑의 서간문 반 권을 사서 보고는 소품문 한 권을 짓는다.[5] 이것에 의지해 가세를 일으키고자 하는 사람이 있는 이상 반드시 이것에 반대함으로써 세상에 이름을 얻으려는 사람도 있게 마련이다. 그래서 별안간 천지에는 또다시 유머와 소품문을 욕하지 않는 자가 없게 되었다. 사실, 무리 지어 떠들어 대는 인사들은 금년에도 작년과 마찬가지로 그 수가 적지 않았다.

검게 칠한 가죽 등불을 손에 들고 있으면 서로 그 정체를 알아볼 수 없다. 요컨대, 어떤 명사名詞 하나가 중국에 귀화하면 오래지 않아 뒤죽박죽 이상한 것으로 변해 버린다. 위인이란 명사는 예전에는 좋은 칭호였다. 그런데 지금은 그런 칭호를 받는 사람이 욕을 먹는 사람과 같이 되었다. 학자와 교수라는 명사도 2, 3년 전만 해도 그래도 깨끗한 칭호였다. 명예를 중시하는 사람이었는데 문학가라는 칭호를 듣게 되자 도망가는 일이 금년에 벌써 시작되었다. 그런데 세상에는 정말로 진정한 위인, 진실한 학자와 교수, 진실한 문학가가 없단 말인가? 결코 그렇지는 않을 것이다. 단지 중국만 예외일 것이다.

만약 어떤 한 사람이 길에서 침을 뱉고 쭈그리고 앉아 뭔가를 보고 있다면 머지않아 분명 한 떼거리의 사람들이 몰려들어 그를 에워쌀 것이다. 또 만약 어떤 한 사람이 괜히 큰소리를 지르며 줄행랑을 친다면 분명 동시에 모두들 흩어져 도망을 칠 것이다. 정말로 "무엇을 듣고 왔으며, 무엇을 보고 가는가"[6]인지도 모르면서 마음속에 불만만 가득 품고 그 정체 모를 대상을 향해 "니에미!" 하고 욕을 해댈 것이다. 그런데 그 침을 뱉은 사람과 큰소리를 지른 사람은 결국에는 역시 큰 인물인지도 모른다. 당연히 차분하고 분명한 사람들도 있는 것이다. 그러나 위인 등등의 명칭이 존경을 받기도 하고 멸시를 받기도 하지만 대체적으로 그것은 그저 침 뱉기의 대용품일 뿐이다.

사회가 이런 것으로 인해 다소 열기에 들떠 있게 되니 감사할 만하다. 그런데 오합지졸로 모여들기 전에 좀 생각을 해보고, 구름처럼 흩어지기 전에 좀 생각을 해본다면, 그렇다고 사회가 꼭 차분해지는 것은 아니겠지만, 그래도 조금은 좀 그럴듯하게 되어 갈 것이다.

5월 14일

주)_____

1) 원제는「一思而行」, 1934년 5월 17일『선바오』의『자유담』에 처음 발표했다.

2) 이학(理學)은 도학(道學)을 가리키며 송대 주돈이(周敦頤), 정호(程顥), 정이(程頤), 주희(朱熹) 등이 유가학설을 재해석하여 체계를 세운 유심론적 사상체계이다. 이(理)를 우주의 본체로 보고, '삼강오상'(三綱五常) 등의 봉건 윤리도덕을 '천리'(天理)라고 보았다. "천리를 받들고 인욕(人欲)을 멸할 것"을 주장했다. 이 학설을 신봉하거나 선전하는 사람을 이학선생, 혹은 도학선생이라고 불렀다.

3) 린위탕이 소품문의 정신에 대해 주장한 말 가운데 하나다. 그가 주관한 반월간『인간세』제1기(1934년 4월)「발간사」에 나온다. "무릇 소품문은…… 유유자적함을 그 격조로 삼는다."

4) 동진(東晋) 시기 왕희지(王羲之)의「난정집서」(蘭亭集序)에 나오는 말이다. "오늘은, 천기(天氣)가 맑고, 부드러운 바람이 불어와 화창하다."

5) 정판교(鄭板橋)는 필묵을 희롱한 것에 가까운, 도정(道情) 「늙은 어옹」(老漁翁) 10수를 지었다. 도정은 원래 도사가 부른 노래였는데 나중에 민간 곡조의 하나로 변했다. 원중랑(袁中郎)은 원굉도(袁宏道, 1568~1610)를 말한다. 자가 중랑이고 지금의 후베이에 속하는 후광(湖光) 궁안(公安) 사람으로 명대의 문학가다. 그의 형인 종도(宗道)와 아우 중도(中道)와 함께 문학사상의 복고 기류를 반대하여 "오로지 성령(性靈)을 노래하되 격식에 구애되지 않는다"를 주장했다. 원굉도는 소품 산문으로도 유명하다. 1930년대 린위탕 등은 그들이 창간한 『논어』, 『인간세』에서 원중랑과 정판교 등의 문장을 극도로 추앙하였다. 당시 상하이 시대도서공사(時代圖書公司)에서 린위탕이 교열한 『원중랑전집』이 출간되었고, 상하이 난창서국(南强書局)에서는 『원중랑 서찰 전고』(袁中郎尺牘全稿)가 출판되었다.

6) 『세설신어』(世說新語) 「간오」(簡傲)편에 나오는 말이다. 삼국시대 위(魏)나라 문학가이자 죽림칠현 가운데 한 사람인 혜강(嵇康)이 자신을 찾아온 종회(鍾會)를 홀대하면서 한 말이다. 『진서』(晋書) 「혜강전」에도 나온다. 종회가 혜강을 방문했을 때, 혜강은 마침 쇠를 두드리고 있었는데 눈길 한번 주지 않았다. "한참을 지나 종회가 물러가려 하자, 혜강이 물었다. '무엇을 듣고 왔으며 무엇을 보고 가는가?' 그러자 종회가 대답했다. '들을 것을 듣고 왔다가 볼 것을 보고 갑니다.'"

나에 견주어 남을 헤아리다[1]

몽원夢文

몇 년 전인지 잊어버렸다. 한 시인이 나에게 가르치기를 우매한 대중의 여론이란 것은 영국의 키츠[2]의 경우처럼 천재를 죽일 수 있다는 거였다. 나는 그의 말을 믿었다. 작년에 몇몇 유명한 작가의 글들이, 평론가의 험담은 좋은 작품을 주눅 들게 해 문단을 황량하게 만들 수 있다는 말을 했다.[3] 물론 나도 그렇게 믿었다.

나 역시 작가가 되고 싶은 사람이고 스스로도 자신이 분명 작가라고 생각하고 있다. 그런데 창작을 해본 일이 없었기 때문인지 아직 욕먹을 자격을 얻지 못하고 있다. 결코 주눅 들 일도 없었지만 무언가를 잘 쪼아서 만들어 내지도 못했다. 만들어 내지 못한 이유는 분명 내 아내와 두 아이의 소란 때문이라고 생각한다.[4] 험담하는 평론가들과 마찬가지로 그녀들의 직무 역시 진정한 천재를 파멸시키고 훌륭한 작품을 놀라게 하여 도망치게 하는 일이다.

다행히 금년 정월 나의 장모가 딸을 보고 싶어 하여 아내와 딸,

셋은 시골로 내려갔다. 나는 정말 이목이 청정해졌다. 아아 즐겁도다, 위대한 작품을 만들어 낼 시대가 도래하였도다. 그러나 불행하게도 지금 이미 음력 사월 초인데 아직도 허송세월을 하고 있다. 꼬박 삼 개월을 조용히 보내 버리고 아무것도 써내지 못했다. 만약 친구들이 나의 성과를 묻는다면 나는 무어라 대답할 것인가? 여전히 그녀들의 소란 탓으로 돌릴 수가 있을까?

이리하여 나의 믿음에는 약간의 동요가 생겼다.

그녀들의 소란 여부와 관계없이 내가 본래 좋은 작품을 만들어 낼 능력이 없는 것은 아닌가 하는 의심이 들었다. 또한 평론가들의 험담 여부와 관계없이 소위 유명한 작가들 역시 반드시 좋은 작품을 쓸 수 있으리란 법은 없는 것 아닌가 하는 의구심이 들었다.

만일 소란 피우는 사람도 있고 험담하는 사람도 있다면 그것이 작품을 만들지 못하는 작가들에게 그들의 치부를 교묘히 가리게 해주었을 수도 있다. 그렇다면 본래는 쓰려 했는데 지금 그런 상황들이 그들에게 일을 망치게 했다는 말이 된다. 그래서 그는 마치 곤경에 빠진 애송이 사내 배우처럼 작품은 아예 없으면서도 관객에게 동정의 눈물을 한 움큼씩 계속 얻어 낼 수 있게 되는 것이다.

정말 세상에 천재가 있다면, 그렇다면, 험담하는 평론이란 것은 그에게 있어서, 그의 작품을 욕하여 내치고, 그를 작가가 되지 못하게 할 수 있기 때문에 해가 될 것이다. 그러나 이른바 험담하는 비평이란 것은 평범한 인재에게 있어서는 이로울 수도 있다. 작가가 다른 이의 말을 핑계 삼아 자신의 작품이 놀라 도망쳐 버렸다고 변명하게 해주어 그의 작가로서의 지위를 유지할 수 있게 해준다.

　　최근 석 달 남짓 동안, 나는 겨우 '인스피라시옹'[5]을 약간 얻었을 뿐이다. 그것은 롤랑 부인[6] 투의 타령이다. "비평가여 비평가여, 세상에 얼마나 많은 작가들이 너희들의 험담 덕분에 살아가는가!"

5월 14일

주)_____

1) 원제는 「推己及人」, 1934년 5월 18일 『중화일보』의 『동향』에 처음 발표했다.

2) 키츠(John Keats, 1795~1821)는 영국시인이다. 저작으로 『성 아그네스의 저녁』(*The Eve of St. Agnes*), 장편시 『이사벨라』(*Isabella*) 등이 있으며, 『엔디미언』(*Endymion*)은 1818년 출판된 후 시 속에 담긴 민주주의 사상과 반고전주의 경향성으로 인해 보수파 평론가들의 공격을 받았다. 1820년 폐병이 악화되어 이듬해 죽었다. 그의 친구였던 영국 시인 바이런은 자신의 장편시 『돈 후안』(*Don Juan*)에서 이렇게 말했다. "한 편의 비평이 키츠를 죽게 만들었고 그가 위대한 작품을 써낼 수 있는 가망을 없애 버렸다."

3) 쑤원(蘇汶)은 1932년 10월 『현대』 제1권 제6기에 발표한 「'제3종인'의 출로」(「第三種人'的出路)에서 이렇게 말했다. "좌익의 이론가 지도자들이 다짜고짜로 부르주아계급이라는 악명을 그들의 머리에 뒤집어씌워" 일부 작가들을 "영원히 침묵하게 만들었고, 오랫동안 붓을 놓게 만들었다." 가오밍(高明)이 1933년 12월 『현대』 제4권 제2기에 발표한 글 「비평에 대해」(「關於批評)에서도 "황량한 지대에서 익숙하게 만나게 되는 폭도들! 그들은 문예가 만들어 낸 것을 잘 배양하려 하는 것이 아니라 압살하려 하고 있다"고 공격했다.

4) 루쉰은 이 글을 필명으로 발표했기 때문에 자신의 가족 상황을 허구로 지어냈다. 실제 루쉰에게는 아들 하나뿐이지만 이 글에서는 마치 딸이 둘 있는 아버지처럼 행세하고 있다.

5) '영감'을 뜻하는 프랑스어 inspiration. 량치차오(梁啓超)가 이 제목으로 글을 쓴 적이
   있다.

6) 롤랑 부인(Madame Roland, 1754~1793)은 18세기 프랑스 대혁명 당시 정권을 획득
   한 지롱드파 정부의 내정부장이었던 롤랑의 부인이다. 그녀는 일찍이 지롱드파의 정
   책결정에 참여했었다. 1973년 5월 자코뱅파가 권력을 잡은 후 롤랑 부인은 그 해 11
   월 사형되었다. 량치차오가 쓴 『롤랑 부인 전』에는 그녀가 임종 시에 단두대 옆에 있
   던 자유의 신상에게 이렇게 한 말이 기록되어 있다. "자유여, 자유여, 천하 고금의 얼
   마나 많은 죄악들이 너의 이름을 빌려 행해졌는가!"

문득 드는 생각[1)]

궁한公汗

아직도 기억난다. 둥베이東北 삼성이 함락되고 상하이에선 전쟁을 하고 있을 때, 단지 포성이 들리기만 하고 포탄이 두렵지는 않은 길가에서는, 곳곳에서 『추배도』[2)]를 팔고 있었다. 이를 보면 사람들이 일찌감치 패배의 원인이 오래전에 이미 정해져 있다고 생각하고 있다는 걸 알 수 있었다. 삼 년 후, 화베이華北와 화난華南[3)]이 모두 위급한 상황에 직면했으나 상하이에서는 '신비한 접시' 점[4)]이 나타났다. 전자가 관심을 갖고 있던 것은 그래도 국운이었으나, 후자는 시험 문제, 복권, 죽은 혼령에만 관심 있었다. 그들이 관심을 갖고 있는 것의 규모는 물론 아주 다른 것이었으나 후자의 명목이 훨씬 번드르르하게 거창했다. 이는 그 '영험한 점'이란 것이 중국의 독일 유학생인 바이퉁白同 군이 발명한 것이어서 '과학'에 부합된다고 믿었기 때문이다.

'과학으로 구국하자'는 이미 십여 년 가까이 외치고 있어 그것이 결코 '무용舞踊으로 구국하자'나 '숭불崇佛로 구국하자'에 비교할 수

문득 드는 생각 105

없을 만큼 옳다는 것은 누구나 다 알고 있다. 해외로 나가 과학을 공부하는 청년이 있는가 하면 과학을 배워 박사가 되어 귀국한 사람도 있다. 그런데 중국은 일본과는 다른 자신의 고유한 문명을 가지고 있다고 하니 이는 예상 밖의 일이다. 과학은 결코 중국 문화의 부족한 부분을 충분하게 보충해 줄 수 없을 뿐만 아니라 오히려 중국 문화의 심오함을 더욱 증명해 주고 있다는 것이다. 지리학은 풍수와 관련 있고 우생학은 문벌과 관련 있으며 화학은 연단燃丹과 관련 있고 위생학은 연날리기와 관계가 있다.[5] '영험한 점'을 '과학'이라고 하는 것 역시 그런 가운데 하나에 불과할 따름이다.

5·4시기에 천다치 선생[6]은 일찍이 논문을 써, '부계'점[7]의 기만성을 폭로한 적이 있다. 16년이 지났다. 바이퉁 선생이 접시를 가지고 점의 합리성을 증명하고 있으니 이는 정말 어디에서부터 어떻게 말해야 할지 모르겠다.

더욱이 과학은 중국 문화의 심오함을 증명하였을 뿐만 아니라 중국 문화의 위대함을 도와주고 있다. 마작 테이블의 옆은 전등불이 촛불을 대신하게 되었고 법회의 단상에서는 플래시 라이트가 라마[8]를 비추고 있다. 무선 전파가 매일매일 방송하고 있는 것은 「살쾡이로 태자를 바꾸다」, 「옥당춘」, 「고마워라 보슬비」[9]가 아니던가?

노자가 말하길 "말과 섬을 만든 것은 그것으로 곡식을 재기 위함이었다. 그런데 말과 섬으로 곡식을 훔치고 있다"[10]고 했다.

롤랑 부인은 말하길 "자유여, 자유여, 얼마나 많은 죄악이 너의 이름으로 행해졌는가!"라고 했다.

새로운 제도, 새로운 학술, 새로운 명사가 중국에 들어오기만 하면, 그것은 바로 검은색 물감 항아리에 빠진 것처럼 새카맣게 되어 개인의 잇속을 챙기는 도구로 전락해 버린다. 과학도 그 가운데 하나에 불과할 따름이다.

이런 폐단이 사라지지 않는다면 중국은 구제할 약이 없다.

5월 20일

주)_____

1) 원제는 「偶感」, 1934년 5월 25일 『선바오』의 『자유담』에 처음 발표했다.

2) 『추배도』에 대해서는 이 문집의 「운명」 주석 5번을 참조.

3) 둥베이 삼성(東北三省)은 중국의 최동북쪽에 위치한 지린성(吉林省), 랴오닝성(遼寧省), 헤이룽장성(黑龍江省)의 총칭이다. 화베이(華北)는 중국의 북부 즉 베이징시(北京市)와 허베이성(河北省), 산시성(山西省), 톈진시(天津市), 네이멍구자치구(內蒙古自治區)에 걸친 지역의 총칭이며, 화난(華南)은 중국의 남동부 즉 하이난성(海南省), 광둥성(廣東省), 광시좡족자치구(廣西壯族自治區)가 포함되는 지역의 총칭이다.

4) 원문은 설선(碟仙). 당시에 유행한 점치는 미신 행위를 말한다. 문자 그대로 '신비한 접시'로 풀이된다. 부적으로 점치던 도가적인 전통적 미신을 능가하며, 전혀 미신적이지 않은, 과학적으로 완벽한 접술이며, 독일 유학생 바이퉁이 발견한 것이라고 대대적으로 선전되었다. '홍콩과학연예사'(香港科學游藝社)가 만들어 판매한 '영험한 과학점도'(科學靈乩圖)가 상하이에 들어와 유포되었다. 거기에 "독일 유학생 바이퉁이 다년간 연구하여 발명한 것으로 순수하게 과학적인 방법으로 만들었다. 그래서 조금도 미신적인 작용이 있는 것이 아니다" 등의 글귀가 적혀 있었다.

5) 음력 보름에 연을 날리면 일년의 액운을 날려 보낸다는 민간신앙이 있었다.

6) 천다치(陳大齊, 1887~1983)는 자는 바이녠(百年)이고 저장성 하이옌(海鹽) 사람이다.

베이징대학 철학과 교수를 지냈다. 그는 1918년 5월 『신청년』 제4권 제5호에 「'영험한 학문'을 규탄함」(駁'靈學')이라는 글을 발표하여 당시 상하이에 출현한, '영험한 학문'이란 간판을 내걸고 단을 설치하고 점을 치는 미신 행위에 대해 그 실상을 폭로하고 공격했다.

7) 부계(扶乩)점은 길흉을 점치는 행위의 하나이다. 나무로 된 틀에 목필(木筆)을 매달고 그 아래 모래판을 놓은 다음, 두 사람이 나무틀을 양편에서 잡고 있으면 신이 내려 목필이 움직이고 그로 인해 모래판에 위에 글자나 기호가 적힌다. 이를 읽어 길흉을 점쳤다.

8) 당시 거행되었던 시륜금강법회(時輪金剛法會)에서 판첸 라마가 독경을 하거나 불법을 강할 때, 촬영기사가 불전 안에서 플래시 라이트를 사용하여 조명을 비췄다.

9) 「살쾡이로 태자를 바꾸다」(狸貓換太子)는 소설 『삼협오의』(三峽五義)에 나오는 이야기다. 송 왕조 진종의 이신비(李宸妃)가 낳은 아들을 어떤 사람이 살쾡이로 바꿔 간 것과 관련된 고사에 근거해 개작한 경극이다. 「옥당춘」(玉堂春)은 『경세통언』(警世通言)「옹당춘낙난봉부」(玉堂春落難逢夫)에 근거하여 개작한 경극이다. 명기인 소삼(蘇三; 옥당춘)이 모함을 받아 옥에 들어갔다 나중에 순안(巡按)이 된 남편 왕금룡(王金龍)과 다시 만난 이야기를 그 줄거리로 하고 있다. 「고마워라 보슬비」(謝謝毛毛雨)는 1930년대 리진후이(黎錦暉)가 만든 유행가곡이다. 이들 모두는 봉건제도 속에서 여자와 신하가 갖추어야 할 윤리도덕을 선양하고 있는 작품이다.

10) 장자(莊子)가 한 말이다. 『장자』「거협」(胠篋)에 나온다. 말(斗)과 섬(斛)은 모두 곡식의 양을 세는 용기이며 옛날에 열 말은 한 섬이었다.

친리자이 부인 일을 논하다[1]

궁한

요 몇 해 동안, 신문지상에서 경제적 압박과 봉건윤리의 억압으로 인해 자살을 한다는 기사를 종종 보게 된다. 그러나 이것을 위해 입을 열거나 글을 쓰려는 사람은 아주 적다. 다만 최근의 친리자이 부인[2]과 그 자녀들 일가 네 식구의 자살에 관해서만은 적지 않은 사람들의 반응이 있었다. 나중에는 그 신문기사를 품에 안고 자살한 사람[3]도 나왔다. 이것으로 보아 그 영향력이 대단했음을 알 수 있었다. 내 생각에, 그것은 자살한 사람 수가 많았기 때문이라 생각한다. 단독 자살이었다면 아마 여러 사람의 주목을 끌지 못했을 것이다.

모든 여론 가운데, 이 자살 사건의 주모자인 친리자이 부인에 대해서는 관대하게 생각하는 말들이 있긴 했으나 그 결론은 거의 모두 규탄 아닌 게 없었다. 왜냐하면 —— 한 평론가께서 말씀하시길 ——사회가 아무리 어두울지라도 인생의 첫번째 책임은 생존하는 것이므로 자살을 하는 것은 그 의무를 다하지 않은 것이기 때문이며, 둘째로 책임을 다한다는 것은 고통을 감수하는 것이므로 자살을 하는 것은 안락을 도모하는 것이기 때문이라는 것이다. 진보적인 평론가께서는, 인생은 전투이므로 자살을 한 사람은 탈영병인 셈이라고 했다. 비록 죽는다 하더라도 그 죄를 면키 어렵다고 주장했다. 이는 물론 그럴듯한 말이긴 하지만 너무 막연하게 싸잡아 한 말이라 하지 않을 수 없다.

세상에는 두 종류의 범죄학자가 있다. 한 파는 범죄를 환경 탓이라 주장하고 다른 한 파는 개인 탓이라 주장한다. 현재 유행하고 있는 것은 후자의 설이다. 전자 학파의 설을 믿는다면 범죄를 없애기 위해서는 환경을 개선해야 하기 때문에 일이 복잡해지고 힘들게 된다. 그래서 친리자이 부인의 자살을 비판하는 사람들은 거의 대부분 후자 학파에 속한다.

참으로, 자살을 했으니 그것으로 이미 그녀가 약자임은 증명되었다. 그러나, 어떻게 하여 약자가 되었는가? 중요한 것은 우리가, 그녀의 시아버지 서찰[4]이 그녀를 시댁으로 돌아오게 하기 위해 양가의 명성을 들먹였음은 물론이거니와, 죽은 사람의 점괘로 그녀를 움직이게 하고자 했다는 사실을 염두에 두어야 한다. 우리는 그녀의 남동생이 썼다고 하는 만장도 좀 잘 살펴보아야 한다. "아내는 남편을 따라 무덤으로 가고, 아들은 어머니를 따라 무덤으로 가……"라는 말은 천고의 미담으로 여겨 왔던 덕목들이 아닌가? 그러한 가정 속에서 자라고 길러진 사람으로서 어찌 약자가 되지 않을 수 있겠는가? 물론 우리는 그녀가 씩씩하게 싸우지 않았다고 책망할 수는 있다. 그러나 무언가를 삼켜 버리는 암흑의 힘은 때때로 외로운 병사를 압도해 버리곤 한다. 게다가 자살 비판자는, 다른 사람들이 싸우고 있을 때, 그들이 몸부림치고 있을 때, 또 그들이 싸움에서 지고 있을 때, 아마 쥐 죽은 듯 가만히 있을 법한 사람들, 싸움을 응원하지 않을 사람들이다. 산간 벽지나 도회지에서 고아와 과부, 가난한 여성과 노동자들이 운명에 따라 죽어 갔고 비록 운명에 항거하였으나 끝내 죽지 않을 수 없었을 것이다. 이런 사람들이 어찌 이뿐이랴. 그런데도 그런 사건들을 누군가 거론한 적이 있었으며, 그 일이 누군가의 마음을 움직였던 적이 있었던가? 정말로 "개천에서 목매어 죽은들 그 누가 알손가"[5]이다!

사람은 물론 생존해야 한다. 그러나 그것은 나아지기 위해서다. 수난을 당해도 무방하나 그것은 장래 모든 고통이 없어진다는 전제하에서다. 마땅히 싸워야 한다. 그것은 개혁을 위해서이다. 다른 사람의 자살을 책망하는 사람은, 사람을 책망하는 한편, 반드시 그 사람을 자살의 길로 내몬 주변환경에 대해서도 도전해야 하며 공격해야 한다. 만일 어둠을 만드는 주범의 힘에 대해서는 한마디도 못하면서, 그쪽을 향해서는 화살 한 개도 쏘지 않으면서, 단지 '약자'에 대해서만 시끄럽게 떠벌릴 뿐이라면, 그가 제아무리 의로움을 보인다 할지라도, 나는 말하지 않을 수 없다. 나는 정말 참을 수 없게 된다. 사실 그는 살인차의 공범에 지나지 않을 뿐이라고.

5월 24일

_____

1) 원제는 「論秦理齋夫人事」, 1934년 6월 1일 『선바오』의 『자유담』에 처음 발표했다.

2) 친리자이(秦理齋) 부인은 이름이 공인샤(龔尹霞)이며 『선바오』의 영어 번역자인 친리자이의 아내다. 1934년 2월 25일 친리자이가 상하이에서 병사한 후, 우시(無錫)에 사는 친리자이의 아버지가 그녀에게 귀향하라고 요구했다. 그녀가 상하이에서의 자녀 학업 등을 이유로 돌아갈 수 없게 되자, 친의 아버지는 여러 차례 그녀에게 독촉하고 압박을 가했다고 한다. 5월 5일 그녀는 세 딸과 함께 음독 자살했다.

3) 1934년 5월 22일 『선바오』의 보도에 의하면, 상하이 푸화(福華)약국의 점원인 천퉁푸(陳同福)가 경제적 곤란 때문에 자살을 했다. 그의 몸에서 신문에서 오려 낸 친리자이 부인의 자살 보도 기사가 발견되었다.

4) 친리자이의 아버지인 친핑푸(秦平甫)는 4월 11일 며느리인 공인샤에게 보낸 편지에서 다음과 같이 말하고 있다. "너의 시숙이 점을 쳤더니, 리자이가 강림하여 돈과 솜옷을 달라고 했다. 또 가족들이 상하이에 살지 말고 당장 우시로 돌아오라고 말했다 한다." 이어서 말했다. "사돈댁 가법의 아름다움이 같은 동네에서 칭송이 자자하다.……당 태부인께서도 덕이 높고 아량이 높아 널리 베푸는 것을 근본으로 삼고 계신다. 자신이 할 일을 남에게 시키길 원치 않으셨다. 너는 이러한 뜻을 잘 새겨 착한 며느리와 훌륭한 딸이 되길 바란다. 상하이의 일을 조속히 마무리하고 망부 리자이의 부탁을 존중하여 빨리 우시로 돌아오거라."

5) 『논어』 「헌문」(憲問)편에 나오는 말이다. "필부 필녀가 자신의 신념을 지키기 위해 개천에 목매어 죽은들 어찌 누가 알겠는가?"

'……' '□□□□'론 보충[1]

만쉐

쉬위[2] 선생이 『인간세』[3]에 이런 제목의 논설을 발표했다. 이 문제에 대해 내가 무슨 조예가 있는 것은 아니나 "어리석은 자라도 천 번 생각하면 반드시 하나의 득은 있게 마련이라"[4] 했으니 좀 보충하고 싶은 생각이 들었다. 물론 다소 천박하긴 하겠지만 말이다.

　　'……'는 박래품으로 5·4운동 이후에 수입된 것이다. 이보다 먼저 린친난林琴男 선생이 소설을 번역할 때, "이 말은 끝나지 않았다"此語未完라고 주석한 부분이 바로 이것을 번역한 것이다. 서양 서적에서는 보통 점을 여섯 개 사용하거나 아니면 인색하게 점 세 개만 사용했다. 그런데 중국은 "땅도 넓고 물산도 풍부하여" 그것이 중국에 동화될 즈음에는 점차 불어났다. 점이 아홉 개에서 열두 개, 심지어 수십 개로 늘어났다. 어떤 대작가께서는 단지 점으로만 서너 줄을 채워 정말 이루 다 말로 형용할 수 없는 오묘함과 무궁무진함을 나타내셨다. 독자들 역시 대개는 그렇게 생각하고 있다. 만일 어떤 용감한 자가 그 속의 오묘함을 느낄 수 없다고 말한다면 그는 즉시 저능아가 되고 마는 것이다.

그러나 결국, 안데르센[5] 동화 속의 '벌거벗은 임금님'처럼 사실 그 속엔 아무것도 없는 것이다. 모름지기 어린아이였다면 사실대로 큰소리로 말했을 것이다. 그러나 아이들은 작가들의 '창작'을 볼 수가 없다. 그래서 중국에는 그 기만을 간파할 사람이 없다. 그러나 날씨가 추워지려 하기 때문에 옷을 벗은 채 종일 거리를 걸을 수도 없는 일, 결국엔 궁궐로 숨어들어 가야 한다. 몇 행의 점으로만 이루어진 훌륭한 문장조차 근래엔 그리 많이 보이지 않게 되었다.

'□□'은 국산품이다. 『목천자전』[6]에도 이런 재밌는 표현이 있다. 예전의 선생님께서 나에게 이것을 궐문闕文이라고 가르쳐 주셨다. 이런 궐문으로 소동이 일어나기도 했다.[7] 어떤 사람이 "口生垢, 口戕口"(입이 더러우면 입이 입을 해친다)[8]라는 문장에서 세 개의 입 구 口 자를 궐문이라고 주장하는 바람에 누군가에게 큰 욕을 먹은 적이 있다. 그러나 예전에 궐문은 단지 옛사람들의 책 속에서만 보였고 그것을 보충할 방도가 없었다. 그런데 지금, 요즘 사람들의 책에도 그것이 나타나게 되었고 보충하고 싶어도 보충을 할 수 없게 되었다. 최근에 이르러선 그것이 점차 '××'로 변해 가는 추세다.[9] 이는 일본에서 수입된 것이다. 이것이 많으면 그 저작의 내용에 무언가 격정적인 것이 있을 거란 느낌이 든다. 그러나 사실은 꼭 그런 것이 아닐 때도 있다. '×'만으로 몇 행을 마구 채워 책을 찍어 내면 독자들은 정말 작가의 뭔지 모를 격정에 감복하게 되고 검열관의 혹독한 검열은 증오하게 된다. 그러나 반대로, 작가가 검열관에게 그렇게 글을 보내면 검열관으로 하여금, 하고픈 많은 말을 감히 못 하고 그저 'x'만 그렇게 죽 늘어놓는, 작가의 순순한 복종을 즐기게 만들 수 있는 것이다. 점만 몇 줄 죽 늘어놓는 것보단 훨씬 교묘한 수법이니 일거양득이다. 지금 중국은 배일排日이 한창 진행 중이니 이러한 금낭묘계[10]도 어쩌면 모방에 그치지 않을지 모를 일이다.

오늘날, 어떤 물건도 모두 돈을 주고 사야 한다. 물론 모든 것은 팔 수도 있다. 그러나 '없는 물건'조차 팔 수 있다는 것은 좀 뜻밖의 일이다. 그러나 그런 것을 알게 된 후 비로소 알게 되었다. 날조를 업으로 삼는 것도 이제는 "품질 보증 가격 정직, 애 어른 속이지 않는", 그런 삶으로 셈쳐 주려 한다는 것을.

5월 24일

주)＿＿＿＿

1) 원제는 「"……" "□□□□"論補」, 1934년 5월 26일 『선바오』의 『자유담』에 발표했다.
2) 쉬위(徐訏, 1908~1980)는 저장성 츠시(慈溪) 사람이며 작가다. 당시 상하이에서 『인간세』, 『논어』 등의 간행물을 편집했다. 그의 글 「'……' '□□□□'론」은 1934년 5월 20일 『인간세』 제4기에 발표되었다.
3) 『인간세』는 린위탕이 주간한 반월간지다. 1934년 4월 창간했고 이듬해 12월 폐간되었다. 저우쭤런(周作人) 등 베이징과 문인들이 주류가 되어 유미주의적인 산문과 소품문(小品文)을 유행시켰다.
4) 『사기』(史記) 「회음후열전」(淮陰侯列傳)에 나오는 말이다. "지혜로운 자라도 천 번 생각에 한 번의 실수는 있기 마련이며, 어리석은 자라도 천 번 생각에 반드시 하나의 득은 있게 마련이다."(智者千慮必有一失, 愚者千慮必有一得)
5) 안데르센(Hans Christian Andersen, 1805~1875)은 덴마크의 동화작가다. 「벌거벗은

임금님」은 그의 유명한 작품 가운데 하나다. 스페인 민간 고사에서 소재를 취한 이 이야기는 이렇다. 두 명의 거짓말쟁이가 임금 앞에서 거짓말을 한다. 한 거짓말쟁이는 자신이 만든 옷은 이 세상에서 가장 아름다운 옷감으로 만든 옷으로 "자신의 지위에 맞지 않은 사람이나 어리석은 사람의 눈에는 보이지 않는다"고 말하고, 임금에게 새로 지었다고 하는 새 옷을 입힌다. 새 옷을 입었다고 생각하지만 사실은 벌거벗고 있는 임금님도, 그것을 바라보는 신하도, 누구나 자신이 어리석은 자가 될까 두려워 거짓으로 새 옷의 아름다움을 침이 마르게 칭찬한다. 나중에 한 어린아이가 천진스럽게 폭로한다. "임금님은 벌거벗었네."

6) 『목천자전』(穆天子傳)은 진(晉)대에 전국시대 위(魏)나라 양왕(襄王)의 묘에서 발견된 선진시대 고서 중 하나로 총 6권으로 되어 있다. 원본은 죽간인데 나중에 죽간 문자가 벗겨 나가자 죽간의 고문자를 해서체로 다시 썼다. 이때 판독이 어려운 글자를 □로 표시하여 훼손된 부분을 대신했다. 그러자 책에 많은 □가 있게 되었다. 예를 들면 제2권에 이런 부분이 나온다. "乃獻白玉□只角之一□三, 可以□沐, 乃進食□酒姑劓九□."

7) 진(秦)대에는 죽간에 문장을 썼기 때문에 문장 속의 많은 글자들이 지워지거나 누락되어 후대에 전해졌다. 이에 후세인들이 이 부분을 큰 □로 표기하고 입을 나타내는 '구'자는 작은 □로 표기했다. 그러나 이로 인해 문장의 해석과 판독에 많은 혼란과 논쟁이 야기됐다.

8) "□生垢, □戕□"는 『대대예기』(大戴禮記) 「무왕천조」(武王踐阼)에 나오는 말이다. 『대대예기』에 북주(北周)의 노변(盧辯)이 이 부분에 주석을 하길 "후(垢)는 어리석음(恥)이다"라고 했다. 청대의 주원량(周元亮)과 전이도(錢爾弢) 모두 이 '□'에 대해 말했다. "옛날의 네모 공란은 모두 결문(缺文)이다. 오늘날 그것을 입 구(□)로 해석하는 것은 잘못이다." 그러나 청대의 경학가인 왕응규(王應奎)는 『유남수필』(柳南隨筆) 권1에서 다른 견해를 말했다. "근래에 나는 송대의 판본 『대대예』(大戴禮)를 보았다. 진경역(秦景暘)이 보았던 책이다. □자는 결코 공란이 아니다. ……로 미루어 볼 때 주원량과 전이도의 말은 잘못된 것이다."

9) 루쉰은 1933년 11월 5일 한 서신에서 '×'는 더 이상 쓸 거리가 없어 폐업 위기에 놓인 '제3종인' 작가와 스저춘(施蟄存) 등이 자신들의 출판사와 글을 살리기 위해 궁여지책으로 일본에서 수입해 들여온 것이라고 비난했다.

10) 금낭묘계(錦囊妙計)는 비단 주머니 속에 든 아주 훌륭한 계책이란 뜻이다.

누가 몰락 중인가?[1]

창경常庚

5월 28일자 『다완바오』는 문단의 중요한 소식 하나를 알려 주었다.

우리나라의 저명한 미술가인 류하이쑤와 쉬페이훙[2] 등이 최근 소련 모스크바에서 중국서화전시회를 열어 그곳의 인사들로부터 극찬을 받았다. 그들은 우리나라 서화書畵 명작들을 칭송하면서, 지금 소련에서 유행하고 있는 상징주의 작품들과 아주 흡사하다고 했다. 소련 예술계는 사실주의와 상징주의 양파로 나누어져 있다. 사실주의는 이미 몰락하고 있는 반면 상징주의는 관민 공동의 제창으로 왕성하게 발전하고 있다. 그 나라의 예술가들은 중국의 서화 작품이 상징파와 아주 흡사한 것을 알게 된 후 중국의 연극도 분명 상징주의를 채택하고 있을 거라는 데 생각이 미쳤다. 그래서 중국 연극의 대가인 메이란팡 등을 초청하여 공연하는…… 것을 협의 중이다. 이 일은 이미 소련 측과 주소련 중국대사관이 협의에 들어갔고 동시에 주중 소련대사인 보고모로프 역시 명을 받아 우리 측과 협의 중이다.……

이것은 좋은 소식이고 우릴 기쁘게 할 만한 것이다. 그러나 '국위 선양[3]'의 기쁨을 누린 후이니 좀 차분하게 다음 사실을 생각할 필요가 있다.

첫째, 만약 중국의 그림과 인상주의[4]가 서로 일맥상통하다고 말한다면 그것은 그래도 일리가 있다. 그런데 지금 "소련에서 유행하고 있는 상징주의 작품들과 아주 흡사하다"고 하는 것은 잠꼬대에 가깝다. 반쯤 올라간 등나무 넝쿨, 소나무 한 그루, 호랑이 한 마리, 몇 쌍의 참새들은 분명 사실적이진 않다. 그러나 그림이 사실적이지 않다는 이유로 어떻게 다른 무언가를 '상징'하고 있는 것이라 할 수 있는가?

둘째, 소련에서의 상징주의 몰락은 10월혁명 때였고 이후에 구성주의[5]가 굴기했다. 그러나 점차 사실주의에 의해 밀려나고 말았다. 그러므로 만일 구성주의가 점차 몰락하면서 사실주의가 "왕성하게 발전하고 있다"고 한다면 그렇게 말할 수는 있다. 그렇지 않은 것은 잠꼬대이다. 소련 문예계에 상징주의 작품으로 무엇이 있는가?

셋째, 중국 연극의 얼굴 분장과 손동작은 기호이지 상징이 아니다. 흰 코가 어릿광대를, 요란한 얼굴 분장이 악인을, 손에 든 채찍이 말 탄 것을, 손을 앞으로 미는 동작이 문 여는 것을 표현하는 것 말고는 어디 무슨 말로 표현할 수 없는, 몸으로 표현할 수 없는 깊은 뜻이 담겨 있단 말인가?

유럽은 우리에게서 정말 멀다. 우리도 그곳의 문예 정황에 대해서 정말 너무 어둡다. 그러나 20세기가 3분의 1이 지나간 지금, 거칠게나마 조금은 알게 되었다. 그들의 예술이 소멸하고 있음을 상징하는 이러한 뉴스야말로 정말 '상징주의 작품'처럼 느껴진다.

5월 30일

주)_____

1) 원제는「誰在沒落」, 1934년 6월 2일『중화일보』의『동향』에 처음 발표했다.

2) 류하이쑤(劉海粟, 1896~1994)는 장쑤성 우진 사람이며 화가다. 쉬페이훙(徐悲鴻, 1895~1953)은 장쑤성 이싱(宜興) 사람이며 화가다. 1934년 두 사람은 유럽으로 건너가 중국화전람회에 참가했다.

3) 원문은 '發揚國光'이다. 이는「메이란팡이 소련에 가다」(梅蘭芳赴蘇俄)라는 제목하에『다완바오』에 실린 신문 기사에서 인용한 것이다.

4) 인상주의(印象主義, impressionism)는 19세기 후반 유럽(처음에는 프랑스)에서 일어난 예술사조이다. 주로 회화에서 시작했다. 예술가의 순간적이고 주관적인 인상 표현을 강조하였다. 색과 광선을 중시하였으며 객관사물의 충실한 재현에 구속되지 않았다. 이 예술사조는 나중에 문학, 음악, 조각 등 다양한 방면에 그 영향을 미쳤다.

5) 구성주의(構成主義, constructivism)는 현대 서양 예술유파의 하나이다. 입체주의에서 시작하여 예술의 사상성과 이미지, 민족전통을 배척하며 직사각형, 원형, 직선 등으로 추상적인 조형을 만들었다. 10월혁명 후 오래지 않아 몇몇 소련 예술가들이 '구성주의'에 합류하여 깃발을 높이 들었다.

거꾸로 매달기[1]

서양의 자선사업가들은 동물 학대를 금기시한다. 닭이나 오리를 거꾸로 매단 채 조계를 지나가면 곧바로 처벌을 받는다.[2] 처벌이란 것이 벌금을 무는 것에 불과해 돈 낼 능력이 있으면 거꾸로 좀 매달 수도 있을 것이다. 그러나 어떻든 처벌은 처벌이다. 그래서 몇 분 중국인들께서, 서양인들이 동물은 우대하면서 중국인들은 닭·오리만도 못하게 학대하고 있다며 크게 불평을 토로하셨다.

사실 이는 서양인을 오해한 것이다. 그들이 우릴 멸시하는 것은 분명하지만, 우릴 동물보다 못하다고 보는 것은 결코 아니다. 물론, 닭과 오리란 물건들은, 어찌 되었든 부엌으로 보내져 요리로 만들어질 뿐이다. 그러한즉 똑바로 잘 들고 간다 한들 결국엔 그 운명을 어쩌지 못한다. 그런데 그것들은 말을 할 수도 없고 저항할 수도 없는 것들이니 아무 이익도 없이 학대를 해 무엇하겠는가? 서양인들은 무슨 일에서든 이익을 생각한다. 우리의 옛날 사람들은 백성들을 '거꾸로 매다는'³⁾ 형벌의 고통을 헤아릴 줄 알았고 아주 핍진하게 묘사할 줄도 알았다. 그런데 닭과 오리가 거꾸로 매달리는 재난에 대해서는 잘 살피지 못했나 보다. 그러면서 무슨 '산 채로 포를 뜬 당나귀 육회'니 '산 채로 구운 거위 발바닥'⁴⁾이니 같은 무익한 잔학행위에 대해서는 일찌감치 글 속에서 공격을 해댔다. 이러한 심정은 동서가 똑같이 갖고 있는 것이다.

그런데 사람에 대한 심정은 다소 다른 듯하다. 사람은 조직을 만들 수 있고 반항할 수 있으며 노예가 될 수도 있고 주인이 될 수도 있다. 노력하지 않으면 영원히 여대⁵⁾에 떨어질 수도 있게 된다. 자유와 해방은 서로의 평등을 얻을 수 있게 하므로 그 운명이 결코 부엌으로 보내져 요리가 되는 것으로 끝나는 것이 아니다. 비굴한 자일수록 주인의 사랑을 받는 법이다. 서양 졸개⁶⁾가 개를 때리면 졸개가 꾸짖음을 당하지만 평범한 중국인이 서양 졸개를 괴롭히면 중국인이 벌을 받는다. 조계지에 중국인 학대 금지 규정이 없다는 것, 이것이 바로 우리가 역량을 가져야 하고, 자기 고유의 능력을 가져야 하며, 그래서 닭·오리와는 결코 같지 않아야만 하는 까닭인 것이다.

그러나 우리는 고전 속에서, 정의롭고 자애로운 인사가 거꾸로 매달린 것을 풀어 주러 온다고 하는 헛소리를 지금까지 귀에 익도록 들어왔기 때문에, 아직도 천상이나 무슨 높은 곳에서 은전이 내려온다거나, 더 심한 사람은 "태평 시기의 개가 돼도 무방하지만 전시에 유리걸식하는 사람이 되지 않는 것이 낫다"⁷⁾고 생각하여, 차라리 개로 살지언정 여럿이 힘을 합쳐 개혁을 하는 일은 하지 않으려 한다. 조계지의 닭·오리만 못하다고 자탄하는 자들에게도 바로 이런 정신상태가 있다.

　이런 부류의 인물이 계속 많아지면 모두가 거꾸로 매달리게 될 것이다. 그리고 비록 부엌으로 보내질 때가 되어도 아무도 잠시일망정 구해 주는 사람이 없을 것이다. 그것은 우리가 사람인데도 가망이 없는 사람들인 까닭이다.

6월 3일

[부록]
'꽃테문학'론[8]

린모林默

사방에 꽃테를 두른 듯한 글이 최근 모 간행물 부간에 게재되고 있다. 이 글들은 매일 한 꼭지씩 발표되고 있다. 조용하고 한가로우며, 치밀하고 조리가 정연해 겉으로 보기엔 '잡감' 같기도 하다가 '격언' 같기도 하다. 그 내용이 통렬하지도 답답하지도 않으며 그렇다고 전혀 뒤떨어진다는 느낌도 없다. 마치 소품문 같기도 하다가 어록의 일종 같기도 하다. 오늘은 '문득 드는 생각'을 쓰다가 내일은 '전하는 바에 따르면' 하고 말문을 연다. 글 쓰는 사람 입장에서 보면 단연 좋은 문장이다. 왜냐하면 이리저리 뜯어봐도 모두 논리가 있고 팔고[9]의 작법에도 그 능숙함을 다하고 있기 때문이다. 그러나 독자의 입장에서 보면 이런 글은 통렬하거나 답답하지는 않을지언정 왕왕 글 속에

독이 스며들어 있거나 요사스러운 말이 들어 있어 은연중에 이를 퍼뜨린다. 예를 들면 간디가 피살당한 것에 대해 그는 「문득 드는 생각」이란 글을 한 편 써 '마하트마'를 한바탕 찬양하더니, 성웅 때문에 화가 나고 재앙이 사라지길 빌며 난을 일으킨 폭도를 몇 번 저주했다. 이어서 독자들을 향해 '모든 것을 확고하게 볼 것'과 '용감하고 평화로운' 무저항주의 설교 같은 것을 늘어놓았다. 이런 문장체는 '꽃테두리체' 혹은 '꽃테문학'이라고 부르는 것 말고는 다른 이름이 없다.

이 꽃테두리체의 연원은 아마 험한 산길로 들어선 소품문의 변종일 것이다. 소품문 옹호자의 말에 의하면 이런 문학 형식이 파급될 것이라고 한다(『인간세』, 「소품문에 대해」關於小品文 참고). 여기서 잠시 그들의 파급 방식을 좀 보기로 하자. 6월 28일 『선바오』의 『자유담』에 이런 글이 실렸다. 제목은 「거꾸로 매달기」이다. 대체적인 뜻은 서양인이 닭·오리를 거꾸로 매다는 걸 금지하자 중국인들이, 서양인이 중국인을 학대하여 심지어 닭·오리만도 못하게 취급하고 있다는 이유를 들어 불평을 했다는 것이다.

이 꽃테문학가께서는 주장하시길, "사실 이는 서양인을 오해한 것이다. 그들이 우릴 멸시하는 것은 분명하지만, 우릴 동물보다 못하다고 보는 것은 결코 아니다"라고 했다.

왜 "결코 아니다"인가? 그 근거는 "사람은 조직을 만들 수 있고 반항할 수 있으며 …… 우리가 역량을 가져야 하고, 자기 고유의 능력을 가져야 하며, 그래서 닭·오리와는 결코 같지 않아야만 하는 까닭"이라는 것, 그래서 조계지에는 중국인 학대를 금지하는 규정이 없다는 거였다. 중국인 학대를 금지하지 않는 것은 당연히 중국인을 닭·오리보다 나은 것으로 보기 때문이라는 것이다.

만일 불평하지 않는다면 왜 반항하지 않는가?

그런데 이들 불평하는 선비들은, 고전 속에서 그 근거를 가져온 꽃테문학가에 의하면, "개가 돼도 무방"한 무리들이라는 것이다. 가망이 없다는 거였다.

그 뜻은 아주 분명해진다. 첫째, 서양인은 결코 중국인을 닭·오리보다 못하게 취급하지 않았다는 것, 닭·오리보다 못하다고 자탄하는 사람들은 서양인을 오해하고 있다는 것. 둘째, 서양인의 그런 우대를 받고 있으므로 더 이상 불평하지 말아야 한다는 것. 셋째, 그가 비록인간은 반항할 수 있는 존재라고 정면으로 인정하고 있고, 중국인으로 하여금 반항하게 하려 하지만 그는 사실, 서양인이 중국인을 존중하여 생각해 낸 이 학대는 결코 사라질 수 없을 것이며 더욱더 심해질 것임을 설명하고 있는 것이다. 넷째, 만일 어떤 사람이 불평을 하려 한다면 그는 그 중국인이 가망 없는 사람이라는 것을 '고전'에서 찾아 그 증거를 댈 수 있다는 것이다.

상하이의 외국인 상점에는 외국인을 도와 경영과 장사를 하는 중국인이 있다. 통칭하여 '매판'買辦이라 한다. 그들이 동포들과 장사를하면서, 서양 상품이 국산보다 얼마나 좋은지, 외국인이 얼마나 예의와 신용을 중시하는지, 중국인은 돼지에 불과해 도태되어 마땅함을과장하여 말하는 것 말고도, 서양인을 부를 때 '우리 주인님' 하고 부르는 특징을 가지고 있다. 내 생각에 이 「거꾸로 매달기」라는 걸작품은 그 어투로 보아 이런 부류의 사람이 그들의 주인을 위해 쓴 작품이 아닌가 한다. 왜냐하면 첫째, 이런 사람은 늘 서양인을 잘 이해하고 있는 것을 자랑으로 삼고 있고, 서양인은 그를 예의 있게 대하고 있기 때문이다. 둘째, 그들은 항상, 서양인(그들의 주인이기도 한)이 중국을 통치하고 중국인을 학대하는 걸 찬성하고 있다. 그것은 중국인이 돼지이기 때문이라는 것이다. 셋째, 그들은 중국인이 서양인을 증오하는 것에 대해 아주 반대한다. 그들이 보기에 불평을 품고 있는 것은 위험한 사상이기 때문이다.

이런 종류의 사람 혹은 이런 종류의 사람으로 승격하길 희망하는 사람의 붓에서 나온 것이 바로 이 '꽃테문학' 같은 걸작이다. 그런데 애석한 것은 그런 문인이나 문장 할 것 없이 모두, 서양인들 대신 그들을 변호하여 설교하고 있기 때문에, 중국인들이 불평을 하게 되는 것은 면할 수 없다. 왜냐하면 서양인이 비록 중국인을 닭·오리보다 못한 것으로 취급하지 않는다 할지라도, 그렇다고 사실상 결코 닭·오리보다 나은 것으로 취급하는 것도 아닌 듯하기 때문이다. 홍콩의 간수가 중국 범인을 거꾸로 들어서 이층에서 던져 버린 일은 이미 오래된 일이다. 근래에 상하이를 예로 들면, 작년에는 여자아이 가오高가, 올해는 차이양치蔡洋其 같은 사람들이 있다.[10] 그들이 당한 것은 결코 닭이나 오리보다 나은 것이 아니다. 그 죽음의 비참함은 도가 지나쳐 형용할 길이 없다. 우리 연배의 중국인들은 이런 일을 아주 또렷이 목격했기 때문에 쉽게 잊고 넘어갈 수 없다. 그런데 어찌하여 꽃테문학가의 입과 붓은 이리도 두루뭉술 잘 넘어갈 수 있는 것인가?

불평을 끌어안고 사는 중국인은 과연 꽃테문학가가 주장한 '고전'의 증명처럼 죄다 가망이 없는 사람들이란 말인가? 결코 그렇지 않다. 9년 전의 5·30운동과 2년 전의 1·28전쟁, 지금도 여전히 고난 속에 행군하고 있는 동북 의용군들은 우리들의 고전이 아니란 말인가? 이러한 것들이 중국인들의 분노의 기운이 결집하여 만들어 낸 용감한 전투가 아니며 반항이 아니라고, 누가 감히 말할 수 있는가?

'꽃테두리체' 문장이 대중적 인기를 얻는 점은 여기 있다. 지금 비록 잘 유포되고 있고 일부 사람들이 그것을 옹호하고 있긴 하지만 머 잖아 그에게 침을 뱉을 사람이 생길 것이다. 지금은 '대중어' 문학을 건설하는 때다. 내 생각에 '꽃테문학'은 그 형식과 내용을 막론하고 대중들의 눈에서 사라지게 될 날이 올 것이다.

이 글은 꽤 여러 곳에 투고하였다 모두 거절당했다. 나의 이 글이 개인적인 원한에 대해 보복 혐의라도 있단 말인가? '누군가의 생각을 받아' 한 일은 결코 아니다. 일이 생기면 그것에 대해 논하는 법, 나는 정말 토로할 필요가 있다고 생각해 쓴 것이다. 글 속에서 혹 과도하게 화를 낸 부분이 있을 수 있겠으나, 내가 전적으로 잘못했다고 말한다면 그것은 받아들일 수 없다. 만일 이 글로 내가 누를 끼친 사람이 나의 선배나 친구였다면 그 점은 널리 양해해 주길 바란다.

필자 부기

7월 3일 『다완바오』의 『횃불』

주)_____

1) 원제는 「倒提」, 1934년 6월 28일 『선바오』의 『자유담』에 처음 발표했다.

2) 당시 상하이 공공(公共)조계 공부국(工部局)은 닭이나 오리를 거꾸로 매달고 거리를 걸어가는 걸 허락하지 않았다. 위반자는 구속 수감하고 벌금을 부과하는 규정이 있었다. 여기서 말하는 서양의 자선사업가란 당시 상하이 외국 거류민이 결성한 '동물애호 서양인협회'(西人教牲會)를 가리킨다.

3) 원문은 '倒懸'이다. 『맹자』 「공손추상」에 나오는 말이다. "오늘날 만승(萬乘)의 나라에서 인정(仁政)을 베푸니 백성들이 그것을 기뻐했다. 거꾸로 매달린 것에서 풀려난 것과 같았다."

4) '산 채로 뜬 당나귀 육회'의 원문은 '生割驢肉'이다. 청대 전영(錢泳)의 『이원총화』(履園叢話) 제17권에 이런 기록이 있다. "산시성(山西省) 성 밖에 진츠(晋祠) 지방이 있고…… 술집이 있었다. …… 여향관(驢香館)이라 불렸다. 그 요리법은 풀을 먹이던 당나귀 한 마리를 아주 살지게 길러서 먼저 술을 먹여 취하게 한 다음, 온몸을 두들겨 팬다. 그 살을 벨 즈음에는 먼저 사지를 못으로 박아 발을 결박시킨다. 나무 하나를 등에 가로놓고 머리와 꼬리를 묶어 움직이지 못하게 한다. 처음에는 펄펄 끓는 물을 몸에 뿌리고 털을 다 깎아 낸 다음 다시 잘 드는 칼로 남은 잔털들을 깎는다. 먹으려 할 즈음엔 다리나 혹은 배 부분, 혹은 등, 혹은 머리와 꼬리 살을 손님 편한 대로 베어 내면 된다. 손님이 젓가락을 들 때도 그 당나귀는 여전히 죽지 않고 살아 있다." '산채로 구운 거위 발바닥'의 원문은 '活烤鵝掌'이다. 청대 고공섭(顧公燮)의 『소하한기적초』(消夏閒記摘抄)의 상권에 나오는 기록이다. "전해지기를, 엽영류(葉映榴)는 거위 발바닥 먹는 걸 좋아했다고 한다. 거위를 철판 위에 놓고 센 불로 굽는다. 거위가 팔딱거리고 꽥꽥 소리지르는 것을 멈추지 않으면 간장과 식초를 먹인다. 잠시 지나면 거위는 타 죽고 가죽과 뼈만 남는데 발바닥만 마치 부채처럼 커져서 그 맛이 그만이라고 한다." 또 당대의 장작(張鷟)이 쓴 『조야첨재』(朝野僉載) 2권에도 산 채로 구운 거위 발바닥과 산 채로 포를 뜬 당나귀 육회에 대한 잔혹한 요리법이 기록돼 있다.

5) '여대'(輿台). 옛날 노예 명칭 중 하나였다. 후에는 노역을 하거나 비천한 지위에 있는 사람들을 가리키는 말로 쓰였다.

6) 서양 졸개(西崽). 서양인이 고용한 중국 남자 하인을 멸시하는 호칭이다.

7) 원문은 '莫作亂離人, 寧爲太平犬.'이다. 원(元)대 시혜(施惠)의 『유규기』(幽閨記)에 나오는 원문은 이렇다. "寧爲太平犬, 莫作亂離人."

8) 원제는 「論'花邊文學'」이다.

9) 팔고문(八股文)은 명대 과거고시에서 규정한 특수한 답안의 문체를 말한다. 문장의 매 단락을 고정된 규격에 맞추어, 한정된 글자 수 내에서 써야 한다. 그 형식의 틀이 파제(破題), 승제(承題), 기강(起講), 입수(入手), 기고(起股), 중고(中股), 후고(後股), 속고(束股) 등 여덟 개로 구성되어 있어 팔고문이라 부른다. 나중에는 오직 형식만 중시하고 내용이 없는 문체로 흘렀다. 자유롭지 못하고 형식주의에 갇힌 문학 혹은 그러한 문체의 대명사처럼 쓰였다.

10) 가오는 15살 된 어린 이발사로 1933년 5월 7일 한 손님의 머리를 손질하던 도중 프랑스 조계의 경찰에 의해 의문의 죽음을 당했다. 차이양치는 가게 종업원으로 잘못된 신고를 받은 경찰에 의해 1934년 6월 24일 체포되어 고문으로 옥사했다.

완구[1)]

미쯔장

올해는 아동의 해[2)]다. 평소 관심을 갖고 있기 때문에 나는 항상 아동들을 위해 만들어 놓은 완구를 유심히 살펴보곤 한다.

길가 양품점에 보잘것없는 물건들이 걸려 있다. 프랑스에서 운송해 온 것이라고 종이에 적혀 있다. 그런데 나는 일본 완구점에서도 그와 똑같은 물건을 보았다. 가격만 더 쌌다. 보부상의 봇짐과 난전에서도 불면 점점 커지는 고무풍선을 팔고 있다. 그 위에 '완전 국산'이란 도장이 찍혀 있어 중국 제품임을 알 수 있다. 그런데 일본 아이들이 가지고 노는 풍선 위에도 똑같은 도장이 찍혀 있으니 그것은 그들의 제품일 것이다.

큰 백화점에는 지휘 칼, 기관총, 탱크차……같은 장난감 무기가 있다. 그런데 돈 있는 집 아이가 가지고 노는 것은 거의 보지 못했다. 공원에서 외국 아이들이 모래를 모아 원추圓錐를 만들고 가로로 두 개의 짧은 나무 막대를 꽂는다. 이는 분명 철 장갑차를 만들고 있는 게 분명하다. 그런데 중국 아이들은 창백하고 여윈 얼굴로 어른들 등 뒤에 숨어 수줍고 겁먹은 모습으로 놀라 바라보고만 있다. 몸에는 아주 점잖은 장삼을 입고 있다.

우리 중국에는 어른들의 완구는 많다. 첩, 아편 담뱃대, 마작패, 「보슬비」,[3] 과학적인 영험한 점,[4] 금강법회[5]가 있고, 또 다른 것도 있어 너무 바쁘다. 아이들에게까지 생각이 미칠 겨를이 없다. 비록 아동의 해이지만, 지지난 해에 전란도 겪었지만, 아이들에게는 기념될 만한 작은 장난감도 만들어 주지 않았다. 모든 것이 예전 그대로다. 그러니 아동의 해가 아닌 내년은 가히 그 정경을 상상할 수 있을 것이다.

그러나 강북 사람[6]은 완구를 만드는 천재들이다. 그들은 두 개의 길이가 다른 대나무 통을 붉고 푸르게 물을 들인 후, 나란히 연결하고 통 안에 용수철 장치를 한다. 그리고 옆에 손잡이를 달아 이것을 돌리면 뜨르륵 뜨르륵 소리가 난다. 이게 바로 기관총이다! 내가 본 유일한 창작물이기도 하다. 나는 조계 부근에서 이것을 하나 사 아이와 함께 돌리며 길을 걸어간 적이 있다. 문명화된 서양인들과 전쟁에서 승리한 일본인이 우릴 보고는 거의 대부분 경멸과 연민의 쓴웃음을 보냈다.

그러나 우리는 조금도 부끄러워하지 않고 계속 돌리며 길을 걸었다. 왜냐하면 이는 우리의 창작물이기 때문이다. 재작년부터 많은 사람들이 강북 사람들을 욕하고 있다.[7] 마치 그렇게 하지 않으면 자신들의 고결함을 드러낼 수 없다는 듯이. 지금은 침묵하고 있으니 그 고결함도 묘연해지고 아득히 사라졌다. 그러나 강북인들은 조악하나마

기관총 장난감을 창조했고 강인한 자신감과 질박한 재능으로 문명화
된 외래 완구들과 싸움을 하고 있다. 그들이, 나는 외국에서 최신식 무
기를 사 가지고 돌아온 인물보다 훨씬 더 찬양할 만하다고 생각한다.
비록 나에게 경멸과 연민의 냉소를 보내는 사람이 있을지라도.

6월 11일

주)_____

1) 원제는 「玩具」, 1934년 6월 14일 『선바오』의 『자유담』에 처음 발표했다.

2) 아동의 해는 1933년 10월 중화자유협회(中華慈幼協會; 중화 어린이사랑협회)가 상하
   이 아동행복위원회의 건의에 기초하여 국민당 정부에 1934년을 아동의 해로 결정해
   줄 것을 청원했다. 나중에 국민정부는 1934년 3월 '훈령'을 발해 1935년을 아동의
   해로 개정했다. 그러나 상하이 아동행복위원회는 상하이 시정부의 비준을 받아 독자
   적으로 1934년을 아동의 해로 단독 결정했다.

3) 리진후이(黎錦暉)가 작곡한 「고마워라 보슬비」(謝謝毛毛雨)를 가리킨다.

4) 앞에 나온 「문득 드는 생각」의 본문과 주석에 당시 유행한 과학적인 '영험한 점'에 대
   한 설명이 나온다.

5) 불교의 밀교 의식 가운데 하나다.

6) 여기서 강북이란 장쑤성 경내의 창장(長江; 양쯔강) 이북과 화이허(淮河)의 남쪽 일대
   를 말한다. 이 지방은 자연재해와 전란으로 인해 피해가 잦았다. 자연히 이곳 주민들
   은 상하이로 수시 이주해 왔다. 상하이 토박이들에게 많은 천대와 멸시를 받았지만
   그들 특유의 창의력과 부지런함으로 온갖 종류의 직업에 종사하면서 생계를 꾸렸다.

7) 1932년 1·28전쟁 이후, 일본군이 자베이(閘北)를 점령하고 첩자들을 이용하여 '상하
   이 북시 지방인민유지회'(上海北市地方人民維持會)를 조직하고 못된 짓이란 못된 짓
   은 다 했다. 이 유지회의 두목인 후리푸(胡立夫) 등 많은 사람이 강북 사람이어서 당
   시 일반 군중들은 강북 사람에 대해 아주 나쁜 감정을 품고 있었다.

군것질[1]

모전莫朕

출판계 현황이 정기간행물은 많은데 전문서적은 적어 생각 있는 사람들의 마음을 걱정스럽게 만든다. 소품문은 많은데 대작은 적어서 이 또한 생각 있는 사람들의 마음을 어둡게 만든다. 사람이면서 생각이 있으면 정말 '종일 근심이 떠나지 않는다'.[2]

그러나 이런 현상은 그 유래가 오래되었다. 지금은 그저 약간 변형되어 더욱더 분명하게 드러나고 있을 뿐이다.

상하이 사람은 원래부터 군것질을 좋아한다. 조금만 주의를 기울여 살펴보면 언제나 집 밖에서 군것질할 먹을거리를 팔며 외치는 소리가 '실로 적지 않음'[3]을 알 수 있다. 계수나무꽃 백설탕 룬자오 케이크,[4] 돼지고기 백설탕 연밥죽, 새우 물만두, 참깨 바나나, 남양 망과, 시루[시암; 타이의 옛 이름] 밀감, 과즈 대왕,[5] 그리고 또 설탕에 졸인 과일, 감람橄欖 열매 등등. 식욕이 좋기만 하면 새벽부터 한밤중까지 계속 먹을 수 있다. 그런데 식욕이 좋지 않아도 무방하다. 왜냐하면 이것들은 살진 생선이나 큰 고기에 비해 비교가 안 될 정도로 양이 원체 적기 때문이다. 전해지는바, 그런 군것질의 효능은 한가로운 가운데 양생의 이로움을 얻는 데 있으며 맛도 또한 아주 좋다는 것이다.

이전 몇 해 동안 나온 간행물들은 모두 '양생의 이로움'이 있는 군것질거리로, 무슨 '입문', 무슨 'ABC', 무슨 '개론' 등으로 불리는 책들이다. 한결같이 얄팍한 책들이다. 단지 몇 푼이면 살 수 있고 반 시간 정도만 쓰면 한 분야의 과학 또는 문학 전반, 또는 외국어 문장을 이해할 수가 있다. 내용으로 말하자면 그저 오향과즈[6] 한 봉지를 먹기만 하면 그 사람에게 영양을 풍부하게 해주어 오 년간의 밥을 먹은 것과 다름없이 할 수 있다는 것이다. 그러나 몇 년간의 시도에도 불구하고 별 효험이 없자 아주 실망하게 되었다. 시험 결과 유명무실하게 되면 흔히 낙담을 하기 마련이다. 예를 들면 오늘날 이미 그 수가 줄어든 신선神仙이 되는 일과 연금술鍊金術은 온천욕과 복권에게 그 자리를 내주게 되었다. 이것이 바로 시험 결과 효험이 없는 것의 예다. 그래서 사람들은 '양생'이란 측면은 도외시하고 그저 '맛이 좋은' 측면만 중시하게 되었다. 물론, 군것질은 역시 여전히 군것질인 것이다. 상하이 사람들은 죽어도 군것질과 헤어질 수 없는 듯하다.

그러므로 소품문이 출현한 것도 뭐 그리 새삼스러운 일이랄 수 없다. 포목점 '라오주장'[7]의 장사가 한창 번창했을 때는 그 가게에서 커다란 상자에 든, 군것질 삼아 읽을거리가 된 『필기소설대관』[8]류의 책을 얻을 수 있었다. 라오주장이 문을 닫게 되자 군것질거리도 그에 따라서 저절로 한 움큼이 돼 버려 양이 줄어들었다. 양이 줄었는데 왜 그리 시끌벅적 온 성안이 소란했는가? 내 생각에 그것은 장사꾼들이 자신의 멜대를 고문자와 로마자 자모를 합친 네온사인 간판으로 장식했기 때문이다.

그런데, 예전처럼 여전히 군것질을 하긴 해도 군것질에 대한 상하이인의 반응은 이전보다 훨씬 민감해졌다. 그렇지 않다면 왜 그토록 시끄러운 고함 소리가 들리겠는가? 그런데 이런 생각 역시 어쩌면 신경쇠약 때문일지도 모른다. 만일 그렇다면, 그러면, 군것질의 앞날은 더욱 우려스러운 것이다.

6월 11일

주)_____

1) 원제는 「零食」, 1934년 6월 16일 『선바오』의 『자유담』에 처음 발표했다.
2) 원문은 '日坐愁城'이다. 종일 근심에 갇혀 지낸다는 의미다. '愁城'의 출처는 송(宋) 범성대(范成大)의 시 「차운하여 유문잠에게 답함」(次韵代答刘文潜)에 나온다. "달 아래 회랑가엔 단가행이 흐른다. 오로지 지음만이 그 마음을 이해한다. 한 가락 홍창가에 그 소리 한스럽다. 이제 지금 헤어지면 두 사람은 근심에 갇히리."(回廊月下短歌行, 惟有知音解有情. 一曲红窗声里怨, 如今分作两愁城)
3) 원문은 '實繁有徒'로 『상서』(尚書) 「중훼지고」(仲虺之誥)에 나오는 말이다. 그런 종류의 사람이 분명 많다는 의미이다.
4) 원문은 '桂花白糖倫教糕'이다. 룬자오 케이크(倫教糕)의 기원은 광둥성(廣東省)의 순더 룬자오(順德倫教)읍에서 만든 한 케이크에서 유래했다.
5) 과즈(瓜子)는 수박씨, 해바라기씨, 호박씨 등을 통틀어 말한다. 중국인들은 이들 씨앗에 독특한 향료를 넣어 조리해서 군것질거리로 먹는다.

6) 다섯 향료를 넣어 볶은 수박씨, 해바라기씨, 호박씨 들이다. 이로 껍질을 깐 후 그 속을 먹는다.

7) 원문은 '老九章'이다. 상하이에 있었던 유명한 비단가게 이름으로 대략 1860년경 개점하였다 한다. 1934년 2월 비단업이 쇠퇴하자 주주들이 빠져나갔고 가게도 청산을 선고했다. 후에 '라오주장공지(老九章公記) 비단집'으로 다시 개업했다.

8) 『필기소설대관』(筆記小說大觀)은 당대에서 청대까지의 잡사(雜史)와 필기를 모아 만든 책이다. 상하이 진부서국(進步書局)에서 총서로 편집, 출판했다. 외집(外輯)을 포함해 모두 9집(輯)으로 되어 있다. 대략 60책(冊)을 1집(輯)으로 했다. 처음 4집은 1918년 전후에 출판되었고 나머지는 수년 후에 간행되었다. 필기소설이란 일반적으로 문언으로 된 지괴(志怪), 전기(傳奇), 잡록(雜錄), 수필(隨筆)류며 그 내용이 천문, 지리, 초목, 민속 등에 걸쳐 광범위하다.

이 생(生) 혹은 저 생(生)[1]

바이다오

"이 생 혹은 저 생."此生或彼生

이렇게 다섯 글자를 써 놓고[2] 독자에게 좀 물어보자. 무슨 뜻입니까? 라고.

만일 『선바오』에 실린 왕마오쭈[3] 선생의 다음 문장, "……예를 들어 '이 학생 혹은 저 학생'이라고 말할 것을 문언문으로 그저 '이 생 혹은 저 생'이라고만 해도 뜻이 분명해지니 이 얼마나 경제적인가?……"를 본 적이 있는 사람이라면, 위 질문이 "이 학생 혹은 저 학생"의 뜻이라고 너끈하게 생각해 낼 수도 있었을 것이다.

그 글을 보지 않았다면 아마 대답을 우물쭈물 시원하게 할 수 없었을 지도 모른다. 왜냐하면 이 다섯 글자는 적어도 두 가지의 해석, 즉 하나는 이 수재[4] 혹은 저 수재生員의 의미이고, 다른 하나는 지금의 생(삶) 혹은 미래의 다른 생을 의미하기 때문이다.

백화문에 비해 문언문은 확실히 글자 수가 적긴 하다. 그러나 그것이 의미하는 바는 모호한 편이다. 우리가 문언을 읽는다는 것은 우리의 지식을 증진시킬 수 없게 할 뿐만 아니라 우리가 알고 있는 지식을 동원하여 그것에 주석과 보충을 가해야만 통한다. 정밀한 백화문으로 번역을 한 연후에야 비로소 그 뜻을 이해할 수 있게 된다. 처음부터 줄곧 백화문을 사용했다면 많은 글자 수를 써야겠지만 독자들에게는 "얼마나 경제적인가?"

문언을 주장하는 왕마오쭈 선생이 든 문언의 예를 가지고 나는 문언이 무용함을 증명해 보았다.

6월 23일

주)_____

1) 원문은 「此生或彼生」, 1934년 6월 30일 『중화일보』의 『동향』에 처음 발표했다.

2) '이 생 혹은 저 생'의 원문이 '此生或彼生'이어서 다섯 글자라고 했다.

3) 왕마오쭈(王懋祖)는 자가 몐춘(典存)이고 장쑤성 우현(吳縣) 사람이다. 미국에 유학하였고 베이징사범대학의 교수와 베이징여자사범대학의 철학과 주임을 역임했다. 장쑤성립쑤저우(江蘇省立蘇州)중학의 교장도 역임했다. 이 글을 쓸 당시엔 국민당 중앙정치학교 교수를 지내고 있었다. 그는 중학교와 소학교 고학년에서 문언을 가르치고 연습시킬 것을 주장했다. 여기서 인용한 말은 그가 1934년 6월 21일 『선바오』에 발표한 「중·소학교 문언운동」(中小學文言運動) 속에 나온다. "문언을 공부하는 것은 당연히 일반적인 언어를 배우는 것보다 좀 어렵다. …… 그러나 응용 면에서는 힘을 덜 수 있다. 독자와 작가 그리고 인쇄공들 모두에게 일을 덜어 경제적이다. 만약 귀를 사용하고 눈을 사용하지 않는다면 물론 문언이 필요 없다. 만약 눈을 사용해야 한다면 역시 문언이 중요하다. 문언은 축약된 언어체로서 언어상의 음과 뜻을 중시한다.

문언은 음과 뜻 외에도 그 형상미가 훌륭하다. 예를 들어 '이 학생 혹은 저 학생'이라고 말할 것을 문언으로 그저 '이 생 혹은 저 생'이라고만 해도 뜻이 분명해지니 이 얼마나 경제적인가?"

4) 수재(秀才)는 재능이 우수한 사람이거나, 옛날의 학생들 즉 서생(書生)과 생원(生員)을 가리켰다. 과거제도가 시행된 송대에는 과거에 응시한 사람을 수재라 했다. 명청대에는 부(府), 주(州), 현(縣)의 학교에 입학한 자를 일컬었다.

때를 만났다[1]

장청루

"산마루의 까투리, 때를 만났구나, 때를 만났구나!"[2] 모든 것은 그 때가 있기 마련이다.

성경과 불전佛典이 몇몇 사람에게 조롱을 당한 지는 이미 십여 년이 흘렀다. "지금이 옳고 옛날이 틀렸다는 것을 알았다"[3]고 하니 지금이 바로 그 부흥의 시기다. 관악[4]은 청조에서 여러 차례 신명한 것으로 떠받들어졌다가 민국 원년에는 혁명에 의해 내쳐졌다. 다시 그들을 기억하게 된 것은 위안스카이의 만년이었다. 그러나 위안스카이의 몰락과 함께 관 속으로 들어갔고 두번째로 다시 기억하게 된 것은 지금에 이르러서다.

이제, 문언을 중시해야 함은 당연지사니 글깨나 읊조리는 먹물들께선 우아함을 표방하고 고서를 읽을 때이다.

만일 지체 낮은 집안의 자제라면 아무리 큰 폭풍우가 몰아친다 해도 용감하게 앞을 향해 나아가야 하고 죽어라 몸부림을 쳐야 한다.

그에게는 돌아가 편안하게 쉴 안식처가 없기 때문이다. 그저 전진해야만 하기 때문이다. 기업을 일으키고 성공하여 대업을 이룬 후에 그가 가보를 손질한다거나 사당을 지어 우뚝하니 명문가의 자제처럼 행세를 한다 할지라도 그것은 나중의 일이다. 만약 명문가의 자제라고 한다면, 과시욕과 호기심과 유행 따라하기와 자립을 위해 정말 집을 나가지 않을 수 없을 것이다. 그러나 그저 소소한 성공이나 소소한 좌절들은 그를 곧바로 위축하게 만들 수 있을 것이다. 이러한 위축감은 그를 적잖이 졸아들게 만들어 집으로 돌아오게 만들 것이고 더 나쁜 점은 그의 집이 여전히 아주 오래된 낡아 빠진 대저택이라는 점이다.

이런 대저택에는 창고에 오래된 물건들이 가득하고 집안 구석구석은 먼지로 가득하여 한꺼번에 다 정리할 수 없다. 만일 놀고먹을 여유가 있어 이리저리 노닐 수만 있다면 그는 낡은 책을 정리하거나 오래된 화병을 좀 닦아 보거나 족보를 읽으면서 조상의 덕을 그리워하고 그에게 허락된 약간의 세월을 소모하게 될 것이다. 그러나 만일 그가 곤궁하여 어쩌지 못한다면 그는 더욱더 낡은 책을 정리하려 할 것이고 오래된 화병을 닦으며 족보를 읽을 것이며 더욱 조상의 덕을 그리워할 것이다. 심지어 그는 자신도 모르는 어떤 보물이라도 찾아내서, 해결할 방도가 없는 곤궁을 타개해볼 양으로 더러운 담장 밑을 파헤치거나 텅 빈 서랍들을 뒤지거나 할지도 모른다. 이러한 두 부류의 사람은 여유가 있고 궁핍한 것이 다르다면 다르다. 한가한가 촉급한가가 서로 다르다. 말로가 느리게 오거나 급히 오거나 하여 서로 다르다. 그러나 어떤 경우에도 그들은 골동품 속에서 살아갈 것이기 때문에 그들의 주장과 행동은 다르지 않다. 그리고 그들의 위풍과 허장성세 역시 대단한 것처럼 보인다.

그래서 그들은 몇몇 청년들에게 영향을 줘 골동품 속에서 진정 자신을 구원할 별을 찾을 수 있다고 생각하게 만든다. 그들은 여유롭게 자적하는 부유한 자들을 보든, 아니면 한곳에 전념하며 절박하게 살아가는 자들을 보든, 그것은 응당 그 나름의 이치가 있는 것이라고 생각한다. 모방할 수 있는 사람은 당연히 그렇게 모방한다. 그러나 시간은 결코 머무르지 않는다. 그는 결국 공허만을 얻게 될 것이다. 절박한 사람은 망상을 맴돈 셈이고 여유 있는 사람에게는 장난거리였을 뿐이었다. 그런데도 이렇다 할 지조도 없이, 탁월한 견해도 없이, 골동품을 제단에 바쳐야만 한다느니, 아니면 변소에 던져 버려야 한다느니 하고 주장하는 자들이 있다. 이들은 사실 각자 모두 자신을 속이고 남을 속이고 있는 한 시대의 임무를 다하고 있는 중에 불과하다. 이런 전례를 찾으려 하면 도처 어디에든 있다.

6월 23일

주)_____

1) 원제는 「正是時候」, 1934년 6월 26일 『선바오』의 『자유담』에 처음 발표했다.
2) 『논어』 「향당」(鄕黨)편에 나오는 공자의 말이다.
3) 도연명(陶淵明)의 「귀거래사」(歸去來辭)에 나온다. 관직생활을 그만두고 전원으로 은

거하러 들어가면서 한 말이다.

4) 관우(關羽)와 악비(岳飛)를 말한다. 만력(萬曆) 42년(1614) 명나라 조정은 관우를 '삼
   계복마대제'(三界伏魔大帝)에 봉하고 궁전 안에 묘당을 지어 제사를 지냈다. 청나라
   조정은 관우에게 여러 작호를 내려 '충의(忠義), 신무(神武), 영우(靈佑), 인용(仁勇),
   위현(威顯), 호국(護國), 보민(保民), 정성(精誠), 평정(수정綏靖), 보좌(우찬翊贊), 선덕
   (宣德)의 관우 성인 대제(大帝)'라고 불렸다. 청말민초에 제사가 폐지되었다. 1914년
   위안스카이가 칭제(稱帝)를 하기 전에 다시 명을 내려 관우와 악비를 함께 제사 지내
   도록 했다. 1934년 광둥의 군벌 천지탕(陳濟棠)이 국민당 정부를 향해 공자와 관우,
   악비의 제례를 회복하자고 다시 건의했다. 그래서 그 해 3월 28일 '음력 2월 상순(上
   旬) 무일(戊日)의 관악 제전(祭典)'을 거행했다.

중역을 논함[1]

스비史賁

무무톈 선생이 21일자 『횃불』에, 작가들이 재미없는 여행기류의 글쓰는 것을 반대하면서 차라리 위로는 그리스·로마 시기로부터 아래로는 현대 문학작품에 이르기까지를 중국에 번역·소개하는 것이 더 낫다고 했다.[2] 나는 이 말이 아주 절실한 충고라고 생각한다. 그런데 그는 19일자 『자유담』에서 비록 중역이 허용될 수 있다는 단서를 부기하고 있긴 하지만, 중역은 '일종의 사기 수법'이라고 하면서 반대했다.[3] 이것은 그가 나중에 한 말과 충돌이 되어 사람들에게 쉽게 오해를 불러일으킬 수 있다. 그래서 몇 마디 하고자 한다.

중역은 분명 원역보다 쉽다. 우선, 번역자들이 자신의 능력 부족을 한탄하게 만들어 감히 번역을 시작할 수 없게 하는 그런 원문의 난해한 특성이, 원역자에 의해 다소간은 소멸되기 때문이다. 번역문은 대개의 경우 원문에 못 미친다. 중국의 광둥어를 베이징어로 번역하거나 베이징어를 상하이어로 번역해도 이 역시 아주 딱 맞게 옮기기란 어렵다. 중역은 원문의 특징에 대한 역자의 망설임을 줄어들게 해준다. 다음은, 해석하기 어려운 부분이다. 성실한 번역자라면 수시로 주석을 세세히 달아 일목요연하게 할 수도 있지만 원문에는 그것이 꼭 있는 게 아니다. 그래서 원역은 착오가 있을 수 있고 중역은 반대로 그렇지 않을 수가 종종 있다.

가장 좋기로는 한 나라의 언어를 잘 이해하는 사람이 그 나라의 문학을 번역하는 것이다. 이러한 주장은 조금도 틀린 말이 아니다. 그러나 만일 그러하다면, 중국에는 위로는 그리스·로마에서부터 아래로는 현대문학의 명작에 이르기까지 그에 대한 번역본이 존재하기 어렵게 된다. 중국인들이 이해하고 있는 외국어는 아마 영어가 가장 많을 것이고 일본어가 그다음일 것이다. 만일 중역을 하지 않으면 우리들은 그저 수많은 영미 문학작품과 일본 문학작품만을 볼 수 있을 것이다. 입센과 이바녜스[4]는 물론이고 유행하고 있는 안데르센의 동화나 세르반테스의 『돈키호테』[5]조차 볼 수 없게 될 것이다. 이는 우리의 시야를 얼마나 빈약하게 만드는 것인가. 물론, 덴마크와 노르웨이, 스페인의 언어에 능통한 사람이 중국에 없다는 말이 아니다. 그러나 그들은 지금까지 아무런 번역도 하지 않고 있다. 우리가 지금 가지고 있는 것은 모두 영역본을 중역한 것이다. 소련의 작품들조차 대부분은 영문에서 중역한 것이다.

그래서 내 생각에, 지금은 번역에 대해 너무 엄격한 잣대를 잠시 좀 유보했으면 한다. 가장 중요한 것은 번역 질의 우수성 여부를 봐야 하는 일이다. 원역이냐 중역이냐가 중요한 것은 아니다. 시류에 영합

했는지의 여부는 추궁할 필요가 없다. 원역문에 깊은 이해가 있으면서 시류를 쫓는 사람의 중역본이 때로는, 성실하긴 하지만 원문을 잘 이해하지 못하는 원역자의 번역본보다 좋을 수도 있다. 일본 가이조샤[6]에서 번역한 『고리키 전집』은 일군의 혁명하는 사람들에게 시류에 영합했다고 질책을 받은 바 있다. 그러나 혁명하는 사람들의 번역본이 나오자 그 번역본보다 오히려 앞의 번역본이 우수했다는 것이 드러나게 되었다. 그러나 조건을 하나 부언하고 싶으니, 원역본을 제대로 이해하지 못하면서 시류를 쫓는 사람의 속성 중역본은 정말 용서할 수가 없다.

장래에 각종 명작들이 원역본으로 번역되어 나오면 중역본은 곧바로 도태될 때가 올 것이다. 그러나 반드시 그 번역본들은 이전의 구번역본들보다 좋아야만 할 것이다. 그저 '원역'이라는 것만 가지고 호신의 명패를 삼을 수는 없을 것이다.

6월 24일

주)_____

1) 원제는 「論重譯」, 1934년 6월 27일 『선바오』의 『자유담』에 처음 발표했다.

2) 무무톈(穆木天)이 1934년 6월 21일 『다완바오』의 『횃불』에 발표한 「여행기류를 논함」(談游記之類)에서 한 말이다.

3) 무무톈은 1934년 6월 19일 『선바오』의 『자유담』에 발표한 글 「각자의 능력 발휘」(各盡所能)에서 이렇게 말하고 있다. "영어를 아주 잘하는 사람이 영미 문학은 번역하지

않고 시류에 영합해 교묘하게 프랑스 문학을 중역하고 있다. 이는 좋지 않은 일이다. 왜냐하면 중역은 일종의 사기 수법이기 때문이다. 만일 부득이한 경우라면 몰라도 어려운 것을 피해 쉽게 번역하려 한 것이라면 옳지 않다."

4) 이바녜스(Vicente Blasco Ibáñez, 1867~1928)는 스페인 작가다. 주요 작품으로 장편 소설 『계시록의 네 기사』(*Los Cuatro Jinetes del Apocalipsis*) 등이 있다.

5) 세르반테스(Miguel de Cervantes, 1547~1616)는 스페인 작가다. 주요 작품으로 장편 소설 『돈키호테』(*Don Quixote*) 등이 있다.

6) 가이조샤(改造社)는 1919년 설립된 일본의 출판사 이름이다. 이 출판사는 1929년에서 1932년까지 나카무라 하쿠요(中村白葉) 등이 번역한 『고리키전집』 25권을 출판했다.

중역을 다시 논함[1]

스비

무무톈 선생의 글 「중역을 논함과 기타」 하편[2]의 마지막 부분을 읽고 그가 나의 오해를 풀어 주려 하고 있음을 알게 되었다. 나는 무슨 오해를 한 것은 아니라 생각한다. 우리가 서로 다른 점은 단지 중요시하는 것이 바뀐 것뿐이다. 나의 주장은 번역 질의 좋고 나쁨을 먼저 봐야지 그 번역문이 원역이냐 중역이냐, 번역자의 동기가 무엇이냐 하는 것은 상관하지 말아야 한다는 것이었다.

무무톈 선생은 번역자가 '자신을 잘 알아야' 하고 자신의 장점을 잘 살려 '한 번 고생으로 영원히 더할 나위 없는' 책을 번역해야 한다고 했다. 그렇지 않으면 아예 시작을 않는 것이 좋다는 것이 그의 주장이다. 이러한 주장은 가시나무를 심기보다는 차라리 공터로 남겨 두어 다른 훌륭한 정원사를 기다렸다가 그가 오래오래 감상할 수 있는 아름다운 꽃들을 심을 수 있게 해야 한다는 것이다. 그런데, '한 번 고생으로 영원히 더할 나위 없는' 것, 그런 것이 있기는 있다. 그러나 '한

번 고생으로 영원히 더할 나위 없는' 것이란 정말 아주 극소수다. 문자를 가지고 논하자면 중국의 이 네모난 문자 한자는, 결코 '한 번 고생으로 영원히 더할 나위 없는' 그런 기호가 아니다. 게다가 공터 역시 영구히 잘 남겨 둘 수가 없을 것이다. 가시나무도 자랄 것이고 잡초도 자라날 것이다. 가장 중요한 것은 누군가가 있어 빈터를 좀 돌보기도 하고 심기도 하고 뽑아 버리기도 하여 번역계가 잡초 넝쿨투성이가 되는 것을 면하게 할 수 있는가이다. 그 일이 바로 비평이다.

그런데 우리들은 지금까지 번역을, 특히 중역을 경시해 왔다. 창작에 대해선 비평가께서 늘 수시로 입을 여시지만 번역으로 오면 몇 년 전 우연히 오역을 전문적으로 지적한 글이 있었던 것 말고는 근래에는 거의 보이질 않는다. 중역에 대해서는 더더욱 없다. 그런데 일로 치자면 번역 비평이 창작 비평보다 훨씬 더 어렵다. 원문을 이해함에 있어서 비평가는 번역자 이상의 능력이 있어야만 하고 작품에 대해서 역시 번역자 이상의 이해력이 있어야 한다. 무무텐 선생이 말한 것처럼 중역은 참고로 삼을 수 있는 여러 가지 번역본이 있기 때문에 역자에게는 아주 편리하다. 갑 번역본이 의심스러울 때는 을 번역본을 참고할 수 있으니 말이다. 원역은 그렇게 할 수가 없다. 이해하지 못하는 부분이 생기면 해결할 방도가 없다. 세상에는 의미와 구절이 같은 것을, 다른 문장으로 두 개를 쓰는 작가가 없기 때문이다. 중역한 책이 많은 것은 아마도 이러한 이유 때문일 것이며 아니면 게으르기 때문이라고 말해도 될 것이다. 그러나 그것의 진짜 이유는 아마 어학 능력이 부족한 때문일 것이다. 각 번역본을 참고해 번역한 그런 번역본을 비평하는 것은 적어도 그 여러 원역본을 다 볼 수 있어야만 가능하기 때문에 훨씬 더 어렵다. 예를 들자면 천위안이 번역한 『아버지와 아들』,[3] 루쉰이 번역한 『괴멸』[4]이 모두 이 부류에 속한다.

나는 번역의 장이 넓어져야 하며 비평 역시 신중해야 한다고 생각한다. 그저 엄격함만을 주장하여 역자들이 스스로 신중하게 일하도록 할 생각이라면 오히려 그 반대의 결과가 생기지 않을까 한다. 번역을 잘하는 사람들은 자연 신중할 것이지만 졸속 번역가는 그래도 여전히 졸속 번역만 계속할 것이다. 그 경우 졸역본이 훌륭한 번역본보다 훨씬 많아지게 될 것이다.

마지막으로 대수롭지 않은 몇 가지를 언급하고자 한다. 무톈 선생이 중역에 대해 회의를 갖고 있다 보니, 독일어 번역본을 본 후에 자신이 번역한 『타슈켄트』가 프랑스어본 원역의 축약본이라고 생각하게 된 것이다.[5] 그러나 사실은 그렇지 않다. 독일어본이 비록 두껍기는 하나 그것은 소설 두 편을 합본해 놓은 것이어서 뒤의 반은 세라피모비치의 『철의 흐름』이다.[6] 그러므로 우리가 갖고 있는 중국어본 『타슈켄트』는 결코 축약본이 아니다.

7월 3일

주)_____

1) 원제는 「再論重譯」, 1934년 7월 7일 『선바오』의 『자유담』에 처음 발표했다.

2) 무무톈의 「중역을 논함과 기타(하)」(論重譯及其他.下)는 1934년 7월 2일 『선바오』의 『자유담』에 발표되었다. 그는 이 글에서 이런 말을 하고 있다. "우리들이 번역할 때

임시변통의 방법을 쓰기는 하나, '한 번 고생으로 영원히 더할 나위 없는' 번역 역시 홀시할 수 없는 일이다. 부득이한 조건에서는 임시변통이 허용되고 심지어 중역도 필요할 수는 있다. 그러나 우리는 진지한 직역본을 해치는 열악한 중역본을 막아야만 한다. 작품에 대한 이해는 번역의 선결 조건이다. 작품의 표현 형식에도 주의를 기울여야 한다. 가장 좋기로는 '한 번 고생으로 영원히 더할 나위 없는' 번역을 할 수 있으면, '한 번 고생으로 영원히 더할 나위 없는' 번역의 방법을 생각하는 것이다. 깊이 있는 이해 없는 졸속 번역은 하지 말아야 한다." "문학작품 번역에 대해서는 토론할 문제가 아주 많다. 진지한 문학가들이 많은 의견 발표를 해주길 희망한다. 스비 선생의 「중역을 논함」이란 글을 보고 그 오해를 풀기 위해 부득불 나는 이상과 같은 의견을 발표한다."

3) 천위안(陳源)이 번역한 러시아 투르게네프(Иван Тургенев)의 소설 『아버지와 아들』(父與子, Отцы и дети)은 영역본과 프랑스어 번역본을 토대로 하여 번역한 것이다. 1930년 상우인서관(商務印書館)에서 나왔다.

4) 루쉰이 번역한 파데예프의 『괴멸』(壞滅, Разгром)은 일본어 번역본을 토대로 했다. 독일어 번역본과 영어 번역본을 참고했다.

5) 무무톈은 1934년 6월 30일 『선바오』의 『자유담』에 발표한 「중역을 논함과 기타(상)」에서 이렇게 말하고 있다. "나는 프랑스어 번역본을 보고 네베로프(Aleksandr Sergeevich Neverov)의 『타슈켄트』(塔什干)를 번역했다. 그런데 작년에 이 책의 독일어 번역본을 입수하여 프랑스어 번역본과 비교해 봤더니 그 분량이 프랑스어 번역본의 거의 두 배가 넘었다." 『타슈켄트』의 원래 이름은 『풍요로운 도시, 타슈켄트』(豊饒的城.塔什干, Tashkent, the City of Bread)다. 무무톈의 번역본은 1930년 상하이 베이신서국(北新書局)에서 출판했다.

6) 세라피모비치(Александр Серафимович, 1863~1949)는 소련작가다. 페테르부르크대학 재학 중, 레닌의 형인 그의 친구의 사형(死刑)에 관해 혁명적인 격문(檄文)을 썼다가 1887~1890년 아르한겔스크로 유배되었다. 1889년부터 문필활동을 시작한 그는 혁명 전에는 노동자의 빈곤한 생활을 묘사한 「지하에서」, 「전철수」(轉轍手), 그리고 프롤레타리아트의 혁명투쟁을 주제로 한 「플레스너녀야 가(街)에서」, 「거리의 사자(死者)들」 등을 썼고, 혁명 후에는 『철의 흐름』(Железный поток) 등을 썼다. 『철의 흐름』은 혁명 당시 캅카스 지방에서의 빨치산 투쟁을 주제로 한 서사시적 산문으로 소련 문학의 초기 사회주의 리얼리즘의 대표작으로 평가된다.

'철저'의 진면목[1]

지금 어떤 사람의 주장에 대해 '훌륭하다'고 말을 하면 오히려 그 사람의 반감을 사게 될지도 모른다. 그러나 만일 '철저하다', '아주 진보적이다'라고 하면 아무렇지 않을지 모른다.

지금은 바야흐로 '철저하다'거나 '아주 진보적이다'라는 평가가 '훌륭하다'를 대신하고 있는 시대다.

문학과 예술은 본래 그것이 대상으로 하는 것에 한계가 있다. 예를 들어 문학은 문자를 이해하는 독자를 대상으로 한다. 문자를 얼마나 이해하고 있는가에 따라 문장도 당연히 난이도가 있게 마련이다. 사용하는 언어는 평범한 일상어여야 하고 문장은 그 뜻이 분명해야 한다고 주장하는 것 역시 작가의 본분이리라. 그런데 이때 '철저' 논자가 일어나서 중국에 문맹이 많은데 당신은 어찌하겠습니까 하고 묻는다. 이것은 사실 문학가의 머리를 한 대 때린 것이다. 문학가는 그를 답답하게 바라보는 수밖에.

그러나 다른 구원병을 청해 해명을 할 수도 있을 것이다. 이렇게. 문맹은 문학의 영향 범주 밖이다. 그런 경우는 화가, 극작가, 영화작가들의 도움을 얻어 문맹자들에게 문자 이외의 이미지 같은 것을 보여 주는 수밖에 없다고. 그런데 이렇게 해도 '철저' 논자들의 입을 완전히 틀어막기엔 역부족이다. 문맹 속에는 색맹도 있고 또 장님도 있다. 당신들은 어쩔 거요 하고 물을 것이다. 그래서 또 예술가의 머리에 일격을 가하니 예술가들은 그저 답답하게 바라보는 수밖에.

그러면 최후의 저항으로 이렇게 말할 수도 있으리라. 색맹과 맹인들에게는 강연을 하거나 노래를 불러 주거나 이야기를 들려줄 수 있다고. 말인즉 그렇게 할 수도 있다. 그러나 그들은 당신에게 또 물을 것이다. 당신은 중국에 귀머거리도 있다는 걸 잊어버렸나요?

머리에 또 한 대가 가해진 셈이다. 답답하게, 그저 답답하게 있을 수밖에.

그리하여 '철저' 논자들은 하나의 결론을 내린다. 오늘날 일체의 문학과 예술은 전혀 쓸모가 없다고. 철저하게 개혁하지 않으면 안 돼! 라고.

그런데 그는 이러한 결론을 내린 후 어디론가 사라져 그 행방이 묘연하다. 아무도 모른다. 그럼 누가 '철저한' 개혁을 할 것인가? 물론 그것은 작가와 예술가 들이다. 그런데 문예가들은 그다지 '철저'하지 못하다. 그래서 중국에는 영원히, 문맹과 색맹과 장님과 귀머거리에게 적합한 문예를, '철저'하게 훌륭한 문예를 갖지 못하게 될 것이다.

그럼에도 불구하고 문예가들을 한바탕 훈시할 요량으로 '철저'

논자들은 수시로 머리를 내밀 것이다.

　문학과 예술에 종사하는 사람들이 이런 훌륭한 분을 대면하고도 그들의 도깨비 가면을 찢어 버릴 수 없다면, 만일 그렇게 된다면, 문예는 결코 발전하지 못할 것이다. 오히려 고사枯死하게 될 것이다. 마침내 그들에 의해 소멸하게 될 것이다. 진정한 작가와 예술가는 '철저' 논자들의 이러한 진면목을 또렷하게 인식할 필요가 있다!

7월 8일

주)_____

1) 원제는 「'徹底'的底子」, 1934년 7월 11일 『선바오』의 『자유담』에 처음 발표했다.

매미의 세계[1]

덩당스

　중국의 학자들은 여러 가지 지식이 대부분 성현에게서 나오거나 적어도 학자의 입에서 나온다고 생각한다. 불의 발견과 약초의 발견과 사용조차 민중들과는 무관하고 수인씨나 신농씨[2] 같은 고대 성인의 손에 만들어졌다고 생각한다. 그래서 어떤 사람[3]이 "만일 모든 지식이 동물의 입에서 나오는 것이라 한다면 이는 정말 이상한 일이야"라고 해도 이는 전혀 이상한 일이 아니다.

　　하물며 "동물의 입에서 나온" 지식은 우리 중국에서는 종종 진정한 지식이 아님에랴. 날씨가 지독히 덥자 창문을 열고 무선라디오를 가진 사람들이 모두 "백성과 함께 즐기고자"[4] 거리에 소리를 쏟아 내놓고 있다. 이이 이이 아이 아이, 어얼씨구 지화자다. 외국은 잘 모르겠지만 중국 방송은 아침부터 저녁까지 온통 창극 일색이다. 그 소리가 때로는 날카롭다가 때로는 거칠고 둔탁하다. 당신이 맘만 먹으면 언제든지, 정말 당신 귀를 한 시각도 청정하지 않게 할 수도 있다.

게다가 선풍기를 켜고 아이스크림을 먹고 있으면 "강물의 범람"이나 "가뭄이 들이닥친" 지역과는 아무 상관없을 수 있게 된다. 살려고 비지땀을 흘리며 필사적으로 바둥대는 창밖 사람들이 있는 곳과는 완전 다른 세상이 되어 버린다.

　나는 이이 이이 아이 아이 하는 이 보드랍고 높은 노랫가락 속에서 갑자기 프랑스 시인 라퐁텐[5]의 유명한 우화, 「매미와 개미」가 떠올랐다. 불가마 같은 이런 여름 날씨에도 개미는 땅바닥에서 고생고생 일을 하고 매미는 나뭇가지 위에서 노래를 부르며 개미를 비웃는다. 그런데 가을바람이 불어와 숲이 하루하루 차갑게 변해 가면, 먹을 것도 입을 것도 없는 매미는 거렁뱅이가 되어 미리미리 준비를 해온 개미에게 한 차례 교훈을 들어야 한다. 이는 내가 소학교에서 '교육받았을' 때 선생님이 내게 들려주신 이야기다. 지금까지 이렇게 기억할 정도로 그 당시 나는 무척 감동을 받은 모양이다.

　그러나, 기억하는 우화는 그러할지라도 "졸업이 곧 실직이다"는 교훈을 받아서인지 내 생각은 일찌감치 개미와 다르다. 가을바람이 머지않아 불어올 것이고 자연계도 하루하루 추워질 것이다. 그런데 그때가 되어 입을 옷도 없고 먹을 식량도 없는 사람은 지금 비지땀 흘리며 일하고 있는 사람일지도 모른다는 생각이 든다. 양방[6]의 주변은 정말 고요해질 것이다. 창문을 굳게 닫을 때가 되면 음악 소리는 화로의 따사한 온기 주변을 맴돌 것이다. 아련히 그곳을 상상해 보면 아마 여전히 이이 이이 아이 아이 하면서 '고마워라 보슬비야' 하는 노래가 흐르고 있을 것이다.

"동물의 입에서 나온" 지식을 우리 중국에서는 어찌하면 자주 활용할 수 있게 할까?

중국은 중국 나름의 성현과 학자들이 있다. "마음을 수고롭게 하는 자는 다른 사람을 다스리고 몸을 수고롭게 하는 자는 다른 사람에게 다스림을 받는다. 다른 사람에게 다스림을 받는 자는 다른 사람을 먹여 살리고, 다른 사람을 다스리는 사람은 다른 사람으로 인해 살이 찐다."[7] 말인즉 얼마나 간단명료한가. 만약 선생님께서 일찌감치 이것을 나에게 가르쳐 주셨다면 나도 위와 같은 감상문은 쓰지 않게 되었을 것이고 종이와 먹을 낭비하지도 않았을 것이다. 이것이 바로 중국인들이 고서를 읽지 않으면 안 되는 하나의 좋은 증거가 되겠지.

7월 8일

주)_____

1) 원제는 「知了世界」, 1934년 7월 12일 『선바오』의 『자유담』에 처음 발표했다.

2) 수인씨(燧人氏), 신농씨(神農氏)는 중국 전설 속의 제왕들이다. 수인씨는 돌을 갈아 불을 발견해 사람들이 음식을 익혀 먹게 가르쳤고, 신농씨는 농기구를 발명해 농사 짓는 법을 가르쳤다고 한다. 또 신농씨는 수많은 초목을 맛보고 시험하여 치료약을 발명했다고 전해진다.

3) 왕마오쭈(王懋祖)를 말한다. 본문에서 인용한 말은 그가 「중·소학교의 문언운동」(中小學文言運動)이란 글에서 당시 소학교의 『국어신독본』(國語新讀本)에 나오는 「세 마리의 다람쥐」(三只小松鼠) 본문을 예로 들면서 한 말이다.

4) 원문은 '與民同樂'이다. 『맹자』「양혜왕상」에 나오는 말이다. "이제 왕께서 이곳에서

악기를 연주하고 계시니 백성들이 종과 북, 그리고 피리 소리를 듣고 모두 몹시 기뻐하는 빛을 띠었습니다. …… 이것은 다름 아니라 백성들과 더불어 즐거움을 같이하시기 때문입니다."

5) 라퐁텐(La Fontaine, 1621~1695)은 프랑스의 우언(寓言) 시인이다. 「매미와 개미」는 그의 『우언시』(Fables) 1권에 들어 있다.

6) 양방(洋房)은 1920~30년대 상하이 조계지에 유행처럼 세워졌던 유럽식 건축양식이다. 대개 2~3층으로 지어졌고 프랑스식 정원이 딸려 있다.

7) 이 말은 맹자가 한 말이다. 『맹자』 「등문공상」에 나온다.

결산[1]

모전

일부 몇몇 학자들은,[2] 청대 학술에 대해 거론하기만 하면 언제나 득의 만연해 가지고 과거에 없던 발전을 이뤘다고 말하곤 한다. 경전 해석의 대작업들이 여러 층위에서 끊임없이 이뤄졌으며, 문자학[3] 역시 어마어마한 진보를 하였고, 사학 논자들은 자취를 감췄으나 고증사학은 적잖이 발전했으며, 특히 고증학의 발전은 송·명대 사람들도 알아볼 수 없었던 고서들을 우리들이 읽을 수 있게 설명해 주었다는 등······ 그 증거가 아주 충분하다는 것이 그들 주장이다.

그런데 지금 말을 시작하려니 다소 망설여지게 된다. 영웅들께서 내 말 때문에 혹 나를 유태인[4]이라고 지목하지나 않을까 걱정이 돼서다. 하지만 난 사실 유태인은 아니지 않은가. 학자들을 만나 청대 학술에 대해 논할 때마다 나는 이런 생각이 들곤 한다. '양저우십일'이나 '자딩삼도'[5] 같은 작은 일들은 논하지 않는다 해도, 전국의 국토를 빼앗고 장장 250년간 노예 노릇 한 것을 그 몇 쪽의 영광스러운 학술사와 바꿔치기하는 거라면 도대체 이런 장사는 이익을 보는 것인가 아니면 본전도 못 건지는 것인가?

애석하게도 난 장사치가 아니어서 도무지 분명하게 계산을 할 수 없다. 그러나 직관적인 느낌으로도 이건 아무래도 밑진 장사 같다. 경자년의 배상금[6]으로 몇몇 시원찮은 학자를 양성한 것에 비교해 봐도 그 손해가 훨씬 크다.

그런데 나의 이런 생각이 어쩌면 속된 견해에 불과할지도 모른다. 학자의 견해란 이해득실에서 초연해야 하는 것이거늘. 그러나 이해득실에서 초연해도 이해의 크고 작음을 분별하려 노력하는 사람이 전혀 없진 않을 것이다. 공자를 받드는 것보다 더 큰 대사는 없으며 유교를 숭상하는 것보다 더 중요한 일은 없다. 그래서 그들은 공자를 받들고 유교를 숭상하기만 하면 어떤 새 왕조를 향해서라도 거리낌 없이 머리를 조아리곤 한다. 새 왕조에 대한 그들의 주장은 "중국 민족의 마음을 정복하"라는 것이다.[7]

그리하여 우리 중국 민족 속에는 정말 철저하게 정복당한 마음을 가진 자들이 있다. 지금까지 그러고도 여전히, 전쟁의 폐해, 전염병, 수해, 가뭄, 태풍, 메뚜기떼 같은 것을 가지고 공자묘 재건이나 뇌봉탑 재건, 남녀동행 금지나 사고진본 발행[8] 같은 거창한 사업과 맞바꾸기를 하고 있다.

내가 이런 재해들이 일시적인 것에 불과하다는 것을 모르는 바아니다. 그러나 만일 이를 기록해 두지 않는다면, 또 내년이 되어서도 아무도 거론하지 않는다면, 저들의 잘못은 사라지고 영광스러운 사업만이 영원히 남게 될 것이다. 그나저나 어찌 된 영문인지, 유태인도 아닌 나는 언제나 이렇게 손익 따지는 걸 좋아하는 면이 있다. 지금까지 아무도 거론한 적 없었던 이 장부를 모두 좀 나서서 결산해 보았으면 한다. 지금이 바로 그렇게 해야 할 때이기도 하다.

7월 17일

주)_____

1) 원제는 「算賬」, 1934년 7월 23일 『선바오』의 『자유담』에 처음 발표했다.

2) 량치차오, 후스 등을 가리킨다. 량치차오는 『청대학자의 고학 정리 총성적』(淸代學者整理舊學之總成績), 『청대학술개론』(淸代學術槪論) 등의 저서가 있다. 후스는 청대 학술의 발전을 칭찬하면서 이 시기에 "고학(古學)이 흥성했고,"(「'국학계간'발간선언」國學季刊發刊宣言) "모든 고대 문화를 고증함으로 인해" "중국의 '문예부흥'(Renaissance)시대를 열었다고 할 수 있다"(「이학에 반대하는 몇몇 사상가」幾個反理學的思想家)고 말했다.

3) 원문은 '소학'(小學)이다. 한대에는 아동들이 공부를 시작할 때 맨 먼저 문자학을 배웠기 때문에 문자학을 소학이라고 불렀다. 수당 이후에는 소학의 범주가 넓어져 문자학, 훈고학, 음운학의 총칭이 되었다.

4) 유태인에 대한 이전 유럽 사람들의 편견은 유태인은 장사에 능하고 사람에게 매우 인색하다는 것이었다. 그래서 계산에 밝은 사람을 흔히 '유태인'이라고 부르곤 했다.

5) '양저우십일'(揚州十日)은 순치(順治) 2년(1645), 청나라 군대가 양저우를 공격한 후에 감행한 십 일간의 대학살을 말한다, '자딩삼도'(嘉定三屠)는 같은 해 청나라 군대가 자딩(지금의 상하이에 속함)을 점령한 후에 자행한 여러 차례의 살육을 말한다. 청대의 왕수초(王秀楚)가 지은 『양저우십일기』(揚州十日記)와 주자소(朱子素)가 지은 『자딩도성기략』(嘉定屠城記略)에는 각기 청나라 병사들이 저지른 두 지역의 살육 상황을 소상하게 기록하고 있다.

6) 원문은 '경자배관'(庚子賠款)이다. 1900년(경자년庚子年)에 8국 연합군이 중국에 침입하여 의화단 사건에 대한 책임을 물었고, 청 정부는 연합국의 강압에 굴복해 '신축조약'(辛丑條約)을 체결했다. 이 조약에서 중국은 연합국 각국에게 은화 4억 5천만 냥을 39년간 나누어 배상할 것을 정했다. 나중에 미국과 영국, 프랑스와 일본 등은 차례로 이 배상금의 일부를 중국의 교육사업에 쓰도록 원조 명목으로 돌려주었다.

7) 1933년 3월 18일 후스는 베이핑(北平)에서 연 기자간담회에서 이렇게 말했다. 일본이 "중국을 정복할 수 있는 방법은 오직 하나가 있다. 그것은 침략을 철저하게 중지함으로써 오히려 중국 민족의 마음을 정복하는 것이다."(1933년 3월 22일 『선바오』「베이핑 통신」北平通訊)

8) 공자묘 재건. 1934년 1월 국민당 산둥성 정부주석 한푸쥐(韓復榘)가 공자묘 재건을 주장하자, 공자묘재건준비위원회가 지난(濟南)에 설립되었다. 5월에 국민당 정부가 15만 위안의 지원금을, 장제스가 5만 위안의 후원금을 내놓았다.

뇌봉탑(雷峰塔) 재건. 1934년 5월 시륜금강법회이사회(時輪金剛法會理事會)가 1920년대에 무너진 항저우의 뇌봉탑을 재건하자고 발기해 모금운동을 벌였다.

남녀동행 금지. 1934년 7월 광저우(廣州)의 성하독배국장(省河督配局長)인 정르둥(鄭日東)이 『예기』(禮記) 「왕제」(王制)에 나오는 "도로에서 남자는 오른쪽으로 여자는 왼쪽으로 걷는다"는 말을 근거로, 남녀가 길을 달리하여 통행할 것과 남녀가 동행하는 것을 금지할 것을 국민당 서남정무위원회에 주청했다.

사고진본 발행. 1933년 6월 국민당정부 교육부가 문연각(文淵閣)이 소장하고 있는 『사고전서』(四庫全書)의 미간행본 선장본을 영인할 것을 결정했다. 『사고전서』 중에서 231종을 선별한 『사고전서진본초집』(四庫全書珍本初集)을 1934년에서 1935년 사이에 간행했다.

수성[1]

궁한

무더운 날씨가 연일 20일 가까이 지속되고 있다. 상하이 신문을 보면 거의 매일 강에서 목욕하다 익사한 사람들의 기사가 보도되고 있다. 그러나 시골 강촌에서는 이런 사건이 아주 드물다.

강촌에는 물이 많기 때문에 물에 대한 지식도 많고 수영할 줄 아는 사람도 많다. 수영을 할 줄 모르면 함부로 물에 들어가지 않는다. 수영할 줄 아는 재주를 가리켜 속칭 '수성木性을 안다'고 한다.

이 '수성을 안다'를 '매판'의 백화문[2]을 가지고 좀더 상세하게 설명을 더해 본다면, 첫째는 불이 사람을 태워 죽일 수 있는 것처럼 물도 사람을 죽일 수 있다는 것을 아는 것이다. 그런데 물의 모습이 부드럽고 온화해서 쉽게 다가갈 수 있는 것쯤으로 생각하고 있다. 그래서 물에 쉽게 당하곤 한다. 둘째는 물이 사람을 죽일 수도 있지만 반대로 사람을 뜨게도 할 수 있음을 아는 것이다. 그래서 물을 운용하고 그것을 이용해 사람을 뜨게 하는 성격을 활용할 방도를 찾아야 한다. 셋째는 물 활용법을 배우고 숙지하여 '수성을 안다'는 것을 철저하게 해둘 필요가 있다.

그런데 도회지 사람들은 수영을 할 줄 모를 뿐만 아니라 물이 사람을 죽일 수 있다는 사실도 종종 망각하고 있는 듯하다. 평상시 아무런 준비도 하지 않다가 어떤 상황에 이르면 수심의 깊고 얕음은 헤아려 보지도 않은 채, 더위에 참을 수 없게 되었을 때, 그냥 옷을 벗고 뛰어든다. 불행하게 깊은 곳으로 뛰어들었다면 그는 당연 죽음을 맞이하게 된다. 게다가 이 도시에는 이런 위급상황에 사람을 구제할 방도를 세워 놓거나 또 기꺼이 구하려고 노력하는 사람들도 시골보다 훨씬 적다는 것이 내 생각이다.

그런데 도시 사람들을 구하는 일은 어쩌면 어려운 일일지도 모른다. 구조하는 사람은 당연히 '수성을 알아야' 하지만, 피구조자 역시 어느 정도는 '수성을 알아야' 하기 때문이다. 피구조자는 일이 발생했을 때 몸에 아무 힘도 주지 말아야 한다. 구조자가 자신의 턱을 쳐들고 얕은 곳으로 헤엄쳐 가도록 그에게 온전히 몸을 맡겨야만 한다. 만일 성질이 너무 다급한 나머지 죽어라 구조자의 몸을 잡아당긴다면 그 구조자가 아주 훌륭한 고수가 아닌 이상 그도 물에 가라앉는 수밖에 없게 된다.

그래서 내 생각에, 물에 들어가려면 먼저 물에 뜨는 요령을 배워두는 것이 가장 좋다고 생각한다. 꼭 무슨 공원의 수영장 같은 데 가지 않아도 된다. 그저 물가면 된다. 그러나 전문가의 지도를 받아야 한다. 그다음, 이러저러한 이유로 헤엄을 배울 수 없다면 대나무 장대를 가지고 수심의 깊이를 먼저 좀 가늠해 본 후에 얕은 곳에서 대강 노는 수밖에 없다. 아니면 가장 안전하기로는, 강가에서 물을 떠 몸에 끼얹는 것이다. 아무튼 가장 중요한 것은 물이 수영할 줄 모르는 사람을 죽이는 성질이 있다는 것을 아는 것이다. 나아가 그 사실을 분명하게 기억해 두어야 한다는 것이다!

지금 이런 상식을 말하고 있는 것에 대해 미친 짓 정도로 보는 사람이, 아니면 '꽃테' 두르는 일에나 신경 쓰고[3] 있다고 보는 사람이 있을 것이다. 그러나 우리 현실은 꼭 그렇지 않음을 증명해 주고 있다. 대개의 경우 아주 많은 일들은, 진보하고 계신 비평가들의 환심을 사기 위해 하나같이 눈 감은 채 호탕한 말만 늘어놓는, 그런 일일 수 없는 것이다.

7월 17일

주)_____

1) 원제는 「水性」, 1934년 7월 20일 『선바오』의 『자유담』에 처음 발표했다.
2) '매판'의 백화문이란 표현은 린모가 「'꽃테문학'론」에서 루쉰이 쓴 「거꾸로 매달기」가 '매판'적인 붓에서 나온 것이라고 말한 데서 왔다. 이 문집의 「거꾸로 매달기」 부록 「꽃테문학'론」 참조.
3) 이 문집의 「서언」 참조.

농담은 그저 농담일 뿐(상)[1]

캉바이두[2]

뜻하지 않게 류반눙 선생[3]께 갑자기 병고가 생겨 학술계는 또 한 사람을 잃었다. 이는 애석해 마땅한 일이다. 그러나 나는 음운학音韻學에 대해 아는 것이 아무것도 없어 비판이나 칭찬, 두 가지 모두에서 말을 한다는 게 적당치 않다. 그런데 내 기억에 떠오르는 어떤 일이 하나 있다. 오늘날 백화가 '지양'되거나 '폐기'[4]당하기 이전, 그는 일찌감치 당시의 백화에 대해, 특히 서구식 백화에 대해 위대하고도 '통렬한 정면 공격'을 감행한 분이다.

그는 일찍이 그리 공을 들이지 않고도 아주 인상적인 기발한 글을 쓴 적이 있다.

지금 내가 간단한 예를 들겠다.

"공자가 말하길, '배우고서 그것을 늘 익히면 이 또한 기쁘지 아니한가?'[5]라고 했다."

이것은 너무 구식이어서 좋지 않다!

"'배우고서 그것을 늘 익히면' 하고 공자가 말하길 '이 또한 기쁘지 아니한가?' 하였다."

이렇게 하는 것이 좋다!

"'배우고서 그것을 늘 익히면 이 또한 기쁘지 아니한가?'라고 공자가 말했다."

이것이 더 좋다! 왜 좋은가? 서구화되어서다. 그러나 아무리 한다 해도 '자왈'子曰을 서구화시켜 '왈자'曰子로 바꿀 수는 없는 일이다.

위 말은 『중국문법통론』[6]에 나온다. 이 책은 아주 진지한 책으로, 그 저자인 류 선생은 『신청년』의 동인이기도 했으며 5·4시기 '문학혁명'의 전사이기도 했다. 지금은 또 고인이 되었다. 중국의 오랜 관습에 의하면 사람이 죽으면 그에 대한 평가는 자연 높아지기 마련이다. 그래서 나는, 그가 마지막에는 『논어』사의 동인이 되기도 했으며, 가끔은 어쩔 수 없이 '유머'를 발휘하기도 했다는 것을, 처음에는 그것이 '유머'답기도 했으나 나중에는 그 '유머'들이 '농담'의 어두운 구렁텅이로 전락하곤 했다는 것을 다시 환기하고 싶고 또다시 거론하고 싶다.

그 실례가 위에 인용한 문장이기도 하다. 사실 그의 논법은, 양복 입고 외국어를 배우는 학생들을 보면서 "코는 여전히 납작, 얼굴은 희지 않아, 애석하도다" 하고 냉소하는 완고한 선생들이나 시정잡배들과 별반 다르지 않은 것이다.

물론, 류 선생이 반대한 것은 '지나친 서구화'다. 그러나 '지나친'의 범위란 것이 어떻게 결정되나? 그가 거론한 위의 세 가지 화법은 고문 속엔 없는 것이지만 대화 속엔 있을 수 있다. 사람과의 대화에서는 모두 이해할 수 있는 것이기도 하다. 다만 '자왈'을 '왈자'로 고쳐 써서는 절대 이해할 수 없게 될 것이다. 그런데 그가 반대하는 서구화 문장에서는 그 실례를 찾아내지 못하고 "아무리 해도 '자왈'을 서구화시켜 '왈자'로 바꿀 수는 없다"고만 말하고 있는 것이다. 그렇다면 이는 '과녁 없는 화살'이 아니겠는가?

　　중국의 백화에 서구화된 문법이 들어오는 주된 이유는 호기심 때문이 아니라 필요에 의해서다. 국수주의 학자들은 서양귀신을 무척 증오하면서도 정작 자신은 조계지에 살고 있으며 '조프르로路', '메드허스트로'[7] 같은 이상한 지명도 사용할 줄 안다. 평론가들이 어찌 호기심을 가지려 해서이겠는가? 다만 그들이 정치精緻하게 말하고자 하다 보니 정말 백화로는 불충분하여 하는 수 없이 외국어 어법을 차용하는 것뿐이다. 찻물에 밥 말아 먹듯 한입에 쉬이 넘어가지 않는, 좀 이해하기 어려운 점이 있긴 하지만 백화의 결점을 보완하는 것은 표현의 정치함이다. 후스 선생이 『신청년』에 발표한 「입센주의」[8]는 최근의 여러 문예론과 비교해 볼 때 분명 이해하기 쉬웠다. 그러나 우린 그 글이 다소 성글고 모호하다고 생각하지 않는가?

　　서구화된 백화를 비웃는 사람은 조롱만 하지 말고, 외국의 정밀한 논저들을 마음대로 고치거나 삭제하지 않은 그대로 그것을 중국에 소개해 준다면 그는 분명 우리들에게 보다 나은 가르침을 줄 수 있을 것이다.

농담을 가지고 적에 대응하는 것, 물론 이것도 좋은 전법이긴 하다. 그러나 공격을 가하는 지점은 모름지기 적수의 치명적인 곳이어야 한다. 그렇지 않으면 농담은 끝내 단조로운 농담에 불과할 뿐이다.

7월 18일

[부록]
원궁즈가 캉바이두에게 보낸 편지[9)]

바이두 선생께. 오늘 나는 『자유담』에 발표한 선생의 대작을 읽고 서양 침략을 부추기는 최전선에 서 있는 사람漢奸들이 여전히 많이 있구나 하는 걸 알았습니다. 선생께서는 서구화의 유행이 '필요' 때문이라고 하였습니다. 그것이 어디에서 비롯된 이야기인지는 저는 정말 모르겠습니다. 중국인이 비록 쓸모가 없다고는 하나 말은 할 줄 압니다. 중국말을 없애고자 시골 사람들조차 '미스터'라고 말하게 한다면, 그렇게 한다고 그것이 중국 문화상에 있어 '필요'에 의한 것이었다고 말할 수는 없겠지요. 예를 들어 중국인의 어법에 따라, "장張 아무개가 '오늘 비가 온대'라고 하자, 리李 아무개가 '그러네, 서늘해졌어'라고 말했다"는 것을, 선생의 훌륭한 주장에 따르면, "'오늘 비가 온대'라고 장 아무개가 말하자 '서늘해졌어. 그래' 하고 리 아무개가 말했다"로 고쳐 써야 합니다. 이것을 중화 전 민족의 '필요'에 의

한 것이라고 할 수 있겠습니까? 일반 번역의 대가들이 가져온 서구화된 문장이 이미 중서문화의 통로를 가로막고 있고 원문을 읽을 수 있는 사람들조차 번역문을 이해하지 못하게 만들고 있습니다. 그 위에 선생께서 말씀하신 '필요'가 더해진다면 중국에는 더욱더 읽을 만한 서양 책이 없어지게 될 것입니다. 천쯔잔[10] 선생이 제창한 '대중어'는 당연하고도 마땅한 일입니다. 중국인들 사이에 중국말을 해야 하는 것은 절대적으로 당연한 것이지요. 그런데도 선생께선 한사코 서구화된 문법이 필요하다고 말하고 있군요! 당신의 이름이 '매판'이니 그럴 만도 합니다. 거기에 제2의 표현을 더한다면 '매판의 심리'가 되겠군요. 류반능 선생이 "번역은 외국어를 모르는 사람들이 읽을 수 있게 해야 한다"고 말한 것은 분명 변치 않을 이치를 말한 것입니다. 그런데도 선생께선 반능 선생을 비난하고 있고 전 중국인이 서구화된 문법의 필요성을 인식하지 않으면 안 된다고 강변하고 있습니다! 선생, 지금은 무더운 여름이니, 좀 쉬어 보시지요! 화인華人을 말살하려는 제국주의의 독가스가 이미 무수하게 준비되어 있습니다. 선생께서 매판이 되고자 한다면 선생 맘대로 그리하십시오. 다만 우리의 온 민족을 팔아넘기진 말기 바랍니다. 나는 전도된 형식의 서구화된 문법을 모르는 바보입니다! 선생의 열성적인 주장은 선생이 이미 나라를 망치게 만드는 사람이 아닌지 하는 의혹이 들게 합니다. 지금 선생께, 어찌하다 그런 문화의 독가스를 쏘이게 되었는지 정중하게 묻고 싶습니다. 아니면 제국주의자들의 사주를 받은 것인지요? 아무튼, 4억 4천 9백만(천 선생을 제외하고)의 중국인들은 선생의 주장을 받아들이지 않을 것입니다! 선생께서는 자중하시길 바랍니다.

7월 25일, 원궁즈

8월 7일, 『선바오』의 『자유담』

[부록]
캉바이두가 원궁즈에게 보낸 답신[11]

궁즈 선생, 나의 주장은 중국어법이 서구화되어야 한다는 것이지 "중국어를 없앤다"는 것이 아니었습니다. 또 "제국주의의 사주를 받은 것"도 아닙니다. 그런데 선생께선 즉각 내게 '한간'이라는 중죄를 뒤집어씌우시고 자신은 "4억 4천 9백만(천 선생은 제외)의 중국인"을 대표하여 내 머리를 내려치려 하고 계십니다. 나의 주장이 틀릴 수도 있겠지요. 그러나 죽을 죄를 지은 것처럼 단죄하는 것은 그 수법이 유행하는 것이긴 하나 좀 심한 듯합니다. 게다가 제가 보기에 "4억 4천 9백만(천 선생은 제외) 중국인"의 의견이 반드시 선생과 같지 않을 수도 있습니다. 선생께서는 동의를 구하지도 않고 스스로 대표임을 사칭하고 있는 것이지요.

중국어법의 서구화는 결코 외국어로 바꾸어 공부하자는 얘기가 아닙니다. 이런 조악한 이치에 대해서는 선생과 길게 토론하고 싶지 않습니다. 논쟁의 가열이 두려워서가 아니라 의미가 없어서입니다. 그러나 저는 다시 말하고 싶습니다. 저는 중국어의 어법상 얼마간의 서구화가 필요함을 주장합니다. 이 주장은 사실에 근거하고 있습니다. 중국인이 "모두 말을 할 줄 안다"는 것은 조금도 틀림이 없습니다. 그러나 진보하고자 한다면 이전의 방식에만 의존하는 것으로는 부족합니다. 코앞의 예가 있군요. 몇백 자로 된 선생의 편지에서 두 차례나 '……에 대하여'對於를 쓰셨지요. 이 말은 우리 고문과는 무관한 말입니다. 직역을 한 서구화된 어법에서 나중에 온 것이지요. 또한 '서구화'歐化, 이 두 글자도 역시 서구화된 언어입니다. 또 선생께서 '없앤다'取消를 사용하셨더군요. 이것은 순수한 일본 단어입니다. 그리고 '가스'瓦斯라는 말은 독일어를 독어 그대로 옮긴 일본인의 음역어입니다. 그 사용법이 적절하고 또 '필요'한 것들입니다. '독가스'毒瓦斯를 예로 들어 봅시다. 만일 중국어에 있는 '독기'毒氣라는 말로 대신 사용한다고 하면 그 말이 독가스탄 속에 들어 있는 것을 꼭 지칭하는 것은 아니기 때문에 혼동이 일어나게 될 것입니다. 그래서 '독기'가 아니라 '독가스'라고 쓰는 것이 분명하게 '필요'함에서 온 것이지요.

선생 스스로 자신을 거울에 비춰 보진 않았으나 무의식중에 자신도 모르게 서구화된 어법을 사용하고 있고 서양귀신들의 명사를 사용하는 사람이 되었음이 증명됐습니다. 그러나 제가 보기에 선생님은 결코 "서양 침략을 부추기는 최전선에 서 있는 사람漢奸"이 아닙니다. 같은 이치로 저 역시 그런 모리배가 아님을 증명한 것이라 하고 싶습니다. 그것도 아니라면, 선생께선 남에게 퍼부은 심한 욕설로 당신의 귀한 입속을 먼저 더럽힌 것이 됩니다.

제 생각에 무슨 일을 논함에 있어 위협과 모함은 아무 소용이 없습니다. 펜을 사용하는 사람이 그저 자신의 성질을 부려 남의 생명을 압박하려 하는 것은 더욱 가소로운 일입니다. 선생님도 난폭하게 굴지 마시고 좀 조용하게 자신의 편지를 살펴보시며 자기 자신을 생각해 보는 것이 어떠하신지요?

이에 각별히 회신을 드리오며, 청하옵건대 더위에 편안하시기를.

8월 5일, 아우 캉바이두가 모자 벗고 큰절 드림[12]

8월 7일, 『선바오』의 『자유담』

주)_____

1) 원제는 「玩笑只當它玩笑(上)」, 1934년 7월 25일 『선바오』의 『자유담』에 처음 실렸다.

2) 루쉰이 사용한 이 필명은 형식상은 고유명사 이름 같지만, 보통명사로는 '매판'(買辦)의 뜻이 있다. 린모(林默)가 루쉰을 비판하며 한 말을 루쉰이 그대로 자신의 필명으로 사용했다.

3) 류반눙(劉半農, 1891~1934)은 이름이 푸(復)이고 호가 반눙이다. 장쑤성 장인(江陰) 사람이다. 베이징대학 교수와 베이핑대학 여자문리대 학장 등을 역임했다. 『신청년』 편집에 참가했고 신문화운동기의 주요 작가 중 한명이다. 후에 프랑스에 유학하여 언어학을 전공했다. 말년에 보수적으로 전향하여 린위탕, 저우쭤런 등과 함께 잡지 『논어』에 동참했고 루쉰과는 반대의 길을 걸었다. 저서에 『양편집』(揚鞭集), 『와부집』(瓦釜集), 『반눙잡문』(半農雜文) 등이 있다. 1934년 6월 핑수이셴(平綏線; 지금의 징바오셴京包線) 일대에 방언 조사를 나갔다가 병에 걸려 7월 14일 사망했다.

4) 백화가 '지양'(揚棄)되거나 '폐기'(唾棄)당했다는 말은 당시 있었던 '대중어' 논쟁에서

백화문을 비판한 가오황(高荒)이 한 말이다. 그는 「문언문 반대에서 대중어 건설까지」(由反對文言文到建設大衆語)란 글에서 "백화문 가운데 대중의 수요에 적합한 부분은 발전시키고 대중의 수요에 적합치 않은 부분은 소멸시키는, 그런 실천 속에서 백화문을 '지양'한다"(1934년 7월 15일 『중화일보』 「요일칼럼」星期專論)고 했다. '폐기'란 말은 이 문집의 「거꾸로 매달기」에 나온다.

5) 『논어』 「학이」(學而)편에 나오는 공자의 말.

6) 『중국문법통론』(中國文法通論)은 류반눙의 저서로 1920년 상하이 추이서사(求益書社)에서 출판했다. 이 글에서 인용한 부분은 1924년 다시·찍은 이 책의 「4판 부기」(四版附記)에 나오는 말이다.

7) 조프르로(샤페이로霞飛路)는 현재 상하이의 화이하이로(淮海路)를 말한다. 1901년에 도로로 조성된 이곳은 당시 프랑스 조계지가 확장되면서 공동국(公董局)의 총동(總董)이었던 바오창(寶昌)의 이름을 따 '바오창로'(寶昌路)로 불렸다. 그후 1914년 제1차 세계대전 발발과 동시에 파리에서 독일군을 막아낸 공을 세운 프랑스 동로군의 총사령관 조프르(Joseph Jacques Césaire Joffre, 1852~1931 ; 중국명 샤페이霞飛)의 이름을 따 '샤페이로'(霞飛路)로 개칭했다. 1943년에는 샤페이로가 타이산로(泰山路)로, 1945년에는 국민당 원로인 린선(林森)의 이름을 따 린선중로(林森中路)로 바뀌었다. 해방 후 1950년 5월 화이하이전역(淮海戰役)을 기념해 '화이하이로'로 개명했다. 화이하이로는 프랑스 조계지여서 유럽풍의 건축분위기로 유명하다.

메드허스트로(麦特赫司脱路)는 메드허스트(Walter Henry Medhurst, 1796~1857)의 이름을 딴, 상하이 공공조계에 있는 길 이름이다. 메드허스트는 청나라 도광(道光) 15년(1835)에 상하이에 온 영국 선교사이다. 『삼자경』(三字經)을 번역하고 『천리요론』(天理要論)의 원본을 저술하는 등 활발한 선교활동을 했다. 그가 쓴 『중국의 현재와 미래』(China: its state and prospects)는 당시 선교사들에게 인기 있는 독서물이었다.

8) 후스의 「입센주의」는 1918년 6월 15일 『신청년』 제4권 제6호에 발표되었다.

9) 원제는 「文公直給康伯度的信」이다.

10) 중국 현대의 백화 문제에 대한 발언은, 처음 취추바이(瞿秋白)가 「대중문예의 문제」(『문학월보』 1932년 7월)에서 혁명문학에 사용하는 언어로서 5·4운동 이래의 백화가 가진 결함을 문제제기했다. 이에 마오둔(茅盾) 등이 논쟁에 참가했고, '문학 대중화에서의 근본적인 장애는 백화의 불완전성에 있다'는 것을 인정했다. 백화를 어떻게 개량할 것인가의 문제를 둘러싸고 서구 문법의 도입과 문언교육 부흥운동 등

이 거론되었다. 문언부흥과 백화옹호로 나누어진 논전(論戰)에서 천쯔잔(陳子展)은 「문언(文言)-백화(白話)-대중어(大衆語)」(『선바오』, 1934. 6. 18.)를 발표해 백화를 반대하고 대중어를 제창했다.

11) 원제는 「康伯度答文公直」이다. 두 사람의 이름은 문자상으로 캉바이두(康伯度)는 '매판'이란 뜻이고 상대방 원궁즈(文公直)는 문장이 공평하고 정직하다는 뜻이다. 루쉰은 이 회신에서 원궁즈가 그의 이름처럼 그렇게 정직하고 공평한 사람이 아님을 상대방의 논법을 그대로 되돌려주는 방법을 통해 비판했다.

12) 원문은 '弟康伯度脫帽鞠躬'이다. 원궁즈(린모와 원궁즈는 랴오모사廖沫沙의 필명이다)가 그의 「'꽃테문학'론」 마지막 문장에서 자신이 매판이라고 비판한 사람이 어쩌면 자신의 선배이거나 친구일수도 있는데 그렇다면 양해를 바란다는 말을 한 적이 있다. 이에 대해 루쉰이 아주 냉소적으로, 짐짓 아주 공손한 태도를 취하면서 아우가 형에게 하는 편지의 형식으로 쓴 것이다.

농담은 농담일 뿐 (하)¹⁾

캉바이두

백화 토벌의 또 다른 신예부대는 바로 린위탕 선생이다. 그가 토벌하려는 것은 백화의 '의외의 난해함'²⁾이 아니라 백화의 '쓸데없는 군소리'³⁾이다. 그에겐 류반눙 선생처럼 백화를 '소박함과 진실함으로 되돌리고'자 하는 생각조차 전혀 없다. 뜻을 전달하고자 함에는 단지 '어록식'語錄式(백화식 문언)만 있으면 된다는 것이다.

린 선생이 백화로 무장하고 나타났을 때는 문언과 백화의 싸움이 다 지나간 뒤였다. 류 선생과 경우가 달랐다. 류 선생은 혼전 속에 동참했던 사람이다. 그래서 옛날에 대한 향수와 사라지는 것들에 대한 회한의 정서를 갖지 않을 수 없었다. 그가 잠시 슬쩍 송명대의 어록들을 '유머'의 깃발 아래 펼쳐 놓은 것은 알고 보면 극히 자연스러운 일이기도 했다.

그 '유머'가 바로 『논어』45기 속에 실린 「쪽지 작성법」一張字條的寫法이다. 그는 목수에게 퍼티⁴⁾를 부탁하고자 어록체로 쪽지를 하나 썼다. 그러나 다른 사람들이 그가 '백화를 반대한다'고 말할 것을 두려워하여 백화로 쓰고, 문선체[5]와 통청파체[6]로 쓰는 등 세 가지로 바꾸어 썼다. 그러나 이 모든 것은 참으로 우스운 것이었다. 결과적으론 '서동'[7]을 직접 보내 말로 목수에게 퍼티를 구했다고 한다.

『논어』는 유행하는 간행물이니 여기서 그 기사를 베끼는 수고로움은 생략하겠다. 아무튼 가소로운 것은 어록체 쪽지 하나만이 아니다. 다른 세 가지 모두 쓸모없었다. 그런데 이 네 가지의 다른 배역은 알고 보니 린 선생 혼자 연출해 낸 것이다. '어록체'가 남자 주인공이라고 한다면 다른 셋은 광대역이다. 저 혼자 귀신으로도 분장하고 괴상한 모습으로도 변해 주인공의 위용을 한층 돋보이도록 만들었던 것이다.

그러나 그것은 이미 '유머'가 아니라 '농담'일 뿐이다. 저잣거리의 담벼락에 검은 거북을 그려 넣고 거북 등 위에 그가 증오하는 사람 이름을 써 넣는 수법과 전혀 다르지 않다. 그러나 그것을 구경하는 사람들 대부분은 그것의 시비곡직은 불문한 채 그 위에 쓰인 사람을 조소하기 마련이다.

'유머'이거나 '농담'이거나 모두 그것이 주는 효과에 달렸다. 속으로 그 내면의 뜻을 잘 알아차리지 못하게 되면 그것은 그저 '농담'으로 간주될 뿐이다.

현실은 결코 문장 같은 허구가 아니다. 예를 들어 어록체 같은 쪽지는 사실 중국에 그 씨가 말라 본 적이 없었다. 만일 여가가 있다면 상하이 골목으로 직접 가 잠시 둘러봐도 된다. 아마 가끔은 좌판도 볼 수 있을 것이다. 거기에 한 글쟁이가 앉아 남녀 노동자들을 대신해 편지를 써 주고 있는 것을 볼 수 있다. 그가 사용하는 문장은 결코 린 선생이 모방한 쪽지처럼 그렇게 쉽게 이해할 수 있는 글이 아닐 것이다. 그러나 분명 그것도 '어록체'다. 그것이 지금 새롭게 주장되고 있는 어록체의 끝물 같은 것이다. 그러나 아무도 그의 코에 흰색을 칠하려는 사람은 없다.[8]

이것은 현실 속의 생생한 '유머'다.

그러나 '유머'를 식별하는 것은 아주 어렵다. 나는 예전에 생리학의 입장에서 중국 전통의 태형笞刑의 합리성을 증명하고자 했다. 만일 배설과 착석을 위해 엉덩이가 생긴 거라면 그렇게 클 필요가 없다. 발은 한참 작아도 전신을 지탱하기에 충분하지 않은가? 우리가 이제 인육을 먹지 않은 지 오래되었으니 엉덩이살 역시 그렇게 많을 필요가 없겠다. 그렇다면 엉덩이는 전적으로 때리기용임을 알 수 있다. 가끔 이 이야기를 사람들에게 해주면 대부분은 '유머'라고 생각한다. 그런데 만일 정말 다른 사람이 태형을 당하고 있거나 자신이 태형을 당하고 있다면, 내 생각인데, 그 사람의 느낌과 반응은 꼭 그렇지 않으리라.

방법이 없다. 모두 유머가 편안하다고 느끼지 못하는 시기에는 끝내 "중국에 유머가 없게 될"지도 모른다.[9]

7월 18일

주)_____

1) 원제는 「玩笑只當它玩笑(下)」, 1934년 7월 26일 『선바오』의 『자유담』에 처음 실렸다.

2) 1934년 6월 22일 『선바오』 「독서문답」에 실린 「어떻게 대중문학을 건설할 것인가」
(怎樣建設大衆文學)라는 글에서 한 비평가는 백화가 대중의 생활, 언어에서 이탈하여
"고문보다 더 이해하기 어렵다"고 말했다.

3) 원문은 '魯里魯蘇'다. 린위탕은 1933년 10월 1일 『논어』 제26기에 발표한 「어록체의
사용을 논함」(論語錄體之用)에서 백화를 반대하며 이렇게 말하고 있다. "나는 백화로
된 글은 싫어하지만 문언으로 된 글은 좋아한다. 그래서 어록체를 주장한다.…… 백
화문의 병폐는 쓸데없는 군소리이다."

4) 퍼티(Putty)는 산화주석이나 탄산칼슘을 12~18%의 건성유로 반죽한 물질이다. 표면
에 생긴 흠집 같은 것을 메울 때 쓰는 아교풀 같은 것이다. 유리창 틀을 붙이거나 철
관을 잇는 데 쓴다. 흔히 일본어에서 온 '빠데'라고 불리는 것으로 한국어로는 '떡밥'
이라고도 쓴다.

5) 문선체(文選體)란 위진남북조시대 남조 양(梁)나라의 소명태자(昭明太子)인 소통(蕭
統)이 편찬한 『문선』에 실린 시문의 풍격과 체제를 말한다. 『문선』은 진한(秦漢) 이후
양에 이르기까지의 시와 부(賦), 문장 등을 선별하여 30권으로 묶은 시문총집(詩文叢
集)이다. 『문선』의 고전적이고 우아한 문학 평가의 기준은 이후 중국 문학의 미의식
에 지대한 영향을 주었다.

6) 통청파체(桐城派體)란 통청파의 문체를 말한다. 통청파는 청대의 대표적인 고문학파
인데 여기에 참여한 방포(方苞), 유대괴(劉大櫆), 요내(姚鼐) 등이 모두 안후이성(安徽
省) 통청(桐城) 출신이어서 이런 명칭이 붙여졌다. 문자의 논리와 기교, 고증 등을 중
시했으며 선진(先秦)과 양한(兩漢), 당송팔대가의 문장을 모범으로 삼았다.

7) 서동(書童)은 서당에서 글 배우는 아이들을 부르는 옛 명칭이다.

8) 얼굴에 흰 분가루를 칠하는 것은 중국 전통극에서 광대역을 한 사람의 화장법이다.
거리의 글쟁이에게 흰색을 칠한다는 의미는 그를 광대로 취급한다는 의미다. 즉 어
록체를 쓰고 있는 거리의 그 글쟁이를 광대 취급 하진 않는다는 뜻이다.

9) 루쉰은 린위탕이 주장하는 종류의 '유머'를 감상하기에 중국의 당시 현실이 너무 어
둡고 열악하다는 것을 곳곳에서 언급하였다. 예를 들어 위 본문에 나오는 것처럼, 자
신이 엉덩이를 유머의 소재로 사용하려 해도 실제 중국에는 엉덩이를 맞고 사는 사
람들이 너무 많은 까닭에 현실에서는 이것이 순수한 유머로 받아들여질 수 없다는
것이다. 삶의 질이 나아지지 아니하고는 중국에 유머다운 유머가 있기 어렵다는 생
각이었다.

글쓰기[1]

심괄의 『몽계필담』[2]에 이런 말이 나온다. "옛날 선비들은 대구對句로 글 쓰는 걸 아주 좋아했다. 목수와 장경[3] 등이 처음 '평문'[4]을 쓰기 시작하자 당시 그 글들을 '고문'이라고 불렀다. 어느 날 목수와 장경이 같이 조정에 들어갈 일이 있었다. 동화문 밖에서 동이 터 오기를 기다리며 서로 문장을 논하던 차에, 때마침 달리던 말이 개 한 마리를 밟아 죽이는 것을 목격하게 되었다. 두 사람은 그 사건을 기록하며 문장의 우열을 따졌다. 목수가 말했다. '누런 개가 있다가 달리는 말에 밟혀 죽었다.' 장경이 말했다. '달리던 말 아래 개가 죽었다.' 당시는 문체가 막 변화하고 있는 중이었다. 두 사람의 표현이 모두 졸렬하고 거칠었음에도 불구하고, 당시로선 훌륭하다 여겼고 그래서 지금까지 전해지고 있다."

변문[5]은 나중에 생긴 것이다. 상고시대엔 글자 수를 나란히 짝을 맞추지 않았다. '평문'을 '고문'이라고 부른 것은 이런 의미에서다. 이

점에서 미루어 보면, 옛날에 정말 말과 글을 구분하지 않았다면[6] '백화문'을 '고문'이라 불러도 불가하지 않았으리라. 그러나 린위탕 선생이 말하는 '백화식 문언'[7]과는 그 의미가 다르다. 두 사람의 글은 졸렬하고 거칠 뿐만 아니라 우선 그것이 의미하는 바가 다르다. 장경이 말한 것은 '말이 개를 밟아 죽였다'이고, 목수가 말한 것은 '개가 말에 밟혀 죽었다'이다. 결국 말에 중심을 두고 한 표현이냐, 아니면 개에 중심을 두고 한 표현인가가 다르다. 보다 명료하고 타당한 표현은 역시 심괄이 한, 조금도 주관이 개입하지 않은 표현, "달리던 말이 개 한 마리를 밟아 죽였다"이다.

옛것을 전복시키려면 힘을 주어야 한다. 그렇기 때문에, 너무 힘을 들이다 보면 '억지'가 되고 지나치게 '억지'로 하다 보면 '생경'해질 뿐만 아니라 때로는 정말 '전혀 맞지 않는 것'이 된다. '억지'이지만 아주 원숙하게 만들어 놓은 옛사람들 것과 비교해 봐도 더 나쁜 것이 되기 십상이다. 한정된 글자 수로 뜻을 펴야 하는, 다소 제한을 받고 있는 이 '꽃테문학'과 같은 유의 글은 더욱더 이런 생경병에 걸리지 않을 수 없다.

너무 억지로 해서도 안 되겠지만 그렇다고 아무 공도 들이지 않고 하는 것도 안 된다. 큰 나무토막과 작은 나뭇가지 네 개를 가지고 긴 의자를 만들었다. 요즘 보니 그것이 너무 거칠고 조잡스러워 아무래도 대패질을 해 좀 빛을 내야 좋을 듯하다. 그러나 만일 의자 전체에 꽃을 조각해 넣고 중간 중간에 구멍을 파 놓는다면 이 역시 앉을 수 없게 되어 그것의 의자다움을 잃어버리게 될 것이다. 고리키가 말했다.

대중어는 질그릇 같은 원재료여서 가공을 해야 문학이 된다고.[8] 내 생각에, 이 말은 아주 정곡을 찌른 말이다.

7월 20일

주)_____

1) 원제는「做文章」, 1934년 7월 24일『선바오』의『자유담』에 처음 발표했다.

2) 심괄(沈括, 1031~1095)은 자가 존중(存中)이고 첸탕(錢塘 ; 지금의 저장성 항저우) 사람이다. 북송의 문학가이자 과학자다. 수학과 천문학에 정통했고 음악, 의학, 토목공학에도 조예가 깊었다. 저서에『장흥집』(長興集) 등이 있다.『몽계필담』(夢溪筆談) 26권,『보필담』(補筆談) 3권,『속필담』(續筆談) 1권은 그가 평소 손님이나 친구들과 나눈 이야기를 기록하거나 전해 내려오는 이야기, 옛 서적, 문학, 기예 등에 관한 것들을 기록한 것이다. 그가 만년에 룬저우(潤州 ; 지금의 장쑤성 전장鎭江)에 있는 몽계원(夢溪園)에 퇴거하여 지냈기 때문에 '몽계필담'이라고 명명했다. 여기서 인용한 글은 이 책의 14권에 있는 말이다.

3) 목수(穆修, 979~1032)는 자가 백장(伯長)이고 윈저우(鄆州 ; 지금의 산동성 둥핑東平) 사람이다. 장경(張景, 970~1018)은 자가 회지(晦之)이고 궁안(公安)인이다. 두 사람 모두 북송의 고문가이다.

4) 원문은 '平文'이다. 형식이 자유로운 산문이란 뜻.

5) 변문(騈文)은 한나라의 부(賦)가 고도의 수사성과 가지런한 문장, 대구(對句)를 중시하는 형식주의 풍조로 흐르면서 생겨난 새 문학 장르다. 이러한 형식주의적 문학 장르는 육조시대에 이르러 최고조에 달했다가 당대에는 글자운용을 4자 6자로만 운용하는 사륙문(四六文)으로 발전했다. 글자 수를 4자 혹은 6자로 맞추는 것이 여러 필의 말이 나란히 달리는(騈) 것과 같다고 하여 변문, 혹은 병문이라고 불렀다.

6) 옛날에 말과 글을 구분하지 않았다는 주장은 후스 등의 견해다. 그는 1928년 출판한『백화문학사』1편 1장에서 이렇게 말했다. "우리가 고대 문자 연구를 해보면 전국시

대에는 중국의 문장체가 이미 구어체와 일치할 수 없다는 것을 미루어 짐작할 수 있게 된다." 그의 견해에 따르면 전국시대 이전의 문체와 구어체는 일치되어 있다는 것이다. 루쉰은 이러한 주장에 대해 다른 견해를 표했다. 그는 『차개정잡문』 「문 밖의 글 이야기」(門外文談)에서 이렇게 말했다. "나의 추측으로는 중국의 문언과 언문이 결코 일치된 적이 없다. 그 큰 원인은 글자가 쓰기 어려워 하는 수 없이 생략해야 했기 때문이다. 옛날 그 당시 구어의 축약형이 그 사람들의 문언이고 고대 구어의 축약이 후세인들에게는 고문이다."

7) 백화식 문언은 린위탕이 1934년 7월 『논어』 제45기에 발표한 「쪽지 작성법」(一張字條的寫法)에 나온다. 그는 이 글에서 '어록체'를 '백화식의 문언'이라고 하였고, "자연스러운 작문"으로 "의미 전달"을 잘할 수 있게 해준다고 했다.

8) 고리키의 「나의 문학 수업」에 나오는 말이다. "언어는 민중이 창조한 것임을 잊지 말아야 한다. 언어를 문학언어과 민중언어 두 가지로 나누는 것은 단지 원자재의 언어와 예술가가 가공한 언어로 구분하는 것에 불과할 뿐이다."

독서 잡기[1)]

엔위焉於

고리키는 발자크[2)]의 소설이 보여 준 대화의 묘미에 아주 경탄한 바
있다. 그는 인물의 외모 묘사를 통해서가 아니라 인물의 대화 묘사를
통해, 말하고 있는 그 사람을 독자들이 마치 직접 보고 있는 듯 느끼게
할 수 있다고 생각했다.(『문학』 8월호의 「나의 문학 수업」)

중국에는 아직 이처럼 재주 좋은 소설가는 없다. 그러나 『수호』
와 『홍루몽』[3)]의 어떤 부분은 독자로 하여금 대화를 통해서 사람을 볼
수 있게 만들고 있다. 사실 이는 뭐 그리 대단하게 특이한 것은 아니
다. 상하이 골목 작은 집에 세 들어 사는 사람은 시시때때로 체험할 수
있는 일이다. 그와 이웃 주민은 얼굴을 꼭 본 것이 아닐 수도 있다. 그
러나 그들은 얇은 판자벽 한 겹만으로 떨어져 있기 때문에 옆집 사람
들의 가족과 그 집 손님들의 대화, 특히 큰소리로 하는 대화는 거의 다
들을 수 있다. 오랜 시간이 지나면 저쪽에 어떤 사람이 살고 있는지를
자연히 알게 되고 또 그 사람이 어떤 부류의 사람인지도 알 수 있게 된

다. 이와 같은 이치다.

불필요한 것은 없애 버리고 각 사람의 특징적인 대화만 잘 추출해 내도 다른 사람이 그 대화를 통해서 말하는 사람의 인물 됨됨이를 추측할 수가 있다고 생각한다. 그러나 이것만으로 곧바로 중국의 발자크가 된다고 말하는 것은 아니다.

작가가 대화로 인물을 표현할 때는 그 사람 마음속에는 이미 그 인물의 모습이 들어 있을 것이다. 그래서 독자에게 전하면 독자의 마음속에도 이 인물의 모습이 만들어진다. 그런데 독자가 상상하는 인물은 결코 작가가 상상한 인물과 꼭 같은 것만은 아니다. 발자크에겐 깡마르고 턱수염을 기른 노인이지만 고리키 머릿속으로 들어오면 건장하고 야성적인 구레나룻의 노인으로 변하기도 한다. 그러나 그 성격과 언행에는 분명 큰 차이가 없을 것이다. 거의 유사할 것이다. 그래서 마치 프랑스어를 러시아어로 옮겨 놓은 것과 같을 것이다. 만일 그렇지 않다면 문학이란 놈의 보편성은 사라져 버리게 된다.

문학에 보편성이 있다 할지라도 독자마다 체험이 다르기 때문에 변화는 있게 마련이다. 독자가 만일 유사한 체험을 갖고 있지 않다면 문학의 보편성은 그 효력을 잃어버린다. 예를 들어 우리가 『홍루몽』을 읽으면 문자만으로도 임대옥이란 인물을 상상할 수 있다. 「대옥이 땅에 꽃을 묻다」[4]에 나온 메이란팡 박사의 사진을 본 선입견이 없다면 분명 다른 인물을 상상하게 될 것이다. 그러면 단발머리의 인도 비단 옷을 입은, 청초하고 마른, 조용한 모던 여성을 상상할 수도 있을지 모른다. 혹은 다른 모습을 상상할지 단정할 수 없다. 그러나 삼사십 년 전에 나온 『홍루몽도영』5)과 같은 유의 책 속에 나오는 그림들과 좀 비교해 본다면 분명 확연하게 다를 것이다. 이 책에 그려진 모습들은 그 시절 그 독자들의 마음속에 그려진 임대옥인 것이다.

　문학에 보편성이 있다고 할지라도 그 한계는 있다. 상대적으로 보다 영원한 작품도 있을 것이나 독자들의 사회적 체험에 따라 변하게 마련이다. 북극의 에스키모인과 아프리카 내지의 흑인들은 '임대옥'과 같은 인물을 이해하거나 상상하기 무척 어려울 것이라 생각한다. 건전하고 합리적인 좋은 사회에서의 사람 역시 이해할 수 없을 것이다. 그들은 아마 우리들보다, 진시황의 분서焚書나 황소黃巢의 난에 있었던 사람 죽인 이야기를 듣고 얘기한다는 것이 훨씬 더 생경할 것이다. 모든 것은 변화한다. 영구적인 것은 없다. 유독 문학에만 신선한 선골仙骨이 있는 듯이 말하는 것은 꿈꾸는 사람들의 잠꼬대이다.

8월 6일

주)＿＿＿＿

1) 원제는 「看書瑣記」, 1934년 8월 8일 『선바오』의 『자유담』에 처음 발표했다.

2) 발자크(Honoré de Balzac, 1799~1850)는 프랑스 작가다. 그의 작품 전체에 붙인 제목은 『인간희극』(La Comédie humaine)이다. 장편소설 『외제니 그랑데』(Eugénie Grandet), 『고리오 영감』(Le Père Goriot), 『환멸』(Illusions perdues) 등 90여 편이 들어 있다. 고리키는 「나의 문학 수업」에서 발자크의 소설을 논하면서 이렇게 말하고 있다. "발자크의 『나귀가죽』(La Peou de chagrin)에서 은행가의 대저택에서 열리

는 만찬파티 부분을 읽었을 때 나는 완전히 경탄하고 감복했다. 20여 명의 사람들이 동시에 시끄럽게 잡담을 하고 있었다. 그 수많은 모습들이 마치 내가 직접 눈으로 보고 있는 것처럼 묘사되어 있다. 중요한 것은 내가 듣고 있을 뿐만 아니라 각자가 어떻게 수다를 떨고 있는지를 목도하고 있다는 것이다. 내빈들에 대해 작가 발자크는 그 모습을 묘사하고 있지 않다. 그러나 나는 사람들의 눈동자와 미소와 자세를 본다. 나는, 발자크에서부터 시작하여 모든 프랑스인들이 대화로 인물의 정교함을 묘사하는 데 이르기까지, 묘사한 인물의 대화를 마치 귀에 들리는 것처럼 생생하게 전달하는 그 기법과 그리고 그들 대화의 완벽함에 늘 감탄하고 감복했다." 이 글은 1934년 8월 『문학』 월간 제3기 제2호에 루쉰(필명 쉬샤許遐로 발표)의 번역으로 실렸다.

3) 『수호』는 장편소설 『수호전』(水滸傳)을 말한다. 명대의 사대기서(四大奇書) 가운데 하나다. 시내암(施耐庵)이 지은 영웅소설이다.

『홍루몽』(紅樓夢)은 청대를 대표하는 소설로 조설근(曹雪芹)의 작품이다. 귀족 집안의 공자 가보옥(賈寶玉)과 12명의 미녀를 통해 군주전제시대의 몰락해 가는 귀족들의 화려하고 사치스러운 생활, 그 이면에 숨겨진 모순을 폭로한 소설이다.

4) 메이란팡(梅蘭芳, 1894~1961)이 소설 『홍루몽』의 23회 스토리에 기초하여 만든 경극인 「대옥이 땅에 꽃을 묻다」(黛玉葬花)를 말한다. 메이란팡이 공연한 이 연극의 사진은 인기가 있어 옛날 사진관에 늘 걸려 있었다고 한다. 메이란팡은 당시 가장 유명했던 경극 배우로 여성배역을 전문으로 했다. 그가 분장한 임대옥 역은 당시에 무척 인기가 있었고 그의 공연 사진이 곳곳에 붙어 있었다.

5) 『홍루몽도영』(紅樓夢圖咏)은 청대 개기(改琦)가 그린 『홍루몽』의 인물화첩으로 모두 50폭이다. 그림 뒤에 왕희렴(王希廉), 주기(周綺) 등이 쓴 제시(題詩)가 있다. 1879년(광서 5년) 목각본으로 간행되었다. 또 청대의 왕지(王墀)가 그린 『증간홍루몽도영』(增刊紅樓夢圖咏)은 120폭으로 그림 뒤에 강기(姜祺; 서명은 담생蟬生)가 그린 제시가 있다. 이 책은 광서 8년 상하이 점석재(點石齋)에서 석인본으로 나왔고 후에 여러 차례 판을 바꾸어 출판됐다.

독서 잡기(2)[1]

옌위

같은 시대 같은 국가 안에서도 대화가 서로 통하지 않을 수 있다.

바르뷔스[2]는 「본국어와 모국어」라고 하는 그의 재미있는 단편소설에서, 프랑스의 한 부유한 집에서, 유럽전쟁 가운데 사경을 헤매던 프랑스 병사 세 명을 초대한 이야기를 하고 있다. 그 집의 소녀가 나와 병사에게 인사를 했다. 무어라 할 말이 없어 그저 억지로 몇 마디를 했다. 병사들도 대답할 적당한 말을 찾지 못했다. 부잣집에 들어가 앉았다. 그들은 뼈가 쑤실 정도로 조심해야 함을 느꼈다. 그들은 자신들의 '돼지우리'로 돌아오자 그제야 비로소 온몸이 편안해지고 마음대로 웃고 떠들게 되었다. 또 그들은 그들의 독일 포로들과 손으로 대화를 했으나 포로들 역시 '우리의 말'을 하는 같은 부류의 인간이란 걸 알게 되었다.

이러한 경험으로 인해 한 병사는 막연하게 이런 생각을 하게 된다. "이 세상엔 두 가지 세계가 있다. 하나는 전쟁의 세계요, 다른 하나는 금고金庫의 철문 같은 대문이 있고 예배당과 같이 정갈한 부엌이 있으며 아름다운 저택이 있는 세계다. 완전히 다른 세계다. 완전히 다른 나라다. 그 속에는 이상한 생각을 하는 외국인이 살고 있다."

저택의 소녀가 나중에 한 신사에게 이렇게 말했다. "그 사람들과는 아무 말도 나눌 수 없었어요. 그들과 우리 사이엔 뛰어넘을 수 없는 심연이 가로놓여 있는 것 같았어요."

사실, 이것은 소녀와 병사 사이에서만 그런 건 아니다. 우리들——'봉건잔재'[3]이거나 '매판'이거나 혹은 다른 무엇임을 막론하고 모두 다일 수 있다——과 거의 같은 부류의 사람들 역시 그저 어떤 부분에서만 좀 다를 뿐인데도 서로 할 말이 없는 경우가 종종 있다. 그러나 우리 중국인들은 아주 총명하다. 일찌감치 이럴 때 임기응변할 수 있는 만병통치약을 발명해 놓았다. 즉 "오늘 날씨가…… 하하하!"다. 만일 연회 자리일 경우는 토론을 피하고 그저 가위바위보 게임[4]만 하면 된다.

이렇게 볼 때, 문학이 보편적이고 영구적이 되기란 사실 좀 어려운 게 아닌가 한다. "오늘 날씨가…… 하하하!"는 다소 보편적이긴 하나 영구적일 수 있을지 없을지는 좀 의심스럽다. 게다가 이 말은 문학적인 것 같지도 않다. 그래서 고상한 문학가[5]께선 스스로 규칙을 정해 놓고 그의 '문학'을 이해하지 못하는 사람들을 '인류' 밖으로 축출해 버려 문학의 보편성을 지키고자 한다. 문학에는 여러 가지 다른 특성도 있다. 그가 그것을 솔직하게 인정하려 하지 않기 때문에 하는 수 없이 그런 수단을 쓰는 것이다. 그러나 이렇게 계속하다 보면 '문학'은 남아 있을 것이나 '사람'은 별로 남아 있지 않게 될 것이다.

그래서 문학은 점차 고상해질수록 이해하는 사람은 점점 줄어들게 되고 고상함의 극치에선 문학의 보편성과 영구성이 오로지 작가 한 사람에게만 남게 될 것이다. 하지만 문학가가 비애에 젖고 피를 토한다 할지라도 그때 가선 정말 달리 생각할 방도가 없을 것이다.

8월 6일

주)_____

1) 원제는 「看書瑣記(二)」, 1934년 8월 9일 『선바오』의 『자유담』에 처음 발표했다.

2) 앙리 바르뷔스(Henri Barbusse, 1873~1935)는 프랑스의 소설가이자 시인이다. 평화와 인간 해방을 지향하는 '클라르테(clarté) 운동'을 지도했고, 인도주의의 입장에서 비참한 민중의 생활이나 전쟁의 비극을 묘사했다. 작품에 『포화』(砲火, Le feu), 『클라르테』(Clarté), 『지옥』(L'enfer) 등이 있다.

3) '봉건잔재' 혹은 '봉건찌꺼기'란 말은 궈모뤄(郭沫若)가 루쉰을 비판하여 했던 말이다. 1928년 혁명문학 논쟁이 진행되고 있을 때, 궈모뤄가 두췐(杜荃)이란 이름으로 루쉰을 비판하며 그를 "자본주의 이전의 봉건잔재"라고 했다(1928년 8월 『창조월간』 2권 2기에 실린 「문예전선상의 봉건잔재」文藝戰線上的封建餘孽).

4) 원문은 '猜拳'이다. 우리나라의 가위바위보 놀이와 좀 다르다. 술자리 등에서 흥을 돋우기 위해 손가락을 내밀면서 입으로 동시에 숫자를 말한다. 이때 상대방이 내가 말한 숫자의 손가락을 내밀면 내가 이기고 상대방이 벌주를 마시는 놀이다.

5) 여기서 고상한 문학가란 량스추(梁實秋) 등을 지칭한다. 량스추는 「문학은 계급성이 있는 것인가?」(文學是有階級性的嗎?; 1929년 9월 『신월』 제2권 제6, 7기)라는 글에서 초계급성의 문학을 주장하며 "문학은 전 인류에게 속한 것"이라고 했다. 그러면서 문학은 소수인만 향유할 수 있는 것이며 "좋은 작품은 영원히 소수인의 전리품이다. 대다수는 영원히 어리석고 영원히 문학과 무관하다"고 주장했다.

시대를 앞서 가는 것과 복고[1]

캉바이두

주샹과 루인[2] 두 작가 때와 마찬가지로 반눙 선생이 가시자 여러 간행물들이 한바탕 떠들썩했다. 이런 상황이 얼마나 오래 이어질지는 현재로선 추측하기 어렵다. 그런데 이번 반눙 선생 죽음의 영향이 두 작가 때보다 훨씬 더 대단한 듯하다. 그는 이제 복고復古의 선구자로 받들어지려 하고 있다. 사람들은 그의 신주단지를 들고 '시대를 앞서 가는'[3] 사람을 때리고 있다.

이러한 공격은 효력이 있다. 왜냐하면 그는 작고한 유명인이면서 동시에 진보적인 신당이었기 때문이다. 새것으로 새것을 때리는 일은 독으로 독을 공격하는 것처럼 녹슨 골동품을 끄집어내는 방법보다는 훨씬 낫다. 그런데 바로 여기에 아이러니가 숨어 있는 것이다. 왜인가? 반눙 선생이 바로 '시대를 앞서 가다'로 인해 이름이 난 사람이기 때문이다.

옛날 청년들이 마음속에 류반눙이란 세 글자를 품고 있었던 까닭은 그가 음운학에 뛰어나다거나 통속적인 해학시[4]를 잘 지어서가 아니다. 그가 원앙호접파를 뛰쳐나와 왕징쉬안을 비판했고 '문학혁명' 진영의 전사였기 때문이다.[5] 그런데 그 당시 몇몇 사람은 '시대를 앞서 간다'고 그를 모함하기도 했었다. 아무튼 시대는 조금 전진하는 것 같고 시간도 얼마간 흘러갔다. 그의 '시호'謚號도 점점 세탁이 되었으며 그 자신도 좀더 위로 올라가 사람들과 잘 어울려 마침내 어엿한 유명인이 되었다. 그런데, "사람은 명성을 걱정하고 돼지는 비만을 걱정하렷다"[6]고, 유명해진 바로 그때 그는 '시대를 앞서 가는' 병을 치료하는 새로운 약재로 포장이 되고 만 것이다.

이는 결코 반농 선생 개인만의 곤경이 아니다. 이전에도 그런 예는 실제 있었다. 광둥 지역에는 거인이 아주 많았다. 그런데 왜 유독 캉유웨이[7]만 홀로 그렇게 유명해졌는가? 그것은 그가 공거상서의 우두머리이고 무술정변의 주역이었으며 시대를 앞서 갔기 때문이다. 영국 유학생도 적지 않았다. 그런데 옌푸[8]의 이름만 아직 사라지지 않고 있는 것은 그가 서양귀신들의 책을 여러 권 앞장서서 진지하게 번역했고 시대를 앞서 간 점에 있다. 청말 박학[9]을 연구한 사람이 타이옌[10] 선생 한 명뿐이 아니다. 그러나 그의 이름이 손이양[11]을 훨씬 능가하게 된 것은 사실 그가 종족혁명을 주장하고 시대를 앞서 나갔으며 게다가 '반란'까지 했기 때문이다. 나중에는 그러한 '시대'도 '추격'을 당했으나 그들은 살아 있는 진정한 선구자가 되었다. 그런데 액도 뒤따르는 법, 캉유웨이는 영원히 복벽 사건의 조상이 되어 버렸고, 위안스카이 황제는 옌푸에게 관직을 권했으며, 쑨촨팡 대사 역시 타이엔 선생을 투호놀이에 초대했다.[12] 그들은 원래 앞으로 전진하며 수레를 끌었던 굵직한 다리와 튼실한 어깨의 훌륭한 고수들이었다. 나중에 또다시 수레를 끌어 달라고 청하니 그들이 끌기야 끌겠지만 수레 끄는 엉덩이가 뒤로 한껏 처져 있으리라. 이에 하는 수 없이 고문으로 애도하노라. "오호라! 애닯도다! 신명이시여, 굽어살피소서!"[13]

나는 결단코 반눙 선생이 '시대를 앞서 갔다'고 비웃고 있는 게 아니다. 내가 여기서 사용하는 '시대를 앞서 간다'는 흔히 '시대를 앞서 간다'고 말하는 경우의 어떤 부분, 즉 '선구'의 의미다. 반눙 선생이 비록 '몰락'을 자인한 바 있으나[14] 사실은 투쟁을 한 분이다. 그를 경애하는 사람이라면 이 점을 잘 선양해야 한다. 그저 자신이 좋아하는 기름 구덩이나 진흙 속으로 그를 끌어내려서 버젓한 간판이나 하나 만들면 그만이라 생각해선 안 된다. 함부로 너나없이 달라붙어선 안 된다.

8월 13일

주)_____

1) 원제는 「趨時和復古」, 1934년 8월 15일 『선바오』의 『자유담』에 처음 발표했다.
2) 주샹(朱湘, 1904~1933)은 안후이성 타이후(太湖) 사람으로 시인이다. 안후이대학 영문학과 학과장을 지냈고 1933년 12월 5일 생활의 곤궁을 비관하여 자살했다. 저서에 『초원집』(草莽集), 『석문집』(石門集) 등이 있다.
   루인(廬隱, 1898~1934)은 본명이 황잉(黃英)이고 푸젠성(福建省) 민허우(閩侯) 사람으로 여류작가다. 1934년 5월 13일 난산으로 사망했다. 저서에 단편소설집 『해변의 옛 친구』(海邊故人), 『링하이의 조수와 석수』(靈海潮汐) 등이 있다.

3) 원문은 '趨時'이고 유행을 따르다, 시세를 쫓아가다는 의미이다. 이 말은 린위탕이 진보적인 인사들을 냉소, 풍자하면서 한 말이다. 그는 1934년 7월 20일 『인간세』 8기에 실린 「시대와 사람」(時代與人)이란 글에서 이렇게 말했다. "그러므로 시대를 앞서 가는 것이 중요하긴 하지만 인간 본위를 지키는 것 역시 마찬가지로 중요하다."

4) 1933년 9월 『논어』 제25기에 류반능이 해학시를 모아 쓴 「퉁화즈더우당 시집」(桐花芝豆堂詩集)의 연재를 시작했다. 그는 이 글의 「자서」에서 자신은 "해학시 짓는 것을 좋아한다"고 했다.

5) 원앙호접파(鴛鴦胡蝶派)는 청말 민초에 도시 소시민의 취향에 맞추어 주로 선남선녀의 연애담 등을 문언으로 써 크게 인기를 끈 문학유파다. 1914년에서 1923년까지 『토요일』(禮拜六)이라는 주간지를 발행해서 토요일파(禮拜六派)라고도 불렀다. 류반능은 '반능'(半儂)이란 필명으로 이 잡지에 글을 발표했었다. 1918년 『신청년』이 문학혁명운동을 추동하기 위해 복고파와 싸움을 하고 있을 때, 편집자의 한 사람이었던 첸쉬안퉁(錢玄同)이 이름을 왕징쉬안(王敬軒)으로 바꾸고, 당시 신문화운동을 반대하는 사회의 모든 언론들을 모아서, 봉건 복고파의 어투를 흉내 내어 『신청년』 편집부로 편지를 보냈다. 이에 류반능은 왕징쉬안을 통렬하게 반박하는 글을 발표했다. 이 두 편지는 그 해 3월 『신청년』 제4권 제3기에 동시 발표되었다.

6) 속담이다. 소설 『홍루몽』 제83회에서 왕희봉(王熙鳳)은 다음과 같이 말하고 있다. "속담에 사람은 명성을 걱정하고 돼지는 비만을 걱정하렷다고 했다. 하물며 헛된 명성임에랴.……"

7) 캉유웨이(康有爲, 1858~1927)는 자가 광샤(廣廈), 호는 창쑤(長素)이며, 광둥(廣東) 난하이(南海) 사람이다. 청말 변법유신운동의 지도자였다. 1895년 베이징에 과거시험을 보러 올라온 전국 각지의 유생 1,300여 명을 조직하여 광서(光緒) 황제에게 '만언서'(萬言書)를 제출, '변법유신'(變法維新)을 요구했다. 주장의 핵심은 군주제를 일부 존치하되 정치는 '입헌군주제'를 시행해 부분적으로 근대적 민주주의를 도입하자는 것이었다. 이 사건을 역사적으로 '공거상서'(公車上書)라 부른다. 한대에 관가(官家)의 수레(車)로 서울로 시험을 보러 가는 지방시험(향시鄕試) 합격자(거인擧人)들을 실어 날랐다. 나중에 이 '공거'가 거인들이 서울로 가서 시험에 응시하는 일을 지칭하게 되었다. 1898년(무술년戊戌年) 6월 캉유웨이는 담사동(譚嗣同), 량치차오(梁啓超) 등

과 함께 광서 황제에게 임용되어 정사에 참여했고 변법을 시행했다. 그러나 같은 해 9월 자희태후(慈禧太后 ; 서태후)를 필두로 한 완고파에 의해 진압되어 유신운동은 100일 만에 실패로 돌아간다. 이후 캉유웨이는 해외에서 보황회(保皇會)를 조직하여 '입헌군주제'를 근간으로 한 변법유신운동을 계속했고 쑨중산(孫中山)이 이끄는 민주혁명운동을 반대했다. 1917년 군벌인 장쉰(張勛)과 연합하여 청나라의 폐위 황제인 푸이의 복벽운동을 주도했다. 대표 저서에『대동서』(大同書)가 있다.

8) 옌푸(嚴復, 1853~1921)는 일찍이 양무운동(洋務運動)의 일환으로 영국해군학교에 유학생으로 파견되어 선박, 대포 등 서양 근대과학을 공부했다. 청일전쟁에서 중국이 패배한 이후 그는 변법유신을 주장하여 서양 자연과학과 부르주아 사회과학사상을 중국에 소개하는 일에 주력했다. 영국의 헉슬리(Thomas H. Huxley)의『천연론』(天演論, *Evolution and Ethics*), 애덤 스미스(Adam Smith)의『국부론』(國富論, *The Wealth of Nations*), 프랑스의 몽테스키외(Charles-Louis Montesquieu)의『법의』(法意, *De l'esprit des lois*) 등을 번역하여 당시 사회에 지대한 영향을 주었다. 신해혁명 이후에는 사상적으로 점차 보수화되어 갔다. 1915년 '주안회'(籌安會)에 참여하여 위안스카이를 황제로 추대하는 일에 동참했고 1919년 5 · 4신문화운동 때도 보수파의 입장에 섰다.

9) 박학(樸學)은『한서』(漢書)「유림전」(儒林傳)에 나오는 말이다. "관(寬)은 뛰어난 인재다. 처음 무제(武帝)를 알현하고 경학에 대해 아뢰었다. 임금이 말하길 '나는 처음에『상서』(尙書)를 박학이라고 생각해 별로 좋아하지 않았다. 그런데 자네 말을 들어 보니 볼만한 거로구나' 했다. 그리고 관에게 그 한편에 대해 물었다." 이후 한대 유학자들이 고증에 근거한 훈고학을 박학이라고 불렀고 또 한학(漢學)이라고도 했다. 청대 학자들은 한대 유학자의 박학을 계승하여 발전시켰다. 일반적으로 청대의 고증학을 박학이라 한다.

10) 타이옌(太炎)은 장빙린(章炳麟, 1869~1936)의 호다. 저장성 위항(余杭) 사람으로 청말의 혁명가이자 학자다. 초기에 청왕조 타도운동에 적극 참여했고 '광복회'의 주요 멤버였다. 신해혁명 이후에는 현실운동에서 멀어졌고 국학(國學)연구에 몰두했다. 저서에『장씨총서』(章氏叢書),『장씨총서속편』이 있다.

11) 손이양(孫詒讓, 1848~1908)은 자가 중용(仲容)이고 저장성 루이안(瑞安) 사람이다. 청말의 박학가이다. 저서에『주례정의』(周禮正義),『묵자한고』(墨子閑詁) 등이 있다.

12) 쑨촨팡(孫傳芳, 1885~1935)은 산둥성 리청(歷城) 사람이며 베이양(北洋) 즈리계(直

系) 군벌이다. 그가 동남부 5개 성을 장악하고 있었을 때, 복고를 제창하기 위한 목적으로 1926년 8월 6일 난징에서 투호놀이 의식을 거행했다. 학계의 원로인 장타이옌을 그것의 진행 주빈으로 초청했다. 여러 가지 설이 있지만 장타이옌은 가지 않았다고 한다. 투호(投壺)란 고대 잔치 때에 벌인 오락으로 손님과 주인이 순서대로 항아리 안에 활을 던져 넣는 놀이였다. 진 사람은 술을 먹었다.

13) 옛날 제사 지낼 때, 제문의 끝에 상투적으로 사용하던 말이다.

14) 류반눙의 몰락 자인은 「반눙잡문자서」(半農雜文自序 ; 1934년 6월 5일 『인간세』 제5기)에 나온다. "만일 어떤 사람이 내 문장의 어떠어떠한 몇 가지를 거론하며 내가 '낙오했다'고 비난한다면 나는 기꺼이 '몰락했음'을 인정할 것이다."

안빈낙도법[1]

스비

설사 자신이 선생이고 의사라 해도 자신의 아이들은 다른 사람이 가르쳐야 하는 것이며 병은 다른 사람이 치료해야 하는 것이다. 그러나 사람 노릇 하고 처세하는 방법은 스스로 잘 찾아가며 터득해야 할 것이다. 다른 수많은 사람이 끊어 준 처방전은 아무 쓸모 없는 휴짓조각에 불과할 때가 종종 있다.

　남에게 안빈낙도를 권하는 것은 옛날 치국평천하를 하는 큰 맥락의 일환이었고 그렇게 하여 끊어 준 처방전도 아주 많았다. 그러나 모두 십전대보탕과 같은 효과가 있었던 것은 아니다. 그래서 새로운 처방이 계속 내려지고 있다. 최근 두 가지가 나왔다. 그러나 내 생각에 뭐 그리 적절한 것 같아 보이진 않는다.

　하나는 사람들에게 일에 대해 흥미를 가지라고 가르치는 것이다. 흥미가 있으면 무슨 일이든 그것을 즐거워하여 싫증을 내지 않게 된다는 말씀이다. 당연하다. 일리가 있다. 그런데 그렇게 하려면 좀 가

벼운 직업이어야 하리라. 석탄을 캐거나 인분을 퍼내는 그런 일은 고사하고 최소 매일 열 시간 일해야 하는 상하이 공장 노동자들은 저녁이 되면 과로로 기진맥진하게 된다. 사고를 당하는 것도 대개 이 시간이다. "건전한 육체에 건전한 정신이 깃든다"[2]고 했으니 자기 몸도 못 돌보는데 어떻게 일에 흥미를 가질 수 있겠는가? 그가 흥미를 목숨보다 더 중시하지 않는다면 말이다. 만일 그들에게 이에 대해 물어본다면 내 생각에 분명 그들은 이렇게 말할 것이다. 노동시간 단축하라, 흥미를 유발하는 일이란 꿈에도 상상할 수 없다라고.

또 하나 아주 철저하고 도저한 처방전이 있다. 말하자면 '더운 날씨에 부자들은 사람 접대하느라 바빠 등줄기에 땀이 흥건하게 흘러내리지만 가난한 사람은 떨어진 돗자리 하나 들고 나와 길 위에 깔아놓고 옷 벗고 시원한 바람에 목욕을 하니 그 즐거움 무궁하도다'이다. 이를 일러 "천하를 석권하다"[3]라고 떠드는 것이다. 이 역시 아주 시적 정취가 있어 보이는 보기 드문 처방전이다. 그러나 이것 뒤에는 살풍경이 도사리고 있다. 가을바람이 불어오기 시작하면 이른 아침 길거리를 걸어가며 손으로 배를 움켜잡고 노란 물을 토해 내는 것을 보게 될 것이다. 이들이 바로 "천하를 석권한" 살아 있는 전임前任 신선들이시다. 코앞에 복을 두고 한사코 그것을 즐기지 않으려는 아주 멍청한 바보는 세상에 드물 것이다. 만일 정말로 그렇게 즐거운 일이라면 분명 먼저 지금 부자들께서 길 위에 나와 드러누울 것이다. 그러면 어쩌면 지금 가난한 사람들은 돗자리 깔 자리도 없어지게 될 것이다.

상하이 중학교 연합고사의 우수한 성적이 발표되었다. 「옷은 추위를 막기 위해서요 음식은 배를 채우기 위해서에 대해」⁴⁾라는 글이다. 그 속에 이런 단락이 있다.

……덕을 쌓는다면 비록 끼니를 거르고 옷을 남루하게 입었다 해도 그 명성과 덕이 후대에 전해질 것이다. 풍성하게 정신적 생활을 해나 간다면 어찌 물질생활의 부족함을 걱정하겠는가? 인생의 참 의미는 물질에 있는 것이 아니라 정신에 있다.……(『신어림』新語林 제3기에서 절록)

이것은 이 글의 주제에서 한발 더 나갔다. "배를 채우는" 것조차 중요하지 않다고 말하고 있다. 그러나 중학생이 내린 이 처방은 대학 생들에게는 별 쓰임새가 없는 듯하다. 여전히 취업을 요구하는 수많은 무리들이 나타나고 있으니.

현실이란 한 치의 동정심도 없는 냉정한 것이니 이런 헛된 공론은 산산히 부숴 버릴 수 있다. 명백하고 현저하게 드러나 있는 현실이 말하고 있다. 내 어리석은 생각이지만, 사실상 더 이상은 제발 '공자 왈 맹자 왈' 공리공담 놀이를 하지 말아야 한다. 정말 영원히 쓸데없는 것이므로.

8월 13일

주)_____

1) 원제는「安貧樂道法」, 1934년 8월 16일『선바오』의『자유담』에 처음 발표했다.

2) 이 말은 로마의 풍자시인 유베날리스(Decimus Junius Juvenalis, ?~130?)의『풍자시집』(諷刺詩集, *Saturae*)에 처음 등장하는 시구로 서양에서 격언처럼 전해진다.

3) 이 말은 '천하를 돗자리처럼 말다'로 천하의 주인공이 되었다라는 의미다. 한대 가의(賈誼)가 쓴「진나라를 지나며」(過秦論)에 처음 나온다. 진나라 효공(孝公)이 "천하를 석권하고 온 세상을 다 들어 올려 사해를 독점하겠다는 뜻을 품었고 온 우주를 집어삼키려는 마음을 가졌다"고 했다. 1930년대 마오쩌둥도 그의 시「접련화, 팅저우에서 창사로 향하며」(蝶戀花, 從汀洲向長沙)에서 이렇게 노래했다. "백만의 노동자 농민, 일제히 봉기하니, 장시를 석권하고 기세 몰아 후난과 후베이까지 돌진하네."(百萬工農齊踊躍, 席卷江西直搗湘和鄂)

4)「옷은 추위를 막기 위해서요 음식은 배를 채우기 위해서」에 대해」(衣取幣寒食充腹論)는 1934년 상하이 중학교 연합고사의 시험문제였다.『신어림』제3기(1934년 8월 5일)에 야룽(埜容; 즉 랴오모사廖沫沙)이「연합고사를 지지하며」(擁護會考)를 게재했다. 이 글에서 그는『상하이중학교 연합고사 특간』에 근거해 한 학생의 답안지 글을 인용했다.『신어림』은 반월간 문예지로 원래는 쉬마오융(徐懋庸)이 주편을 했으나 제5기부터는 '신어림사'의 편집으로 이름을 바꾸어 간행했다. 1934년 7월 상하이에서 창간되어 같은 해 10월 제6기까지 나오고 정간되었다.

기이하다[1]

바이다오

세상에는 아주 많은 일들이 있어 기록을 보지 않고는 천재라 해도 다 상상해 낼 수 없는 것들이 있다. 아프리카에 한 흑인족이 있다고 한다. 남녀 기피가 아주 심해 사위가 장모를 만날 때도 땅에 엎드려야 한다. 그것만으로 모자라 아예 얼굴을 거의 흙속으로 집어넣어야 할 판이라 한다. 이는 정말 '남녀칠세 부동석'[2]을 지켜 온 우리 예의지국의 고인들이었을지라도 절대 넘볼 수 없는 수준이다.

이렇게 보면 남녀 부동석에 대한 우리 고인들의 구상은 저능아의 것임을 면키 어렵다. 이제 우리가 고인들이 만들어 놓은 그 범주를 뛰어넘지도 못하고 있어 더욱 저능함의 극치를 보여 주고 있는 것 같다. 함께 수영 불가, 함께 동행 불가, 함께 식사 불가, 함께 영화관람 불가,[3] 그저 모두 '부동석'의 연장일 뿐이다. 그 저능함의 바닥은 공중을 자유롭게 흐르고 있는 공기를 남녀가 함께 호흡하고 있다는 사실을 아직 생각해 내지 못함에 있다. 이 남자의 콧구멍에서 숨을 내쉬면 저

여자의 콧구멍 속으로 들어가니, 건곤乾坤[하늘과 땅]을 문란시키고 있다. 이는 그저 피부에만 닿는 바닷물 못지않게 정말 심각한 문제다. 이 심각한 문제에 대해 아직도 처방을 내놓지 못하고 있으니 남녀의 경계는 영원히 분명하게 갈라놓지 못할 수 있으리라.

내 생각에, 이것엔 '서양 방법'을 쓰는 수밖에 없다. 서양 방법은 비록 국수國粹[불순물 없는 순수한 중국 것]는 아닐지언정 그래도 가끔은 국수를 도와줄 수 있다. 예를 들면 무선 라디오는 모던한 것이지만 아침에 나오는 스님의 독경은 의외로 나쁘지 않다. 자동차도 물론 서양 물건이나 그것을 타고 마작을 하러 가면 초록비단 가마를 타고 가는 것보단 반나절도 안 돼 도착하기 때문에 여러 차례 패를 더 돌릴 수 있다. 이런 것에서 유추해 보건대, 남녀가 같은 공기를 호흡하는 걸 방지하기 위해서는 방독면을 쓰면 된다. 각기 등에 통을 하나씩 업고 산소를 각자의 관을 통해 자신의 콧구멍으로 들이마시면 된다. 안면 노출을 면하게 됨은 물론 방공연습도 겸하게 되니 이는 그야말로 "중학을 근본으로 삼고 서학을 응용"으로 하는 일이기도 하다.[4] 그러면 케말 파샤 장군이 통치하기 전에 터키 여인들이 착용했던 차도르는 이제 방독면에 비교할 수 없게 된다.[5]

만일 지금 풍자소설 『걸리버 여행기』를 쓴 영국의 스위프트 같은 사람이 있다면[6] 20세기에 어느 한 문명국에 도착해 보니 용왕에게 향 피우고 절하며 기우제를 올리고, 스님을 모셔다 법회를 열어 기우제를 올리는 사람들이 있으며,[7] 뚱보 여인을 감상하거나 거북이의 살생을 금지하는 그런 나라도 있더라고 말할 것이다.[8] 또 그 나라의 많은 사람들은 진지하게 고대의 무법舞法 연구를 하면서 남녀가 유별하니 여인의 다리 노출은 절대 해선 안 된다고 주장하고 있더라고도 말할 것이다.[9] 그러니 먼 나라 사람이거나 아니면 후세의 사람들은 어쩌면 나의 이 글이, 경박하고 얄팍한 입과 혀를 놀리는 어떤 작가가 그가 싫어하는 사람을 힘들게 하기 위해 마음대로 날조하여 쓴 것이라 여길지도 모르겠다.

그러나 이것은 분명 현실 속에 엄연히 있는 사실이다. 만일 이러한 사실이 없다면 어떤 기막힌 천재 작가일지라도 거의 상상해 낼 수 없을 것이다. 환상만으로는 어떤 기이한 일을 만들어 낼 수가 없는 것이기 때문이다. 그러므로 사람들이 이런 일들을 보면 곧바로 "기이하다"고 한마디 하게 된다.

8월 14일

주)_____

1) 원제는 「奇怪」. 1934년 8월 17일 『중화일보』의 『동향』에 처음 발표했다.

2) '남녀칠세 부동석'은 『예기』, 「내칙」(內則)에 나온다. "일곱 살이면 남녀는 함께 앉지도 함께 식사하지도 않았다."

3) 1934년 7월 국민당의 광둥 함대 사령관인 장즈잉(張之英) 등은 광둥성 성정부에 남녀가 동일한 장소에서 수영하는 것을 금지하라고 건의했고, 광저우시 공안국은 이의 시행령을 내린 바 있다. 또 자칭 '의민'(蟻民; 개미 같은 백성이란 뜻)이라고 하는 황웨이신(黃維新)은 남녀구분법 5개 항목을 입안하여 국민당 광둥성 정치연구회에 이를

채택해줄 것을 요청했다. 그 내용은 (1)남녀 합승 금지, (2)술집과 찻집에서 남녀가 함께 먹는 것 금지, (3)남녀 여관 동숙 금지, (4)군민(軍民)이 남녀 동행하는 것 금지, (5)남녀 동시 영화출연 금지 및 남녀 오락장소 구별 등이다.

4) 원문은 '中學爲體, 西學爲用'이다. 청말 양무파(洋務派)의 한 사람인 장지동(張之洞)이 그의 『권학편』(勸學篇)에서 한 주장이다.

5) 케말 아타튀르크(Kemal Atatürk, 1881~1938)는 본명이 무스타파 케말(Mustafa Kemal)이며 케말 파샤라고도 한다. 아타튀르크란 '터키의 아버지'를 뜻한다. 터키의 개혁가이자 초대 대통령이고 세브르조약에 대항해 민족독립전쟁을 일으켜 그리스군을 격퇴했다. 정치개혁으로 술탄제도를 폐지하고 연합국과 로잔조약을 체결했다. 공화제를 선포하고 대통령이 되었으며 정당정치를 확립하였다. 그는 집권기간 동안 회교세력을 폐지하고 문자개혁을 단행했으며 여성의 얼굴가리개인 차도르 착용 폐지와 일부다처제 폐지를 실시했다.

6) 『걸리버 여행기』(The Guliver's Travels)는 영국 작가 조너선 스위프트(Jonathan Swift, 1667~1745)가 1726년에 발표한 풍자소설이다. 거인국과 소인국을 묘사하여 당시 정치세력인 토리당이 휘그당이 민중들에게는 무관심한 채 권력투쟁을 벌인 일과 허황하고 내실 없었던 당시 과학계를 풍자했다. 이 밖에도 정치·종교계를 풍자한 『통 이야기』(A Tale of a Tub), 『책 전쟁』(The Battle of the Books), 일기체 서간집인 『스텔라에게 보내는 일기』(The Journal to Stella) 등이 있다.

7) 당시 공공연하게 기우제를 지내던 미신 풍속을 말한다. 1934년 중국 남방에 심한 가뭄이 들자 쑤저우 등 각지에서 기우제를 지냈다는 신문보도가 있었다. 또 국민당 정부는 그 해 7월에 티베트의 제9세 판첸 라마 등 활불(活佛)들을 모셔다가 난징(南京)과 탕산(湯山) 등지에서 법회를 열고 기우제를 올렸다.

8) 뚱보 여인 감상은 다음 사실을 두고 한 말이다. 1934년 8월 1일 상하이 셴스공사(先施公司)가 여러 공장 상인들과 연합하여 체중이 700여 파운드(약 320kg) 나가는 미국 여성을 초청해 이 회사 2층에서 공연을 한 바 있다.

거북이 살생 금지는 당시 상하이 쉬자후이(徐家匯)의 강가 일대에서 사람들이 거북이를 잡아 생계를 도모하자 상하이 '중국동물보호회'가 일어나 "거북이를 잘라 죽이는 것은…… 그 참혹함이 참으로 심하다"고 하며 1934년 2월 국민당 상하이시 공안국에 이를 금하는 금지령을 내려 달라고 청한 사건을 말한다.

9) 고대의 무법 연구는, 1934년 8월 상하이에서 공자제전(孔子祭典)을 올리기 전에 옛날

의 팔일무(八佾舞)를 고증하고 연습한 것을 말한다. 남녀가 유별하니 여인의 다리 노출은 금한다고 한 것은, 1934년 6월 7일 장제스(蔣介石)가 국민당 장시성(江西省) 정부에 하달한 「여성의 기이한 복식 금지 조례」에서의 한 항목을 말한다. "바지 길이는 최소 무릎에서 4치(1치는 약 3.3cm)는 내려와야 하고 다리와 맨발은 노출하지 말아야 한다."

기이하다(2)¹⁾

바이다오

유모췬 선생이 교사 자격으로 대중어 토론에 참가했다. 거기서 그가 낸 의견이 아주 주목할 만했다.²⁾ 그는 "중학생에게 대중어를 연습시켜야" 한다고 주장하면서도, "중학생들이 가장 잘 사용하고 있고 또 가장 잘못 운용하고 있는 것이 대부분 유행어"라고 했다. 그래서 "가장 좋은 방법은 그들에게 유행어 사용을 못하게 해", 그들이 장래 그것들을 잘 식별할 수 있을 때까지 기다려야 한다는 것이다. 그것은 "새로운 것을 먹었다가 소화시키지 못하느니 차라리 우선 금지하는 것이 낫다"는 주장이다. 여기에 그가 걱정하는 '유행어'를 적어 보겠다.

공명共鳴, 대상對象, 기압, 온도, 결정結晶, 철저, 추세, 이지理智, 현실, 잠재의식, 상대성, 절대성, 종단면, 횡단면, 사망률……(『신어림』3기)

그러나 나는 좀 아주 기이하다는 생각이 들었다.

이러한 어휘들은 이젠 거의 '유행어'라고 할 수 없게 되었다. 예를 들어 '대상', '현실' 같은 말은 신문 읽는 사람이라면 늘 마주치는 단어들이다. 마치 아이들 동화처럼 문법교과서 같은 것에 의지하지 않고서도 읽으면 그대로 짐작이 되어 그 의미를 알 수 있는 것들이다. 하물며 학교 교사들의 가르침도 있을 것임에랴. '온도', '결정', '종단면', '횡단면' 등은 과학적인 용어이기도 하다. 중학교의 물리학, 광물학, 식물학 교과서 속에도 나오고 일상적인 국어 사용에서도 그 의미가 같은 말들이다. 지금 "가장 잘못 운용"하고 있는 것은 학생 자신들이 생각을 깊이 하지 않아서이기도 하겠지만 교사들이 그들에게 제대로 가르쳐 주지 않아서이기도 하다. 다른 학문 분야에서도 이와 마찬가지로 모호하게들 지내고 있지 않던가?

그러하니 중도에 대중어 학습을 가르치는 것은 속성으로 대중이 된 중학 출신을 만드는 것에 불과하니 정말 대중들에겐 무슨 소용이 있겠는가? 대중이 중학생을 필요로 하는 것은 그들이 받은 교육의 정도가 그래도 조금 높아 대중들에게 지식을 열어 줄 수 있고 어휘력을 증가시켜 줄 수 있으며 설명할 수 있는 것을 설명해 주고 새로 첨가할 것을 새로 첨가해 줄 수 있기 때문이다. 그가 '대상' 등의 유행어를 설명할 때는 먼저 분명하게 이해를 시킬 필요가 있으며 필요한 경우에는 대체할 수 있는 방언을 가져와 번역도 해보고 바꾸어도 보고, 만일 없으면 새 명사를 가르치기도 해야 한다. 나아가 그 뜻을 반드시 설명해야만 한다. 만약 대중어가 중간에 다른 길로 새 버리고 새로운 명사도 불분명하게 방치된다면 그때는 정말 이 사회가 '철저'하게 '낙오'

될 것이다.

내 생각에, 대중을 위해 대중어를 연습시키기 위해선 오히려 '유행어'를 금지해선 안 된다. 가장 중요한 것은 중학생이 장차 대중들에게 가르치게 될 것과 마찬가지로 지금 교사가 중학생에게 그 의미들을 가르쳐야 한다. 예를 들면 '종단면'과 '횡단면'은 '위에서 아래로 자른 면'과 '옆으로 자른 면'이라고 풀어 주면 쉽게 이해가 된다. 만일 '옆으로 톱질을 한 면'과 '위에서 아래로 톱질한 면'이라고 말해 준다면 글자를 모르는 목공 기술자일지라도 이해할 수 있을 것이다. 금지하는 것은 좋지 않다. 금지를 주장하는 이들 중에는 영원히 흐리멍덩하게 남을 친구들이 있다. "중학생이 대학에 들어간다고 모두 대문호나 대학자가 될 수 있는 꿈을 실현할 수 있는 것은 아니기 때문이다."

8월 14일

주)_____

1) 원제는 「奇怪(二)」, 1934년 8월 18일 『중화일보』의 『동향』에 처음 발표했다.

2) 유모쥔(尤墨君, 1888~1971)은 장쑤성 우현(吳縣) 사람으로 당시 항저우사범학교 교사였다. 여기서 인용한 말은 그가 1934년 8월 5일 『신어림』 제3기에 발표한 「중학생에게 어떻게 대중어 훈련을 시킬 것인가」(怎樣使中學生練習大衆語)에 나온다.

영신(迎神)과 사람 물어뜯기[1]

웨차오越僑

이런 신문기사가 났다. 위야오의 한 마을에 농민들이 가뭄 때문에 영신迎神 기우제를 올리고 있었다. 한 구경꾼이 모자를 쓰고 있다가 칼과 곤봉으로 몰매를 맞았다는 것이다.[2]

이것은 미신이지만 그 출처가 있다. 한대의 유학자 동중서[3] 선생에게는 비를 내리게 하는 방법이 있었다고 한다. 그것은 과부를 동원하고 성문을 폐쇄하는 등 해괴하기 그지없었다. 그 기괴함이 도사들과 다르지 않았다. 오늘날의 유학자는 아직까지 이를 바로잡지 않고 있다. 지금도 대도시에서는 천사들이 법회를 열고 있고[4] 장관들은 살육을 금하고 있다.[5] 그런 야단법석이 하늘까지 가득하게 끓어오른다. 어찌 구설을 초래하지 아니하겠는가? 모자 쓴 사람을 때린 것은 신께서 아직도 유유자적하는 사람이 있는 걸 보시고 괘씸하여 자비심을 내리지 않으실까 걱정해서이기도 하겠으나 한편으론 그런 자가 자기들과 함께 재난 걱정을 하지 않는 것이 미워서이기도 하다.

영신제의 농민들 속셈은 죽음에서 구원받는 것이다. 그러나 애석하게도 이는 미신이다. 그러나 이것 말고는 그들은 다른 방도를 알지 못한다.

신문보도는 육십이 넘은 노 당원이 영신을 제지하러 나왔다가 또 사람들에게 몰매를 맞고 끝내는 목을 물어뜯겨 죽었다고 한다.[6]

이는 허망하고 거짓된 미신이다. 그러나 여기에도 그 출처가 있다. 『충신 악비의 설화 전기』에는 장준이 충신을 모함하다가 사람들에게 물려 죽었다는 이야기가 나온다.[7] 인심은 그것으로 인해 크게 기뻐했다고 한다. 그러므로 시골에는 예전부터 하나의 전설이 내려오고 있다. 사람을 물어뜯어 죽이는 것은 황제도 사면했다는 것이다. 왜냐하면 원한이 지극하여 물어뜯는 지경에 이른 것은 뜯김을 당한 자의 악함이 가히 상상이 될 정도라는 것이기 때문이다. 나는 법률을 잘 모른다. 그러나 민국 이전의 법문 중에 그런 규정이 꼭 있었던 것이 아닐지도 모른다.

사람을 물어뜯는 농민들의 속셈은 죽음에서 도피하는 것이다. 애석하게도 이것은 허망하고 거짓된 미신이다. 그러나 이것 말고는 그들은 다른 방도를 알지 못한다.

슬프도다! 죽음에서 구원 받으려다, 죽음에서 도피하려다, 스스로 죽음을 재촉하러 감이여.

제국에서 민국이 된 이래 상류층의 변화는 적지 않았으나 교육을 받지 못한 농민들은 새롭고 유익한 어떤 것도 얻지 못했다. 여전히 옛날 미신, 옛날의 왜곡된 전설로 인해, 필사적인 죽음으로부터의 도

피행각 속에서 반대로 그 죽음을 재촉하고 있는 것이다.

이번에 농부들은 '천벌'을 받을 것이다. 그들은 두려워할 것이다. 그러나 그들은 '천벌'을 받은 이유를 모르기 때문에 불평도 하리라. 이 두려움과 불평이 잊혀질 때 즈음엔 왜곡된 전설과 미신만이 남아, 다음번 수해나 가뭄이 돌아오면 여전히 영신을 하고 사람을 물어뜯을 것이다.

이 비극은 언제 끝이 날 것인가?

8월 19일

[부기]

위에 강조점을 한 문장은 인쇄될 때 전부 삭제된 부분이다. 총편집장이 그랬는지 아니면 검열관이 삭제했는지 모른다. 그러나 자신의 원고를 기억하고 있는 작가에겐 매우 흥미로운 일이다. 그들의 생각으로는 아마 시골 사람들에게, 허황된 미신을 믿게 할지언정 삭제한 부분을 모르게 하는 것이 낫다고 생각하는 듯하다. 그렇지 않다면 그런 폐단이 퍼져 나가 많은 이들의 목이 위험하게 될지도 모른다고 걱정한 것이리라.

8월 22일

주)_____

1) 원제는「迎神和咬人」, 1934년 8월 22일『선바오』의『자유담』에 처음 발표했다.

2) 1934년 8월 19일『다완바오』「사회-주간(週刊)」에 난 기사다. "저장성의 위야오(余姚)에 있는 각 마을들은 최근 가뭄이 닥치자 더우먼전(陡亹鎭) 농민 오백여 명과 우커샹(吳客鄉) 농민 천여 명이 합동으로 영신 기우제를 열었다."

3) 동중서(董仲舒, B.C. 179~104)는 광촨(廣川 ; 지금의 허베이성 짜오창棗强) 사람이다. 서한의 경학가(經學家)이자 정치가이다. 한대의 통치이념으로 유학을 재해석하여 제도화하고 법제화하는 데 기여했다. 그의『춘추번로』(春秋繁露) 제74편에 이런 기록이 있다. "관리, 백성, 남녀로 하여금 모두 짝을 짓도록 한다. 무릇 비를 구하는 것의 요체는 남편을 은닉하여 숨기고 여자를 짝짓기로 즐겁게 함에 있다." 또『한서』「동중서전」에는 "동중서가 나라를 다스림에『춘추』에 나오는 재난과 이변의 변화를 가지고 음양이 잘못 행해지는 일들을 추론했다. 그러므로 비를 구함에 있어서 모든 양(陽)을 폐쇄하고 모든 음(陰)을 놓아 주었다. 비를 그치게 하려 할 때는 그 반대로 했다." 당대 안사고(顔師古)는 이를 주석하길 "남문을 닫고 불 피우기를 금하며, 북문을 열고 사람에게 물 뿌리는 종류와 같은 일을 말함이다"라고 했다. 전통 음양설에 의하면 음인 여자는 물을 상징했고, 양인 남자는 태양과 가뭄을 상징했다. 여자 중에서도 과부는 가장 양이 적은 존재로 인식되었다.

4) '천사의 방법'이란 다음 사실을 말한다. 1934년 7월 20일에서 22일까지 상하이 몇몇 자선가와 승려들이 '전국 각 성시(省市) 가뭄지구 재해대책 기우대회'를 열어 "제63대 천사(天師)인 장루이링(張瑞齡)"으로 하여금 법회를 열어 기우제를 지내게 했다. 여기서 천사란 도교 신도들이 도교의 창시자인 동한(東漢)의 장도릉(張道陵)을 추앙하여 부른 존칭이다. 그 법을 전수받은 후예들도 나중에 천사라고 불렀다.

5) 옛날 중국에서 재난이 있으면 가축의 희생을 금지하여 강우(降雨)를 비는 미신이 있었다. 1934년 상하이에서도 일부 단체들이 연합하여 시정부와 장시성·저장성 두 성정부에 건의하여 '일주일간 도살 금지'령을 내려 줄 것을 청원했다.

6) 1934년 8월 16일『선바오』에 난 기사다. "위야오의 더우먼전 소학교 교장 겸 당 상임위원인 쉬이칭(徐一淸)은 농민들이 비를 기원하는 영신제를 방해하려다 군중들의 분노를 촉발시켰다. 12일 저녁 5시 천여 명의 농민들이 그를 구타한 후 강 속에 던졌다. 죽은 후에 다시 강가로 인양하여 그의 숨통을 물어뜯어 절단했다." 같은 해 8월 19일『다완바오』「사회-주간」에도 이런 기사가 실렸다. "전하는 바에 의하면 쉬씨는 올해

예순세 살이고 민국원년에 국민당에 가입했다고 한다." "쉬씨는 재물을 아주 좋아하여 늘 구실을 만들어 시골 사람을 속여 갈취했다. 배가 더우먼을 통과하기만 해도 쉬씨는 반드시 현찰을 갈취했다. …… 쉬씨의 행실은 농민들의 불만을 극도에 달하게 했고 이것이 이 참사의 간접 원인이 되었다."

7) 『충신 악비의 설화 전기』의 원제는 '精忠說岳全傳'이다. 청대의 전채(錢彩)가 지은 장편소설로 금풍(金豐)이 편집하고 장정했다. 장준은 악비(岳飛)를 모함한 진회(秦檜)에게 가담하였다가 군중들에게 뜯겨 죽임을 당했다. 이 소설 75회에 나온다.

독서 잡기(3)[1]

옌위

창작을 하는 사람들 대부분은 비평가들이 함부로 떠드는 것을 싫어한다.

한 시인이 이런 말을 한 것으로 기억한다. 시인이 시를 쓰는 것은 마치 식물이 꽃을 피우는 것과 마찬가지다. 꽃을 피우지 않고는 안 되기 때문이다. 만일 당신이 꽃을 따 먹다 중독이 되었다 해도 그것은 당신 잘못이다.

이 비유는 아름답고도 일리가 있는 듯하다. 그러나 다시 생각해 보면 잘못된 비유다. 그 잘못이란 시인은 풀이 아니며 사회 속에 살아가는 한 개인이란 점이다. 게다가 시집은 돈을 주고 파는 것이지 공짜로 꽃을 따듯 딸 수 있는 것이 아님에랴. 돈으로 사는 것인 이상 그것은 상품이다. 구매하는 주체는 좋으니 나쁘니를 말할 권리가 있다.

정말 꽃이라고 해도 그것이 사람의 발자취가 닿지 않는 심산유곡에 피어 있는 것이 아니라면 그리고 만일 독이 있는 것이라면 정원

사 같은 사람이 뭔가 조치를 생각해 둬야 하는 문제다. 꽃은 사실이다. 결코 시인의 공상 같은 것이 아니다.

그런데 이제는 화법도 바뀌었다. 작가가 아닌 사람조차 비평가를 싫어하게 되었다. 그들 중에는 이렇게 말하는 사람도 있다. 당신이 그렇게 비판할 수 있으면, 그럼 당신이 한 편 좀 써 보시오!

이런 말은 정말 비평가를 낭패하게 만들어 쥐구멍이라도 찾아 도망치게 한다. 비평가이면서 창작을 겸한 사람은 예전부터 아주 드물기 때문이다.

내 생각에, 작가와 비평가의 관계는 요리사와 손님의 관계와 아주 흡사한 데가 있다. 요리사가 음식을 만들어 내놓으면 손님은 맛이 있는지 없는지 말하게 된다. 만일 요리사가 손님의 평가가 부당하다 생각되면 손님이 정신병자인지 아닌지, 손님 혀에 설태가 두텁게 끼어 맛을 제대로 볼 수 없는 것은 아닌지, 해묵은 원한 같은 것을 갖고 있는 것은 아닌지, 트집을 잡아 돈을 떼먹으려 하는 것은 아닌지를 살펴야 한다. 아니면 그가 뱀고기를 먹고 싶어 하는 광둥 사람인지 아닌지, 매운 걸 먹고 싶어 하는 쓰촨 사람인지 아닌지를 봐야 한다. 그래서 해명이나 항의를 할 수 있다. 물론 아무 소리를 안 해도 된다. 그런데 만일 당신이 손님에게 큰소리로 "그럼 당신이 한 그릇 만들어 맛 좀 보여 봐 주시오" 하고 말한다면 그거야말로 웃음거리를 면치 못하게 될 것이다.

정말 사오 년 전에는 펜을 든 사람이 비평을 하면 곧바로 문단 높은 자리에 똬리를 틀고 앉아 어떻게 지내볼 수 있다고 여겼던 적이 있었다. 그래서 속성으로 비평을 하거나 함부로 평론을 하는 사람도 적지 않았다. 이런 풍조를 바로잡으려면 반드시 비평을 통해 비평을 해야 하는 것이다. 단지 비평가라는 이름을 가졌다 하여 이전투구식으로 싸움을 하는 것은 결코 좋은 방법이 아니다. 그런데 우리 독서계에는 평화를 사랑하는 사람들이 많아서, 필전을 하기만 하면 무슨 '문단의 비극'[2]이니 '문인상경'[3]이니 하고, 심지어는 시비곡직을 불문하고 싸잡아 '서로 욕을 하고 있다'고 말하거나 '음흉한 나쁜 짓거리'라고 지적하곤 한다. 그 결과 지금은 누가 비평가다, 라고 하는 말을 들을 수가 없게 되었다. 그런데 문단은 여전히 옛날 그대로다. 다만 그것이 겉으로 드러나지 않고 있을 뿐이다.

문예에는 반드시 비평이 있어야 한다. 만일 비평이 틀렸다면 비평으로 싸워야 한다. 그렇게 해야만 비로소 문예와 비평이 함께 발전할 수 있다. 하나같이 모두 입을 다물고 있다면 문단은 정화가 된 듯 조용하겠지만 그것이 가져오는 결과는 그 반대가 될 것이다.

8월 22일

주)_____

1) 원제는 「看書瑣記(三)」, 1934년 8월 23일 『선바오』의 『자유담』에 처음 발표했다. 원래 제목은 「批評家與創作家」였다.

2) 1933년 8월 9일 『다완바오』의 『횃불』에 실린 샤오중(小仲)의 글 「중국 문단의 비극」

(中國文壇的悲劇)에서 그는 문단의 사상투쟁이 "내전"이 되어 가고 있고 "타인을 욕하고" 있다고 했다. 그래서 그는 중국 문단이 "중세기의 암흑시대로 빠져들고 있다"고 했다.

3) 문인상경(文人相輕)은 문인들이 서로를 경시한다는 뜻이다. 삼국시대 위나라 조비(曹丕)가 쓴 『전론』(典論) 「논문」(論文)에 나온다. "문인이 서로 업신여기는 것은 예부터 그래 왔다."

'대설이 분분하게 날리다'[1]

장페이張沛

사람들은 자신의 주장을 견지해야 할 때가 되면 때로 적수의 얼굴을 분홍 붓으로 색칠해 그를 광대 모양으로 만들어 놓고 자신이 주인공임을 부각시키고 싶어 한다. 그러나 그 결과는 늘 그 반대가 되기 십상이다.

　　장스자오[2] 선생은 지금 민권 옹호를 하고 있다. 일찍이 그는 돤치루이 정부 시절에 문언을 옹호한 바 있었다. 그는 "두 복숭아, 세 선비를 죽이다"라고 말할 것을 백화로 "두 개의 복숭아가 세 명의 지식인을 죽였다"고 한다면 얼마나 불편한가를 실례로 거론한 적이 있다. 이번에는 리엔성 선생도 대중어문을 반대하며 "징전군이 예로 든 '대설이 분분하게 날리다'는 '큰 눈이 한 송이 한 송이 어지럽게 내리고 있다'에 비해 한결 간결하고 운치가 있다. 어느 쪽을 채택할까 생각해 보면 백화는 문언문과 더불어 함께 논할 수가 없다"고 한 말에 찬성했다.[3]

나 역시 부득이한 경우에는 대중어에 문언과 백화문 심지어 외국어도 사용할 수 있다고 인정했다. 게다가 지금 현실에선 이미 사용하고 있는 중이기도 하다. 그런데, 두 선생이 번역한 예문은 크게 틀렸다. 그 당시 '선비'士는 결코 지금의 '지식인'讀書人을 말하는 것이 아님을 어떤 분이 일찍이 지적한 바 있다. 또한 이 "대설이 분분하게 날리다" 속에는 "한 송이 한 송이"의 의미가 없으며, 그것은 모두 일부러 심하게 과장을 해 대중어의 체면을 손상시키고자 꽃을 장식한 창을 던지는 것에 불과할 뿐이라고.

백화는 문언의 직역이 아니며 대중어 역시 문언이나 백화의 직역이 아니다. 장쑤성과 저장성에서는 "대설이 분분하게 날리다"의 의미를 말하고자 할 때는 "큰 눈이 한 송이 한 송이 어지러이 내리고 있다"를 사용하지 않고 대개는 '사납게'凶, '매섭게'猛 혹은 '지독하게'厲害를 써서 눈 내리는 모습을 형용한다. 만일 "고문에서 그 증거를 찾아 대조"해야 한다면 『수호전』 속에 나오는 "눈이 정말 빼곡하게 내리고 있다"가 있다. 이는 "대설이 분분하게 날리다"보다 현대 대중어의 어법에 아주 근사하다. 그러나 그 '운치'는 좀 떨어진다.

사람이 학교에서 나와 사회의 상층으로 뛰어들면 생각과 말이 대중들과는 한 걸음 한 걸음 멀어진다. 이것은 물론 '어쩔 수 없는 형세'다. 그러나 그가 만일 어려서부터 귀족집 자제가 아니라 '하층민'과 얼마간의 관계를 가졌다면, 그리하여 기억을 좀 되돌려 생각해 본다면, 분명 문언문이나 백화문과 수없이 겨루어 왔던 아주 아름다운 일상어들이 떠오를 것이다. 만일 자기 스스로 추악한 것을 만들어

내 자기 적수의 불가함을 증명해 보이고자 한다면 그것은 단지 그가 자기 속에 숨겨 두었던 것에서 파낸 그 자신의 추악함을 증명할 뿐이다. 그것으로는 대중을 부끄럽게 만들 수 없다. 단지 대중을 웃게 만들 수 있을 뿐이다. 대중이 비록 지식인처럼 그렇게 많은 지식을 가지고 있진 않으나 함부로 말하는 사람들에 대해서는 나름대로 에둘러 표현하는 법[4]을 갖고 있다. "꽃을 수놓은 베개."繡花枕頭 이 뜻은 아마 시골 사람들만 알 수 있을 것이다. 가난한 사람들이 베개 속에 집어넣는 것은 오리털이 아니라 볏짚이기 때문에.

8월 22일

주)_____

1) 원제는 「"大雪紛飛"」, 1934년 8월 24일 『중화일보』의 『동향』에 처음 발표했다.

2) 장스자오(章士釗, 1881~1973)는 자가 싱옌(行嚴)이고 필명이 구퉁(孤桐)이다. 후난성 산화(善化; 지금의 창사 長沙에 속함) 사람이다. 젊어서 반청(反淸)운동에 참가했다. 1924년에서 1926년까지 베이양군벌 돤치루이(段祺瑞) 임시정부의 사법총장 겸 교육총장을 역임했다. 존공독경(尊孔讀經; 공자 추앙과 경전 읽기)을 주장하고 신문화운동을 반대했다. 1931년부터 상하이에서 변호사 일을 하며 천두슈와 펑수즈(彭述之) 등의 사건 변호를 맡았다. 1934년 5월 4일 『선바오』에 실린 글 「국민당과 국가」(國民黨與國家)에서 그는 '민권' 옹호문제를 거론했다. "두 복숭아, 세 선비를 죽이다"(二桃殺三士)는 그의 「신문화운동 평가」(評新文化運動; 원래는 1923년 8월 21, 22일 상하이 『신원바오』新聞報에 게재)에 나오는 글이다. 그는 위 글을 1925년 9월 12일 베이징 『자인』(甲寅) 주간 제1권 제9기에 다시 실으면서 이렇게 말하고 있다. "두 복숭아, 세 선비를 죽이다. 시에 곡조를 입혔다. 리듬이 너무나 아름답다. 이를 오늘의 백화로 바꿔

말한다면 타당하지 않다. 두 개의 복숭아가 세 명의 지식인을 죽였다(兩個桃子殺了三個讀書人)고 하게 될 터인데 이 역시 가하지 않다." '두 복숭아, 세 선비를 죽이다'의 전고는 『안자춘추』(晏子春秋)에 나온다. 여기서 '선비'(士)는 무사(武士)라고 해야 맞다. 그런데 장스자오가 지식인이라고 오역했다. 루쉰은 「두 개의 복숭아가 세 명 지식인을 죽였다」(兩個桃子殺了三個讀書人; 1923년 9월 14일 베이징 『천바오』晨報 부간)와 「다시 한번 더」(再來一次; 1926년 6월 10일 베이징 『망위안』莽原 반월간 제11기)의 두 글을 발표해 장스자오의 착오를 지적했다.

3) 리옌성(李焰生, ?~1973)은 필명이 마얼덩(馬兒等)이고 『새로운 진지』(新壘) 월간의 주편이었다. 그는 '국민어'를 가지고 대중어를 반대했다. 여기 인용된 말은 그가 1934년 8월 『사회월간』 제1권 제3기에 발표한 「대중어 문학에서 국민어 문학까지」(由大衆語文文學到國民語文文學)에 나온다. 그가 말한 징전(精珍)의 문장은 『새로운 진지』 제4권 제1기(1934년 7월)에 실린 「문언과 백화 그것의 번잡함과 간략함」(文言白話及其繁簡)에 나온다. "문언문은 항상 몇 개의 글자만으로 많은 의미를 담는다. …… 예를 들어 문언문인 '대설이 분분하게 날리다'(大雪紛飛)는 간소하게 되어 관용구가 되었다. 이 네 글자를 보면 곧바로 엄동설한 중의 서늘한 느낌이 일어나게 된다. 그런데 이를 백화로 '큰 눈이 어지럽게 내리고 있다'(大雪紛紛的下着)로 바꾸면 엄동설한의 서늘한 그 느낌은 형체도 없이 사라져 아주 밋밋하게 된다."

4) 원문은 '謔法'이다. 익법 혹은 시법으로 읽는다. 넌지시 말하는 방법, 에둘러 표현하는 방법이란 뜻이다.

한자와 라틴화[1]

중두仲度

대중어를 반대하는 사람들은 대중어를 주장하는 사람에게 자신만만
하게 명령한다. "물건을 가져와 보여 보시오!"라고.[2] 한편에서는 정말
로, 요구하는 자가 진심인지 아니면 재미로 그러는지를 생각해 보지
도 않고 곧바로 죽을힘을 다해 표본을 만들어 내는 순진한 사람들도
있다.

　지식인이 대중어를 주장하는 것은 백화를 주장하는 것보다 당연
더 힘들다. 왜냐하면 백화를 주장할 때는 좋든 나쁘든 사용하는 언어
가 백화이기 마련이지만 현재 대중어를 주장하는 사람의 글은 대부
분 대중어가 아니기 때문이다. 그러나 대중어 반대론자가 명령을 내
릴 권리는 없다. 장애인일지라도 건강운동을 주장할 수 있고 그것이
잘못은 아니기 때문이다. 만일 전족을 주장하는 사람이 천족[3]을 가진
건장한 여성일지라도 그녀는 역시 의식적으로든 무의식적으로든 다
른 사람에게 해악을 주고 있는 것이다. 미국의 한 과일대왕은 오로지

수박 개량을 위해 십 년의 노력을 들였다고 한다. 하물며 문제가 많고 많은 대중어임에랴. 만일 모든 것을 뚫을 수 있는 자신의 창으로 모든 창을 막을 수 있는 자신의 방패를 공격하고 있는 것이라면, 그렇다면 반대론자도 문언과 백화를 찬성해야 할 것이다. 문언은 수천 년의 역사를 가지고 있고 백화는 근 이십 년의 역사를 갖고 있다. 그러니 문언도 자신의 '물건'을 가져와 여러 사람들에게 좀 보여 줘야 하리라.

그런데 우리들도 스스로 시험해 보아도 무방하리라. 『동향』에는 이미 순 방언으로만 쓴 글이 세 편 실린 적이 있다. 후성[4] 선생이 그것을 읽은 후, 역시 방언으로 쓰지 않은 문장이어야만 뜻이 분명해진다고 했다. 사실 노력을 좀 하기만 하면 무슨 방언으로 쓰였는지 불문하고 모두 이해할 수 없는 게 아니다. 내 개인의 경험에 의하면 우리가 있는 그곳(루쉰의 고향인 사오싱紹興)의 방언은 쑤저우蘇州와 아주 다르다. 그런데 『해상화열전』[5]은 나로 하여금 "발을 집 밖으로 내딛지 않고서도" 쑤저우의 백화를 이해하게 하였다. 우선 이해가 되지 않으면 억지로 읽어 내려가면서 관련 기사를 참조해 보고 대화와 비교했다. 그러다 보니 나중에는 모두 이해가 되었다. 물론 힘들었다. 그 힘든 것의 뿌리는 내 생각에 한자에 있었다. 매 한 글자의 네모난 한자는 모두 자신의 의미를 가지고 있다. 지금 한자를 가지고 늘 해오던 방식대로 방언을 기록하면 어떤 것들은 본래의 의미를 따라 사용될 수 있지만 어떤 것들은 음을 빌려 온 것에 불과하기 때문에, 우리가 읽어 내려갈 때 어떤 것이 뜻을 빌린 것이고 어떤 것이 음을 빌린 것인지를 분간해야 한다. 그것이 습관이 되면 힘들지 않지만 처음에는 아주 고생을 한다.

이를테면 후성 선생이 예를 들어 말한, "우리로 돌아가자"는 무슨 개나 돼지 '우리'로 돌아가자는 것처럼 읽히기도 하니 오히려 "집으로 돌아가자"라고 분명하게 말하느니만 못하다.[6] 이 문장의 병폐는 한자의 '우리'窩 자에서 시작한다. 사실 이렇게 쓰지 말았어야 하는 게 아닌가 생각한다. 우리 고향의 시골 사람들은 '집에서'家里를 Uwao - li라 부른다. 지식인들이 이를 베끼면 '우리에서'窩里(발음 Woli)가 되기 십상이다. 그러나 내 생각에 이 Uwao는 '방안에서'屋下(발음 Wuxia)라는 두 음절을 합친 것에 약간의 와전이 일어난 것이다. 결코 마음대로 '우리'窩 자로 바꾸어선 안 된다. 만일 다른 의미를 갖고 있지 않은 음만을 선별해 기록한다면 어떤 오해도 일어나지 않게 될 것이다.

대중어의 음音 수는 문언과 백화보다 많다. 그래도 만일 네모난 한자어를 사용한다면 두뇌의 낭비는 물론 많은 시간을 소모하게 될 것이다. 종이와 먹도 경제적이지 못하다. 이 네모난 한자가 가져온 폐단의 유산은, 우리의 대다수 사람들이 수천 년간 해왔던 문맹의 수난이다. 그리고 중국도 이 모양이 되었다. 다른 나라들은 이미 인공강우를 만들고 있는 이때, 우리들은 여전히 뱀에게 절을 하며 영신迎神 굿을 하고 있다. 만일 우리 모두 계속하여 살아갈 생각이라면 내 생각에, 한자더러 우리의 희생물이 되어 달라고 하는 수밖에 없다.

이제 오로지 '쓰기의 라틴화' 길만 있다. 이것과 대중어는 불가분의 관계에 있다. 먼저 자음과 모음을 정리하고, 병음법을 만들고,[7] 그런 후에 글쓰기를 하는 일, 이에 대한 지식인들의 시도가 먼저 시작되어야 할 것이다. 처음에는 일본처럼 명사류의 한자만 남겨 두고 조사와 감탄사, 나중에는 형용사와 동사까지 모두 라틴어로 병음으로 쓴다. 그러면 보기에 편할 뿐만 아니라 이해하기도 한결 쉬워지게 될 것이다. 그러면 가로로 글쓰기는 당연한 것이 될 것이다.

이것을 지금 바로 실험하는 것이 내 생각엔 어렵지도 않다.

맞다. 한자는 옛날부터 전해 내려오는 보물이다. 그러나 우리들의 조상들은 한자보다 더 옛날로 올라가야 한다. 그러므로 우린 더 오랜 옛날부터 전해 내려오는 보물들이다. 한자를 위해 우리가 희생할 것인가, 아니면 우리를 위해 한자가 희생할 것인가? 절망한 사람이나 미친 사람이 아니라면 이것은 금방 대답할 수 있는 것이다.

8월 23일

주)_____

1) 원제는 「漢字和拉丁化」, 1934년 8월 25일 『중화일보』의 『동향』에 처음 발표했다.

2) 1934년 6월 26일 『선바오』의 상하이판 증간호(본부증간 本埠增刊) 「담언」(談言)에 발표된 거우푸(垢佛)의 글 「문언과 백화논전 선언」(文言和白話論戰宣言)에 이런 말이 있다. "대중어를 주장하신 몇몇 작가께 청해도 될까요? 대중어로 된 표준적인 작품 몇 편을 좀 발표하시어 기자나 독자, 그리고 여러 사람들이 감상도 하고 연구도 할 수 있게 해주세요."

3) 천족(天足)은 전족을 하지 않은 자연 상태의 발, 건강한 발을 말한다.

4) 후성(胡繩, 1918~2000)은 장쑤성 쑤저우 사람으로 철학자이자 이론가다. 생활서점

의 편집과 『독서』 월간의 주편을 맡았다. 1934년 8월 23일 그는 『중화일보』의 『동향』에 발표한 「실천의 길로 걸어가며—방언으로 쓴 세 편의 글을 읽고」(走上實踐的路去—讀了三篇用土話寫的文章後)에서 이렇게 말하고 있다. "물론 허롄(何連)과 가오얼(高二) 두 선생은 한자를 가지고 방언음을 써냈다. 그런데 단음으로 된 네모난 한자를 가지고 복잡한 방언의 음을 표기하려 하는 것은 사실상 불가능한 일이다. 나는 일찍 쑤저우 방언으로 된 성경을 읽은 적이 있다. 백화로 된 것을 읽는 것보다 정말 훨씬 어려웠다. 왜냐하면 글자의 독음만 읽어야 하므로 반드시 의미를 추측해야 했다. 시간을 들여야만 비로소 이해할 수 있었기 때문이다."

5) 『해상화열전』(海上花列傳)은 '윈간화야연눙'(雲間花也憐儂 ; 구름 속 꽃도 나를 연민한다는 뜻)의 저서라고 되어 있다. 상하이 기녀들의 삶을 그린 장편소설로 64회로 구성돼 있다. 소설의 서사는 구어체로 되어 있고 대화는 쑤저우 방언으로 되어 있다. '화야연눙'은 한방칭(韓邦慶, 1856~1894)의 필명이라고도 한다. 한방칭의 자는 즈윈(子云)으로 장쑤성 쑹장(지금의 상하이) 사람이다.

6) "우리로 돌아가자", "집으로 돌아가자"는 말은 위 주석의 후성의 글, 「실천의 길로 걸어가며」에 나온다. "또한 어떤 사람이 한자를 좀 이해할 수 있게 된다면, 솔직히 말해 한자로 쓴 그런 방언 문장도 반드시 읽어야만 한다. 예를 들자면 '우리로 돌아가자. 몸은 파도를 향하고 한 점 기운도 없고……'라는 문장은 글자를 아는 어떤 노동자가 읽었을 때, 아주 골치 아픈 부분이 적지 않을 것이다. 그는 어쩌면 정말 그 사람이 무슨 돼지우리나 개의 우리로 돌아간다고 생각할 수도 있을 것이다. 사실상 '집으로 돌아가자, 몸에는, 한 점 기운도 없고'라고 쓰는 것이 훨씬 분명하게 전달된다."

7) 병음법(拼音法)은 발음기호를 다는 방법이라는 뜻이다.

'셰익스피어'[1]

먀오팅苗挺

옌푸가 '샤스피어'를 거론한 적이 있었으나[2] 거론하자마자 곧 잊혀져 버렸다. 량치차오가 '셰익스피어'를 말한 적이 있으나 역시 사람들 주의를 끌진 못했다.[3] 톈한이 그의 몇 작품을 번역했으나 지금 크게 유통되지 않고 있는 듯하다.[4] 올해 또 몇몇 사람이 "셰익스피어", "셰익스피어" 하기 시작했다. 그러나 두헝 선생은 그의 작품으로 군중들의 무지몽매함을 증명했고[5] 존슨 박사를 존경하는 교수님조차 말크스와 '소크스' 단편들을 번역했다.[6] 왜? 무엇을 위해서?

또 듣자 하니 소련조차 '셰익스피어' 원작극을 공연하려 한다고 한다. 공연을 하지 않으면 괜찮겠지만, 만일 공연을 한다면 스저춘 선생에게 아래와 같은 '추태'를 보이는 것이 되는 것이다.

……소련 러시아는 처음에는 '셰익스피어 타도'를 외치더니 나중에는 '셰익스피어 개편'을, 지금은 연극 시즌에 '원작 셰익스피어극 공

연'을 하려 하지 않는가? (게다가 또 메이란팡 박사에게 「술 취한 양귀비」를 공연해 달라고 했다!) 이런 것들은 정략의 운용 수단으로서의 문학이 보이는 추태다. 어찌 사람들의 조소를 사지 않을 수 있겠는가!"(『현대』5권 5기, 스저춘의 「나와 문언문」我與文言文)

소련 러시아가 너무 멀리 있어 그곳 연극 시즌의 상황을 내 잘 모르기에 비웃음인지 호감 웃음인지에 대해서는 잠시 접어 두기로 하자. 그런데 메이란팡과 어떤 기자의 대담이 『다완바오』의 『횃불』에 실렸다. 그런데 거기엔 「술 취한 양귀비」를 공연하러 간다는 말이 없었다.

스 선생 자신이 말했다. "내가 태어난 지 삼십 년이다. 무지했던 어린 시기를 제하면 내 자신의 생각과 언행이 일관되었다고 믿는다.……"(같은 글) 이 역시 아주 훌륭하다. 그러나 그가 다른 사람의 행동에 대해 말한 바는 반드시 일치하는 것이 아니며 때로는 우연이겠지만 다르기도 하다. 「술 취한 양귀비」와 같은 바로 눈앞의 것이 그 좋은 예다.

사실 메이란팡은 아직 출발하지 않았다. 스저춘 선생은 벌써 그가 '프롤레타리아' 면전에서 나체 목욕을 하려 한다고 비난하고 있다. 이리하여 소련 사람들은 "부르주아가 '남긴 독'에 점차 물들어 갈 뿐만 아니라" 중국의 순수한 국수國粹도 나쁘게 물들이려 한다는 것이다. 그들의 문학청년들은 장차 궁전을 묘사하려 할 때 『장자』나 『문선』에서 '어휘'를 고르게 될지도 모를 일이다.[7]

그런데, 「술 취한 양귀비」가 공연된다면 정말 스 선생을 비웃게 만들 것이며, 공연이 안 된다면 그가 흡족해하겠으나 그의 예언은 재수 없이 틀린 것이 된다. 두 가지 경우 모두 그를 불편하게 할 것이다. 그러면 스 선생께서는 또 이렇게 말할 것이다. "문예상에서 나는 줄곧 고독한 사람이었다. 내 어찌 감히 대중들의 분노를 사려 하겠는가?" (같은 글)

마지막 말은 예의치레 말이다. 스 선생에게 찬성하는 사람들이 사실 적지 않다. 그렇지 않다면 어떻게 자신만만 잡지에 발표할 수 있겠는가? 그런 '고독'은 아주 값어치가 있는 것이다.

9월 20일

주)_____

1) 원제는 「莎土比亞」, 1834년 9월 23일 『중화일보』의 『동향』에 처음 발표했다.

2) '샤스피어'는 원문이 '狹斯丕尔'로 옌푸가 『천연론』(天演論) 「머리말 16」(導言十六)에서 셰익스피어를 표기한 방식이다. "문학가 샤스피어가 묘사한 것들은, 지금 사람이 보기에도 그 목소리와 웃는 모습이 같을 뿐만 아니라, 서로 싸우고 느끼고 갈등을 빚는 감정들도 하나 다르지 않았다."

3) 량치차오(梁啓超, 1873~1929)는 자가 쥐루(卓如)이고 호가 런궁(任公)이다. 광둥성 신후이(新會) 사람으로 학자이며 캉유웨이와 함께 청말 유신운동을 지도한 사람 가운데 하나다. 저서에 『음빙실문집』(飮氷室文集)이 있다. 그는 『소설영간』(小說零簡) 「신 로마 전기(新羅馬傳奇)·설자(楔子)」에서 이런 말을 했다. "그러므로 이 늙은이가 시대를 초월하는 나의 두 친구를 소개하고자 한다. 한 명은 영국의 셰익스피어이고 한 명은 프랑스의 볼테르이다. 함께 눈과 귀를 기울여 보자."

4) 톈한(田漢, 1898~1968)은 자가 서우창(壽昌)이고 후난성 창사 사람이다. 극작가이며

좌익작가연맹을 이끈 사람 가운데 하나다. 그가 번역한 셰익스피어의 『햄릿』과 『로미오와 줄리엣』은 1922년과 1924년 상하이 중화서국(中華書局)에서 출판되었다.

5) 두헝(杜衡)이 1934년 6월 『문예풍경』 창간호에 발표한 「셰익스피어 희극 줄리어스 시저전에 표현된 군중」(莎劇凱撒傳中所表現的群象)에 나오는 얘기다.

6) 존슨 박사를 존경하는 교수님은 당시 칭다오(靑島) 해양대학교 교수였던 량스추(梁實秋)를 말한다. 그는 1934년 5월 월간 『학문』(學文) 제1권 제2기에 발표한 번역문 「셰익스피어가 돈을 논하다」에서 영국의 잡지 『아델파이』(Adelphi)에 1933년 10월 발표된 맑스의 『1844년 경제학-철학 수고』의 「화폐」 일부분을 번역했다. 존슨(S. Johnson, 1709~1784)은 영국의 작가이며 문예비평가다. 량스추는 1934년 1월에 출판된 그의 저서 『존슨』이란 책에서 여러 차례 그에 대한 존경심을 나타냈다. 예를 들어 『문예비평론』에서 그에 대해 말하기를, 그는 "안목이 있는 철학자이며" "위대한 비평가"라고 했다. '말크스'와 '소크스'는 우즈후이(吳稚暉)가 1927년 5월 왕징웨이(汪精衛)에게 보낸 서신에서 맑스를 비난하면서 한 말이다. 당시 맑스의 중국어 표기가 '馬克斯'이므로 앞의 말 마(馬) 자를 소 우(牛) 자로 변화시켜 폄하한 것이다.

7) 스저춘은 그의 글 「나와 문언문」(我與文言文)에서 이렇게 말했다. "오년계획이 점차 성공하고 혁명시대의 광기가 점점 사라져 가면서 프롤레타리아는 부르주아가 '남긴 독'에 점차 물들어 가고 있다. 그들은 고개를 돌려 옛날의 문학작품을 좀 읽어 보고, 그것들이 결코 완전히 의미 없는 것만은 아니란 것을 알게 되었다. 그래서 문학적 수식이 잘 이루어지기 전의 어리석은 오류를 위해 의견을 냈다. 즉 '문학유산'이라고 하는 명사를 교묘하게 생각해 내 구시대 문학을 인정하는 '이론적 근거'로 삼았다." 스저춘은 1933년 9월 청년들에게 『문선』(文選)을 추천하면서, 그것을 읽으면 자전(字典)으로도 확대 사용할 수 있다고 했다. 그리고 거기에서 '궁전 건축' 등을 묘사하는 단어들은 뽑아 사용할 수도 있다고 했다.

상인의 비평[1]

지평及鋒

오늘날 중국에 훌륭한 작품이 없어, 비평가들과 함부로 논평하는 이들이 불만을 갖게 되었다. 그들은 훌륭한 작품이 없는 까닭을 최근 연구한 적이 있으나 그 원인을 찾지 못했다. 결과적으로 아무 결과가 없었다. 그런데 다시 새로운 해석이 나왔다. 린시쥐안 선생[2]이 말하길 "작가들 자신이 스스로를 훼손하고 있다. 투기를 위한 교묘한 수완"으로 '잡문'을 쓰고 있기 때문에, 싱클레어나 톨스토이 같은 대작가가될 수 없을 정도로 자기훼손을 하고 있다는 것이다(『현대』 9월호). 또다른 시쥐안 선생은 이렇게 말하고 있다.[3] "자본주의 사회에서……작가도 무형無形의 상인이 되었다. …… 이자 소득이 상대적으로 높은보수를 위해 하는 수 없이 '함부로 남용해 제조'하는 방법을 쓰기도한다. 온갖 정력을 다 바쳐 각고의 노력으로 진지하게 창작하는 사람이 없다."(『사회월보』 9월호)

물론 경제문제에 착안한다는 것은 진일보했다고 할 수 있다. 그러나 "온갖 정력을 다 바쳐 각고의 노력으로 진지하게 창작"해 낸다는 이 학설은 우리가 상식으로만 가지고 있는 견해와 아주 다른 것이다. 우리는 지금까지 자본으로 이익을 올리는 사람만 상인이라고 생각해 왔다. 그래서 출판계에서 상인은 자금으로 서점을 열고 돈을 버는 사장이라고 생각했다. 그런데 이제야 비로소, 비록 '무형'의 상인일지언정 문장을 팔아 약간의 원고료를 받는 사람도 상인이란 걸 알게 되었다. 몇 되의 쌀을 절약하였다 내다 파는 농민, 자신의 근력을 돈과 바꾸는 노동자, 혀를 파는 교수, 매음을 하는 기녀도 모두 '무형'의 상인이다. 단지 사는 사람만 주인이 아니게 된다. 그러나 그의 돈도 분명 어떤 물건을 주고 바꾼 것일 것이므로 그 역시 상인일 것이다. 그래서 "이 자본주의 사회에서는" 모두가 상인이며 단지 '무형'인가 유형인가의 두 종류만 나눌 수 있게 되었다.

시쥐안 선생 스스로의 정의로 자기 자신을 단정하게 되니 자연 그 역시도 '무형'의 상인이 된다. 만일 매문賣文을 하지 않고 있다면 '함부로 남용해 제조'할 필요도 없게 될 것이다. 그렇다면 어떻게 살아가고 있을까. 분명 별도의 장사를 하고 있을지도 모른다. 그럼 아마도 유형의 상인이리라. 그러므로 그의 견해는 어떻게 보든지 상인의 견해로부터 도망칠 수가 없게 된다.

'잡문'은 아주 짧아서 그것을 쓰는 노력이 『평화와 전쟁』(이것은 시쥐안 선생의 문장을 그대로 옮긴 것이다.[4] 원래 제목은 『전쟁과 평화』다)을 쓰는 것처럼 그렇게 긴 시간이 요구되는 건 아니다. 힘이 적게 들어 그래도 조금은 괜찮다. 그러나 상식이 조금은 있어야 하고 약간의 힘든 노력도 필요하다. 그렇게 하지 않으면 '잡문' 역시 '함부로 남용해 제조'하는 수준으로 진일보하게 되어 웃음거리만 남게 되는 걸면할 수 없게 된다. 아폴리네르[5]가 공작을 노래하길, 공작이 꼬리를 들어 올리면 앞은 아주 휘황찬란하지만 뒤쪽의 항문도 드러나게 마련이라고. 그러므로 비평가의 비평이란 것이 필요한 일이긴 하지만 비평가가 이때 꼬리를 들어 올리면 그의 똥구멍도 드러나게 마련이다. 그런데도 그는 왜 또 하려 하는가? 그것의 정면은 여전히 휘황찬란한 모습의 깃털이기 때문이다. 그러나 만일 공작이 아니고 고작 오리나 거위 종류라면 생각 좀 해보아야 한다. 꼬리를 들어 올리면 드러나는 것이 무엇뿐인가를!

9월 25일

주)_____

1) 원제는「商賈的批評」, 1934년 9월 29일『중화일보』의『동향』에 처음 발표했다.

2) 린쉬쥐안(林希雋)은 광둥성 차오안(潮安) 사람이다. 당시 상하이 다샤(大夏)대학 학생이었다. 그가 잡문을 반대하기 위해『현대』제5권 제5기에 발표한 글의 제목은「잡문과 잡문가」(雜文與雜文家)이다. 그는 이 글에서 당시 중국 문단이 우수한 문학작품을 만들어 내지 못하는 것은 루쉰과 루쉰의 잡문이 준 폐해 때문이라고 비판했다.

3) 또 다른 시쥐안 역시 린쉬쥐안을 가리킨다. 1934년 9월『사회월보』제1권 제4기에 발표한 글의 제목은「문장의 상품화」(文章商品化)이다.『사회월보』는 종합적 성격의 간행물로 천링시(陳靈犀)가 주편했다. 1934년 6월 상하이에서 창간해 1935년 9월 정간했다.

4) 린쉬쥐안은 「잡문과 잡문가」에서 이렇게 말하고 있다. "러시아는 왜 『평화와 전쟁』이라고 하는 그런 유의 위대한 작품을 생산할 수 있는가? 미국은 왜 싱클레어, 잭 런던 등과 같은 세계적 명성을 얻은 위대한 작가를 배출할 수 있는가? 그러나 우리의 작가들은 어떤가. 어찌해 영원히 잡문이나 조금씩 쓰면서 큰 만족을 얻고 있는 것인가?" 『평화와 전쟁』은 러시아 작가 톨스토이의 장편소설 『전쟁과 평화』(Война и мир)로 써야 한다.

5) 아폴리네르(Guillaume Apollinaire, 1880~1918)는 프랑스의 시인이자 소설가다. 작품으로 『썩어 가는 요술사』(*L'Enchanteur pourrissant*), 『동물시집』(*Le Bestiaire ou cortège d'Orphée*) 등이 있다. 20세기의 새로운 예술창조자의 한 사람으로 평가된다. 평론 「입체파 화가」(Les Peintres cubistes), 「신정신」(L'Esprit nouveau)은 모더니즘 예술의 발전에 큰 영향을 끼쳤다. 「공작을 노래하며」(咏孔雀, La Paon)는 그의 『동물시집』에 들어 있는 단시(短詩)이다.

중추절의 두 가지 소원[1]

바이다오

지난 며칠간은 정말 '희비가 교차했다'. 국경일 9·18을 막 지냈고, 그날은 '하력'[2]으로 '달을 감상하는 중추절'이기도 했다. 그리고 또 '하이닝의 조수 구경'도 있었다.[3] 하이닝은 어떤 사람이 "건륭 황제가 하이닝의 진각로 아들이다"[4]라고 말했기 때문에 주목을 받기 시작했다. 이 만주족의 '영명한 군주'는 알고 보니 가짜를 진짜 중국인인 것처럼 살짝 바꿔치기한 것으로 그렇게 부유하진 않았지만 운이 좋았다. 그는 한 명의 병사도 죽이지 않고 화살 하나도 쓰지 않고 오로지 생식기관에만 의지해 혁명을 했다. 이는 정말 가장 저렴한 대가로 이룬 혁명의 극치였다.

중국인들은 가족을 받들고 혈통을 중시한다. 그러나 다른 한편으로는 상관없는 사람들과 친척관계를 맺는 것도 좋아한다. 나는 그것의 의미를 정말 모르겠다. 어릴 때부터 무슨 "건륭은 우리 한족인 진씨 집안에서 몰래 유괴당한 사람"이라느니, "우리 원나라가 유럽을 정복했다"느니 같은 말을 귀에 못이 박히도록 들었다. 뜻밖에 지금도, 종이담배 가게에서 중국 정계의 위대한 인물 투표를 했더니 여전히 칭기즈칸이 그중 하나로 뽑힌다 한다.[5] 민중을 깨우쳐야 할 신문에서조차 여전히 만주의 건륭 황제가 진각로의 아들이라고 말하고 있는 중이다.[6]

옛날에는 정말 여인들을 변방에 시집보내 화친을 맺었다.[7] 연극에서도 변방의 부마가 된 남자가 등장하면 아주 쉽게 흥미진진해지곤 했다.[8] 근래에도 물론 수양아버지로 삼고자 협객을 찾아 모시는 사람도 있다.[9] 부잣집 늙은이의 데릴사위가 되어 거드름을 피우기 시작한 사람도 있다.[10] 그러나 이러한 일들은 체면을 지키는 일일 수 없다. 사내요 대장부라면 응당 나만의 능력과 나만의 의지를 가져야 하며 자신의 능력과 힘에 의지해야 한다. 그렇게 하지 않는다면, 나는 정말 장차 모든 중국인들이 일본인을 통째로 서복의 자손이라 떠벌릴까 두렵다.[11]

첫번째 소원은 이제부터 다시는 다른 사람과 함부로 친척관계를 맺지 않는 것이다.

그런데 드디어 문학판에서도 친척관계를 맺기 시작한 사람이 있다. 그의 말에 의하면 여성의 재주와 능력은 남성과의 육체관계에 영향을 받게 된다는 것이다. 그러면서 유럽의 몇몇 여성 작가를 거론했다. 모두 남자의 애인 노릇을 한 문인들을 그 증거로 삼았다. 그런데 또 어떤 사람이 그를 반박하여 말하길 프로이트 학설은 믿을 만하지 않다고 했다.[12] 사실 그것은 프로이트 학설과 관계가 없다. 소크라테스의 부인이 전혀 철학을 이해하지 못했고 톨스토이 부인이 글을 쓸 줄 몰랐다고 하는 그런 반증을 그는 기억하지 못하고 있는 게 아닌가. 더구나 세계 문학사상에서 중국인들이 말하는 소위 '부자父子 작가'와 '부부 작가' 같은 그런 "육체에 흥미를 가진" 인물들이 도대체 얼마나 되겠는가? 문학은 매독과 달라 매독균이 없다. 결코 성교를 통해 상대방에게 문학적 재능을 전염시킬 수 있는 것이 아니다. '시인'이 한 여성을 낚시질해 그녀를 '여류시인'[13]으로 치켜세우는 짓은 유혹의 한 수단일 뿐이지 결코 그가 그녀에게 정말로 시적 재능을 전염시키고자 하여 하는 것이 아니다.

두번째 소원은 지금부터 시선들을 배꼽의 세 치 아래에서 좀 멀리 두는 것이다.

9월 25일

주)_____

1) 원제는 「中秋二愿」, 1934년 9월 28일 『중화일보』의 『동향』에 처음 발표했다.

2) 하력(夏曆)은 음력(陰曆)을 말한다.

3) 하이닝(海寧)은 저장성 첸탕강(錢塘江) 하류를 말한다. 첸탕강 하류는 강물의 물살이 세고 바다에서 역류하는 조수가 어우러져 장관을 이룬다. 이를 통칭 '저장의 조수'(浙江潮)라고 한다. 이를 보기 위해 수많은 사람들이 몰린다. 하이닝에서 구경하는 것이 가장 전망이 좋다고 한다. 중추절이 지나고 사흘째 되는 날이 조수의 높이가 가장 높아져 매년 이날은 전국에서 관람객이 쇄도한다.

4) 하이닝의 진각로(陳閣老)는 청대 천위안룽(陳元龍, 1652~1736)을 말한다. 자는 광릉

(廣陵)이고 호는 건재(乾齋)이다. 강희 24년에 진사(進士)가 되었고 문연각(文淵閣) 대학사(大學士) 겸 예부상서를 지냈다. 본문에 나오는 야사 관련 기록은 아주 많다. 진회(陳懷)의 『청사요략』(淸史要略) 제2편 제9장에 나오는 기록이다. "홍력(弘歷; 즉 건륭)은 하이닝 진씨의 아들이지 세종(世宗; 즉 옹정)의 아들이 아니다. …… 강희 때 옹정과 진씨는 서로 막역했다. 양가에서 각기 아들을 낳았는데 우연히 그 연월일과 시간이 일치했다. 왕이 이를 듣고는 무척 기뻐하여 아기를 안고 오라 명했다. 얼마 후 아기가 다시 진씨 집으로 돌려보내졌지만 자신의 아들이 아니었다. 게다가 아들이 딸로 바뀌었다. 진씨가 왕의 속내를 두려워한 나머지 감히 이에 대해 항의하지 못하고 비밀을 지켰다."

5) "우리 원나라가 유럽을 정복했다"는 말은 민족주의 작가 황전샤(黃震遐)가 1930년 7월 『전봉월간』(前鋒月刊)에 발표한 「황색인의 피」(黃人之血)에 나오는 구절이다. 1934년 9월 3일 상하이 중국화메이담배회사(中國華美烟公司)가 '광화표'(光華牌) 담배 판매 촉진을 위해 '중국역사상 대표적인 위인 선발 장학금' 행사를 벌였다. 여기서 성현(聖賢), 문신(文臣), 무장(武將), 작가, 원수(元首), 호협(豪俠) 등의 분야에서 200명이 선출되었고 칭기즈칸은 원수 그룹에서 열세번째로 뽑혔다.

6) 1934년 9월 25일 『선바오』「춘추」'조수 관람 특호'에 실린 시난(溪南)의 「건륭황제와 하이닝」(乾隆皇帝與海寧)에 나온 이야기다.

7) "변방에 시집보내 화번을 맺었다"의 원문은 '화번'(和番)이다. 옛날 중국인은 변방의 소수민족이나 외국을 '번'(番)이라 불렀다. 한나라 황실은 정치적인 이유로 공주를 외족의 수령에게 출가시켜 화친을 도모했다. 이를 '화친'(和親)이라고 불렀고 이후 민간에서는 이를 '화번'이라고도 불렀다.

8) 부마(附馬). 한대에는 '부마도위'(附馬都尉)를 두어 임금의 말을 관리하게 했고, 위진 시대에는 공주의 남편에게 '부마도위'란 직위를 주었다. 위진대 이후 부마는 공주 남편의 칭호가 되었다. 전통 희곡에는 한인(漢人)들이 변방의 부마가 되는 것을 묘사하는 이야기가 등장하곤 했다.

9) 상하이의 건달패 두목 중에 쥐제(句結)란 사람이 있었다. 그를 수양아버지, 혹은 사부님으로 받들어 모시는 시정잡배와 다름없는 문인들도 있었다.

10) 당시의 문인인 사오쉰메이(邵洵美) 등을 지칭한다. 사오쉰메이는 청말의 대관료이며 자본가인 성쉬안화이(盛宣懷)의 손녀사위였다.

11) 서복(徐福)은 서불(徐市)이라고도 하며 진대의 방사(方士)다. 『사기』「진시황본기」

(秦始皇本紀)에 의하면 진시황은 서복의 말을 듣고 남녀 아동 수천 명을 파견하여 바다로 들어가 장생불로할 수 있는 신선약을 구해 오도록 했다. 수년이 지났지만 아무도 돌아오지 않았다. 『사기』 「회남형산열전」(淮南衡山列傳)에는 서복이 바다를 건너 "너른 평원과 못이 있는 곳까지 갔다가 왕이 되어 그곳에 머물러 돌아오지 않았다"는 기록도 있다. 대략 한대 이후부터는 서복이 바다를 건너 일본까지 갔으나 그곳에 머물러 돌아오지 않았다는 전설이 전해지고 있다.

12) 여성의 재능이 남성과의 관계로 인해 영향을 받는다는 주장은 1934년 8월 29일 톈진 『용바오』(庸報) 「다른 페이지」(另外一頁)에 수밍산(署名山)이 발표한 「일본여작가를 평함—사상 변화와 생리는 관계가 있다」(評日本女作家—思想轉移與生理有關係)에 나온다. "여류작가 대부분은 남편의 암시를 받는다. 생리학상 여성은 남성과 관계를 가진 후 여인의 혈액 속에 남성적 소질을 가지게 됨은 물론 실제로 사상적으로도 적지 않은 암시에 물이 든다." 같은 해 9월 16일 『선바오』 「여성들의 정원」(婦女園地) 제31기에 발표된 천쥔예(陳君冶)의 「여작가의 생리영향과 생활영향을 논함」(論女作家的生理影響與生活影響)에서는 수밍산의 견해가 프로이트 학설의 영향을 받았다고 했다. "여류작가가 남성작가처럼 풍부한 작품 생산을 하지 못하는 것에 대해 결코 프로이트주의의 생리현상으로 해석을 해서는 정확한 결론을 얻어 낼 수 없다. 프로이트주의가 불러일으킨 웃음거리는 이미 충분하다. 우리들이 만일, 여류작가가 남성작가의 왕성한 창작활동에 미치지 못하는 원인을 찾아내고자 한다면 오직 역사유물론의 관점에서 그 근거를 찾아야 할 것이다." 프로이트는 오스트리아의 정신병리학자로 정신분석학을 정립했다. 정신분석학은 문학, 예술, 철학, 종교 등 인간의 모든 정신현상이 억압을 받아서 잠재의식 속으로 숨어 버린 어떤 생명력(libido)이, 특히 억압으로 인해 잠재되어 버린 성욕이 만들어 낸 현상이라고 본다.

13) 여기서의 여류시인은 상하이 매판자본가의 손녀인 위슈윈(虞岫雲)을 말한다. 그녀는 1930년 1월 위옌(虞琰)이란 필명으로 시집 『호수바람』(湖風)을 출판했다. 내용이 모두 슬프고 애통함을 호소하는, 무병신음하는 것들로 가득했다. 당시 탕정양(湯增敭), 쩡진커(曾今可) 등 몇몇 문인이 이 시집을 과도하게 칭찬했다.

시험장의 세 가지 추태¹⁾

황지黃棘

옛날 팔고문으로 시험을 볼 때 세 종류의 답안지가 있었다. 시험생들이 체면을 잃게 되자 나중에는 책론식으로 시험이 바뀌었지만,²⁾ 여전히 그 모양이었지 싶다. 첫번째 형태는 '백지 답안 제출'이다. 제목만 쓰고 답을 쓰지 않거나 아예 제목도 쓰지 않는다. 그러나 이것이 가장 깔끔하다. 왜냐하면 더 이상의 다른 어떤 주절거림이 없기 때문이다. 두번째 형태는 '모범답안을 베껴 쓰는 것'이다. 그들은 미리 요행을 바라는 마음을 갖고 어떤 문제를 숙독해 외우거나 팔고문으로 된 모범답안을 갖고 들어간다. 만일 문제가 맞으면 시험관의 눈을 속여 그대로 베껴 쓸 생각인 것이다. 물론 품행이야 '백지 답안 제출'에 비해 못하지만 문장은 그런대로 좋다. 게다가 무슨 주절거림도 없다. 세번째 형태는 가장 나쁜 것으로 눈 감고 마구 쓰는 것이다. 격식은 말할 필요도 없다. 마구 써 내려간 문장은 사람들에게 그저 웃음거리만 제공할 뿐이다. 사람들이 차를 마시거나 술 마실 때, 안주거리로 삼는 것은 모두 이런 답안지들이다.

'통하지 않는' 글도 그 안에 있을 것이다. 통하지 않는 글일지라도 그는 어떻든 문제를 보고 쓴 것이다. 게다가 문장을 지음에 있어 통하지 않는 경지의 글을 짓는 일 역시 쉬운 일이 아니다. 우리는, 중국 고금의 문학가 중에 한 구절도 통하지 않는 문장을 쓴 적이 없는, 그런 어느 누군가가 있다는 것을 보증할 수 있는가? 만일 스스로 자기 글이 잘 '통한다'고 생각하는 사람이 있다면 그것은 아마 그가 '통한다'와 '통하지 않는다'조차 무엇인지 제대로 알지 못했기 때문일 수도 있다.

올해 시험관들이 중학생들의 답안지에서 웃음거리를 찾아내 떠들고 계신 중이다. 사실 그런 답안의 병폐는 눈 감고 마구 쓴 데서 온다. 그런 문제들은 모범답안을 베낄 수 있을 때라야만 모두 합격이 가능한 것이다. 예를 들어 '십삼경'은 무엇인가, 문천상은 어느 시대 사람인가 같은 문제를 낸다면 전혀 고통스럽게 심사숙고할 필요가 없다.[3] 숙고하면 오히려 이상해진다. 이상해지면 국학이 쇠락했느니 학생들이 이래선 안 된다느니 하며 문인학사들이 시끄럽게 탄식한다. 마치 그들만이 문학계의 석학인 양, 아주 그럴듯하게 행세한다.

그러나 모범답안을 베끼는 것도 쉽지는 않다. 만일 그 시험관을 시험장에 가두어 놓고 몇 가지 낯선 고전문제를 내 갑자기 물어본다면 아마 그들도 답을 마구 쓰거나 아니면 백지 답안 제출을 하지 않으리란 보장이 없다. 내가 이런 말을 하는 것은 결코 학자와 문인이 된 기성인들을 비난하고자 함에서가 아니다. 단지 우리 고전이 너무 많아 기억을 제대로 못하는 것이 결코 이상한 일이 아니라는 것을, 모두 기억하는 것이 오히려 이상한 일이란 것을 말하고자 함에서다. 고서적들은 또 얼마나 많은 후대 사람들이 수많은 주석에 주석을 가했던가? 어떤 사람이 자기 서재에 틀어박혀 앉아 수많은 서적들을 조사하고 사전들을 뒤적이며 오랜 세월을 보낸 후 비로소 탈고했다 한들 여전히 '미상'未詳은 있게 마련이고 틀린 것은 있게 마련이다. 지금의 청년들은 당연히 그것들을 식별할 능력이 없다. 그러니 자기 글에 증거를 대려면 다른 사람의 무슨 '수정 보충'도 있어야 할 것이고, 그러고도 보충하고 또 보충하고, 고치고 또 고치는 일을 해야 할 것이다. 그래도 정확한 수준의 것은 어쩌다 있을 것이리라.

이렇게 볼 때, 모범답안을 베끼면서 잘 풀어 나갈 수 있는 사람은 현재로선 대단한 인물이다. 청년 학생들은 틀릴 수 있다. 그러나 그것은 보통 사람의 당연한 모습일 뿐이다. 그런데도 그것을 인간세상의 대단한 오류와 병폐로 여기고 있는 풍경이다. 나는 학생들 중에 자신들의 억울함을 호소하는 이가 없는 것이 아주 놀랍다.

9월 25일

주)_____

1) 원제는 「考場三醜」, 1934년 10월 20일 반월간 『태백』(太白) 제1권 제3기에 처음 발표했다.

2) 팔고문(八股文)은 명나라 초기에서 청나라 말기까지 과거시험의 답안을 기술하는 데

쓴 문장의 한 형식이다. 여덟 개의 짝으로 이루어진 형식적인 문체를 말한다. 책론(策論)은 정사(政事)나 경전 해석과 연관된 문제를 내고 응시생이 자유로운 문장 형식으로 자신의 생각을 써나가게 한 시험 형식이다. 청나라 광서제 말년(1901년)에 두 차례 팔고문을 폐지하고 책론으로 시행했다.

3) 십삼경(十三經)은 중국의 열세 가지 경전을 말한다. 『역경』, 『서경』, 『시경』, 『주례』, 『의례』, 『예기』, 『춘추좌씨전』, 『공양전』, 『곡량전』, 『논어』, 『효경』, 『이아』, 『맹자』를 통틀어 이르는 말이다. 문천상(文天祥, 1236~1282)은 중국 남송의 마지막 재상으로 충신이다. 자는 송서(宋瑞) · 이선(履善)이고 호는 문산(文山)이다. 원나라에 의해 나라가 망하자 옥중에서 끝까지 절개를 굽히지 않다가 처형되었다. 옥중에서 절개를 읊은 노래인 「정기가」(正氣歌)가 유명하다. 저서에 『문산집』이 있다.

또 '셰익스피어'다[1]

먀오팅

소련에서 셰익스피어 원본극을 공연한다고 하니 가히 '추태'를 보이는 것이라 하겠다.[2] 맑스가 셰익스피어를 언급한 것은 물론 오류였다.[3] 량스추 교수가 셰익스피어를 번역하는 데 따른 원고료는 권당 은화 천 원이었고,[4] 두헝 선생은 셰익스피어를 읽고 나서 "사람 노릇 하는 데 필요한 경험이 아직 더 필요하다"고 했다.[5]

우리들의 문학가이신 두헝 선생은 마치 그전에는 "사람 노릇 하는 데 필요한 경험"이 부족하지 않았다고 혼자 생각했던 까닭에 군중을 믿었던 것 같았다. 그러나 셰익스피어 씨의 『시저전』[6]을 본 이후에는 비로소 "그들은 이성도 없고, 명확한 이해관념도 없으며, 그들의 감정은 완전히 몇몇 선동가들에게 통제되고 조종되고 있음"을 알게 되었다(『문예풍경』[7] 창간호에 실린 두헝의 「셰익스피어극 『시저전』에 표현된 군중」). 물론 이런 판단은 '셰익스피어극'에 근거한 것이지 두헝 선생과는 무관하다. 그는 지금도 그것의 옳고 그름을 판단할 수 없다고 했다. 그러나 자신이 "사람 노릇 하는 데 필요한 경험이 아직 더 필요하다"는 것은 의심할 바 없이 명백하다고 말했다.

　이것이 「셰익스피어극 『시저전』에 표현된 군중」이 두헝 선생에게 준 영향이다. 그런데 두헝의 글 「셰익스피어극 『시저전』에 표현된 군중」에서 말하는 군중은 어떤 모습인가? 『시저전』에 표현된 것과 결코 다르지 않을 것이다.

　……이것은 우리들로 하여금 최근 백 년 동안 일어난 여러 정변 속에서 늘 보아 왔던 것을 기억나게 한다. '닭이 오면 닭을 맞이하고, 개가 오면 개를 맞이하는' 식의…… 아주 가슴 아픈 정경들이다. …… 인류의 진화는 도대체 어디서 일어나고 있는가? 아니면 우리 이 동방의 고대국가는 지금까지도 여전히 이천 년 전 로마가 겪었던 문명의 단계에 겨우 머물러 있단 말인가?

　진정, "옛날의 아득한 정을 그리워하는 것"[8]은 늘 현재를 위해서이다. 두헝의 이러한 비교는 나에게 의심이 들게 한다. 로마에 그러한 군중들이 있었는지, 즉 이성을 가지고 있고 명확한 이해관념을 가지고 있었으며 몇몇 선동가들에게 감정이 통제되거나 조종되지 않는 그런 군중이 있었는지. 그러나 있었다 해도 추방당하고 억압당하고 살육당했을 것이다. 셰익스피어는 조사도 하지 않았고 상상도 하지 않은 듯하다. 그러나 어쩌면 고의로 말살해 버렸을지도. 그는 옛날 사람이었고, 그런 수법을 쓴다 해도 결코 무슨 장난짓거리라 할 수도 없다.

그러나 그의 귀한 손을 통해 한번 취사선택이 이루어지고, 두형 선생의 명문이 일필휘지하게 되자, 우리들은 정말 군중이란 영원히 "닭이 오면 닭을 맞이하고, 개가 오면 개를 맞이하는" 것들일 뿐이라고 생각하게 되었고 반대로 그들에게 환영을 받는 쪽에 희망이 있다는 것을 알게 되었다. 그런데 "나로서 솔직하게 말하자면" 군중들의 무능함과 비루함이 '닭'과 '개'들보다 훨씬 윗자리에 위치하고 있다는 '심정'이 들게 되었다. 물론 이것은 바로 군중들을 사랑하기 때문이다. 그리고 군중들이 너무 투쟁정신이 없는 까닭이기도 하다. 자신은 아직 판단할 수 없다고 했지만, "그 위대한 극작가께서 군중을 그렇게 보았다"고 하시니, 누구라도 믿지 못하겠다면 셰익스피어에게 직접 물어보시길!

10월 1일

주)_____

1) 원제는 「又是'莎士比亞'」, 1934년 10월 4일 『중화일보』의 『동향』에 처음 발표됐다.

2) 1933년 소련실내연극원이 시인 루과푸스키이가 번역한 셰익스피어의 희극 『안토니와 클레오파트라』를 공연하자 스저춘이 당시의 소련문예정책을 비웃으면서 '추태'라는 말을 썼다.

3) 맑스는 여러 차례 셰익스피어의 작품을 거론하거나 인용했다. 『정치경제학비판』 「서언」과 1859년 4월 19일 『F. 라살에게 보낸 편지』중에서 셰익스피어 작품의 현실주의를 논했다. 『1844년 경제학-철학 수고』와 『자본론』 제1권 제3장의 「화폐와 상품유통」에서는 『아테네의 타이먼』에 나오는 극중 시를 인용하여 예를 들거나 주석을 했

다. 『루이 보나파르트의 브뤼메르 18일』 제5절에서는 셰익스피어의 『한여름밤의 꿈』
에 나오는 인물을 예로 들었다.

4) 당시 후스(胡適) 등이 주관한 중화교육문화기금운영회 소속의 편역위원회에서 셰익
스피어 희곡을 번역하는 량스추에게 고액의 원고료를 약정했다.

5) 두헝(杜衡)의 글 「셰익스피어극 『시저전』에 표현된 군중」(莎劇凱撒傳里所表現的群衆)
에 나온 글이다.

6) 『시저전』은 『줄리어스 시저전』으로도 번역된다. 셰익스피어 초기의 역사극으로 로마
통치계급 내부의 싸움을 묘사했다. 시저 즉 카이사르(Gaius Julius Caesar, B.C. 100
혹은 B.C. 102~44)는 고대 로마의 정치가이자 장군. 집정관을 지내면서 로마 공화제
를 제정으로 넘어가게 한, 막강한 권력을 행사한 정치지도자다.

7) 『문예풍경』은 스저춘이 주편을 맡았던 문예월간지다. 1934년 6월 창간되어 7월 정간
했다. 상하이 광화서국(光華書局)에서 발행했다.

8) "옛날의 아득한 정을 그리워하는 것"의 원문은 '發思古之幽情'이다. 동한(東漢)의 반
고(班固)가 지은 「서도의 노래」(서도부西都賦)에 나오는 시구다.

구두점 찍기의 어려움[1]

장페이

『원중랑전집교감기』[2]를 보고는 대수롭지 않은 몇 마디를 하고 싶은 생각이 들었다. 문장 나누기의 어려움이다.

　　이전 청나라 때 한 서당 선생이 비본秘本을 조사하지 않고서도 빈손으로 '사서'四書를 완전하게 구두점을 찍어서 그 마을에서는 대학자로 통했다. 이 일은 우스운 일인 듯하지만 나름의 이유가 있다. 늘 헌책을 사곤 하는 사람들은 처음부터 구두점을 찍어 가면서 읽었던 책을 가끔 만나기도 한다. 잘못 구두점을 찍어 문장을 틀리게 나눈 경우도 있고, 중도에 붓을 놓아 구두점 찍기를 계속하지 않은 경우도 있다. 이런 책들은 깨끗한 정본보다 가격이 싸긴 하지만 읽으려면 정말 사람을 무척 불편하게 만든다.

　　고서에 구두점을 찍어서 책을 인쇄하는 것은 '문학혁명' 때부터 시작했다. 고서에 구두점 찍는 것으로 학생들에게 시험을 보인 것은 역시 내 기억엔 같은 시기 베이징대학에서 시작한 것 같다. 그것은 정말로 악의에 찬 희극으로 '많고 많은 학생'들에게 웃음을 자아내게 했다.

그때는 백화를 반대하거나 백화 반대를 하지는 않으면서 고문에 능한 학자들이 비난과 냉소의 말을 하더라도 그저 하는 수 없이 내맡기고 있는 때였다. 그러나 학자들도 '기예를 뽐내고자 안달'[3]을 하기 마련이어서 가끔 여기에 손을 댔다. 그런데 손을 대자마자 곧 크게 난처한 일이 벌어졌다. 구두점으로 나누어야 할 문장을 그대로 둔 곳은 그래도 원상태라 괜찮지만 아주 평범한 문장에서조차 구두점을 잘못 찍은 것이다.

사실 고문에 구두점을 찍는 일은 쉽지 않다. 『맹자』의 한 단락을 예로 들어 보자. 우리는 대부분 이렇게 읽는다.

풍부라는 자가 있었다. 호랑이 때려잡기를 잘해 마침내 선사가 되었다. 들로 나갔다. 여러 사람이 호랑이를 쫓고 있었다. 호랑이는 궁지에 몰렸으나 감히 잡을 자가 없었다. 멀리서 풍부가 나타난 것을 보고 모두 달려가 그를 환영했다. 풍부는 팔을 걷어붙이고 수레에서 내렸다. 군중들이 모두 기뻐했다. 선비된 자들이 그를 비웃었다. (有馮婦者, 善搏虎, 卒爲善士. 則之野, 有衆逐虎. 虎負嵎, 莫之敢攖. 望見馮婦, 趨而迎之. 馮婦攘臂下車, 衆皆悅之, 其爲士者笑之.)

그런데 이렇게 문장을 나누어야 한다고 말하는 사람도 있다.

풍부라는 자가 있었다. 호랑이 때려잡기를 잘해 마침내 선사가 되었다. 선비들이 그를 본받았다. 들에는 여러 사람이 호랑이를 쫓고 있었다.…… (有馮婦者, 善搏虎, 卒爲善, 士則之, 野有衆逐虎……)[4]

여기서 풍부를 '비웃는' '선비'들이 바로 앞에서 풍부를 본받았던 '선비'들이란 것이다. 만일 그렇지 않다면 '선비된 자들'은 갑자기 너무 동떨어진다. 하지만 어떤 것이 맞는지 결정하기 어려운 것이기도 하다.

그러나 일정한 가락이 있는 사곡詞曲이라 할지라도, 대구로 이루어진 변문駢文이라 할지라도, 아니면 그리 어렵지 않은 명대 사람의 소품문小品文이라 할지라도, 구두점을 찍는 사람이 또 유명한 학자라 할지라도, 여전히 잘못 찍는 소동이 일어날 수 있다. 독자들은 모기에 물려 뾰두라지가 나고 가려워도 어쩌지 못하는 답답한 형국이 된다. 학자들이 입으론 백화가 어떻게 나쁘다느니 고문이 어떻게 좋다느니 하지만 일단 고문에 손을 대기만 하면 문장을 망쳐 버리기 일쑤다. 그 고문이 바로 그들이 극구 찬양하고 있는 고문이다. 망쳐진 문장이 바로 그들이 고문을 잘 이해하지 못한다는 분명한 표시가 아니겠는가? 고문과 백화의 좋고 나쁘다는 말은 어디에 근거하는 것인가?

고문에 구두점을 찍는 것은 일종의 시금석이다. 단지 몇 개의 구두점만 없어도 그 진면목을 그대로 드러내게 된다.

하지만 이 문제는 더 이상 거론하지 않는 것이 좋겠다. 계속 말했다가는 머잖아 더 고상한 주장이 나오지 않을까 걱정된다. 구두점을

찍는 일은 '시류를 쫓아가는' 유희거리여서 '성령'[5]에 손상을 주게 되
므로 배척해 마땅하다는 주장 말이다.

10월 2일

주)_____

1) 원제는 「點句的難」, 1934년 10월 5일 『중화일보』의 『동향』에 처음 발표했다.

2) 『원중랑전집교감기』(袁中郞全集校勘記)는 1934년 10월 2일 『중화일보』의 『동향』에
'원중랑재교'(袁中郞再校)란 서명으로 실렸다. 내용은 류다제(劉大杰)가 구두점을 찍
고, 린위탕이 교열을 보고, 시대도서공사(時代圖書公司)에서 출판한 『원중랑전집』(袁
中郞全集)에서 잘못된 문장 나누기를 비판한 것이다.

3) 원문은 '技癢'. 기예를 가진 사람이 기회가 되면 자신의 재주를 표현하고 싶어 참지 못
하는 모습을 말한다. 『문선』(文選)에 실려 있는 반악(潘岳)의 시 「꿩 사냥의 노래」(사
치부射雉賦)에 나온다.

4) 풍부가 호랑이를 잡은 이야기는 『맹자』 「진심하」(盡心下)편에 나온다. 이 부분의 문장
나누기에 대해 송대 유창시(劉昌時)는 『노포필기』(蘆浦筆記) 「풍부」(馮婦)편에서 이
렇게 말하고 있다. "『맹자』 기록에 '晋人有馮婦者, 善搏虎卒爲善士則之野有衆逐虎'가
있다. …… 지금 이를 읽는 사람들이 '마침내 선사가 되었다'(卒爲善士)를 한 구절로
하고 '들에 나갔다'(則之野)를 하나의 구절로 끊어 읽고 있다. 내가 그 의미를 음미해
보건대 '마침내 선사가 되었다'(卒爲善)를 한 구절, '선비들이 그를 본받았다'(士則之)
를 한 구절, '들에는 여러 사람이 호랑이를 쫓고 있었다'(野有衆逐虎)를 한 구절로 해
야 하는 것이 아닌가 한다. 호랑이를 때려잡는 용기가 있어서 마침내 선사가 될 수 있
었고 그래서 선비들이 그를 본받았다는 의미다. 거기서 멈추지 않고 이어 읽으면 선
비들의 비웃음을 산다. '들에는 여러 사람이 호랑이를 쫓고 있었다'(野有衆逐虎)로 의
미가 완전하다. 왜 하필 들로 나갔다고 한 연후에 팔을 걷어붙이고, 라고 말할 필요가
있는가?"

5) 이 말은 린위탕을 풍자하기 위해 한 말이다. 린위탕은 1934년 9월 『인간세』 제12기 「구훙밍 특집」(辜鴻銘特輯)의 「편집자 서언」(輯者弁言)에서 "오늘날 시류를 좇아가는(隨波逐流) 사람이 너무 많다. 이런 부류의 사람은 연구할 가치가 없다"는 말을 했다. '성령'(性靈)은 당시 린위탕이 주장한 문학이론의 핵심어다. 그는 1933년 4월 16일 『논어』 제15기에 발표한 글 「논문」(論文)에서 이렇게 말하고 있다. "글은 개인의 성령의 표현이다. 성령이란 것은 오직 나만이 알 뿐 나를 낳아 준 부모도 모르고 같은 침대를 쓰는 아내도 모른다. 그러나 문학의 생명은 사실 여기에 의지하는 것이다."

기이하다 (3)[1]

바이다오

'중국 제일의 일류 작가'인 예링펑과 무스잉 두 선생이 편집한 『문예화보』[2]의 대형 광고를 신문지상에서 일찍 보았다. 보름이 지난 후 한 점포에서 이 잡지를 보았다. '화보'인 이상 그것을 보는 사람은 자연히 '화보'를 본다는 마음을 갖게 되고 먼저 '그림'부터 본다.

보지 않았다면 좋았을 것을 보자마자 기이하다는 생각이 들었다.

다이핑완[3] 선생의 「선양 여행」에 일본인이 붓으로 그린 듯한 삽화 세 개가 실렸다. 기억을 좀 더듬다 보니, 아, 생각이 났다. 일본의 한 잡지 서점에서 본 적이 있었던 『전쟁 판화집』 속에 있던 료지 조메이料治朝鳴의 목각판화였다.[4] 그들이 펑톈奉天 전쟁의 승리를 기념하기 위해 만든 것이었다. 일본인이 중국과의 전쟁 승리를 기념하기 위해 만든 작품이 패전국인 중국 작가에 의해 삽화로 만들어진 것, 그것이 첫번째 기이한 일이다.

다시 다른 책을 넘기다가 무스잉 선생의 『검은 녹색 적삼의 소녀』黑綠衫小姐에 마세렐의 그림인 듯한 세 폭의 삽화가 있었다.[5] 흑백이 분명한 것이 내가 이전에 량유공사에서 번역 출판한 네 권짜리 작은 책자를 보고 그의 화법을 기억하고 있다. 그리고 이번 목각판화 위에는 아주 또렷하게 FM 두 글자가 서명되어 있기도 했다. 우리들의 '중국 제일의 일류 작가'의 이 작품들이 먼저 만들어져 프랑스어로 번역되어 마세렐에게 삽화로 새겨 달라고 부탁이라도 한 것일까? 그것이 두번째의 기이한 일이다.

이번에는 「세계문단 조망대」라는 글이다.[6] 서두에서 이렇게 말하고 있다.

"프랑스의 공쿠르 기금이 작년에는 뜻밖에(바이다오 주석: 애석하게도!) 중국을 제재로 한 소설 『인간의 조건』에 주어졌다. 그 소설의 작자는 앙드레 말로다."[7] 그러나, "어쩌면 이 책은 작가의 입장 관계로 인해 문자상으로는 어떻든 찬미를 받고 있지만 내용적으로는 일반 신문 평론의 하나같은 공격을 받고 있다. 마치 말로와 같이 그런 재능 있는 작가가 왜 문예를 선전의 도구로 삼는지 애석해하는 듯하다."

이렇게 "조망해 보면" "마치" 프랑스의 공쿠르 기금의 문학작품 심사위원이 된 사람의 "입장"이란 것은 "문예를 선전의 도구로 삼는" 것에 찬성을 한다는 것이다. 그것이 세번째의 기이한 일이다.

그러나 이런 나의 생각은 "견문이 적어 이상한 일이 많은" 경우일지도 모른다. 다른 사람은 결코 나와 같지 않을 것이다. 예전에 "기이한 것을 본 사람"이 말하길, "기이한 것을 보아도 기이하게 생각지 않으면 그 기이한 것은 저절로 사라진다"고 했다.[8] 현재의 "기이한 일"은 당신이 "본 것은 기이한 것이 아니다"라고 일찌감치 성명을 발표하고 있다. 권두의 「편집자 서문」에 있는 말이다.

> 매호에 그렇게 심각하지 않은 글과 그림들을 제공하는 것은 단지 문예에 흥미를 갖고 있는 독자들에게 여타의 심각한 문제로 인해 피로에 지친 눈을 좀 쉬게 해줄 수 있거나 얼굴을 펴 활짝 웃게 할 수 있지 않을까 해서다. 단지 그뿐일 따름이다.

알고 보니 '중국 제일의 일류 작가'들은 예전에는 '비어즐리'를 산 채로 베끼는 것을 재미있어하더니,[9] 올해는 마르셀을 산 채로 삼키는 재미를 보면서 큰 재능을 하찮게 사용하고 계신다. 그러면서도 그저 사람들에게 "여타의 심각한 문제로 인해 피로에 지친 눈을 좀 쉬게 해줄 수 있거나 얼굴을 펴 웃게 할 수 있지 않을까 해서다"라고 말한다. 만일 다시 이 우리 눈을 쉬게 해준 "문예 그림"상에 문제가 발생한다면 그것이 비록 그리 "심각한" 것이 아닐지라도 결국은 두 분 '중국 제일의 일류 작가'들이 헌신적으로 보여 준 기예의 고심 찬 노력을 헛되게 할 것이다.

그러면, 나도 "얼굴을 펴 활짝 웃어" 보자.

하하하!

10월 25일

주)_____

1) 원제는「奇怪(三)」, 1934년 10월 26일『중화일보』의『동향』에 처음 발표했다.

2) 예링펑(葉鳳靈, 1904~1975)은 장쑤성 난징 사람이다. 작가이자 화가이며 창조사(創造社)의 성원이었다. 무스잉(穆時英, 1912~1940)은 저장성 츠시(慈溪) 사람이며 작가다. 왕징웨이 괴뢰정부의 선전부 신문선전처장을 역임했고 피살당했다. 월간『문예화보』는 예링펑과 무스잉 등이 함께 편집했다. 1934년 10월 창간했고 1935년 4월 정간해 모두 4기가 출판되었다. 상하이잡지공사(上海雜誌公司)가 발행했다.

3) 다이핑완(戴平萬, 1903~1945)은 이름이 완예(萬葉)라고도 한다. 광둥성 차오안(潮安) 사람으로 작가이고 '좌익작가연맹'의 회원이다. 그의「선양 여행」(沈陽之旅)은『문예화보』창간호에 발표됐다.

4) 료지 조메이(料治朝鳴)는 일본의 판화가다. 1932년 4월『판화예술』(版藝術) 잡지를 창간했고 루쉰도 이 잡지를 사서 소장한 적이 있다.『전쟁 판화집』은 1933년 7월에 나온『판화예술』의 특집호였다.

5) 마세렐(Frans Masereel, 1889~1972)은 벨기에의 화가이자 목각판화가다. 1933년 9월 상하이 량유공사(良友公司)에서 그의 네 가지 목각 연환화(連環畵)를 번역 출판한 적이 있다. 루쉰은 그 가운데『한 사람의 수난』(一個人的受難)에 서문을 썼다.

6)「세계문단 조망대」(世界文壇了望臺)는 세계문단의 소식을 소개하는『문예화보』의 칼럼 이름이다.

7) 프랑스가 19세기의 자연주의 작가인 공쿠르 형제를 기념하기 위해 만든 문학장려기금이다. 1933년 제31차 수혜자를 발표했다. 공쿠르 형제는 에드몽 공쿠르(Edmond Goncourt, 1822~1896)와 쥘 공쿠르(Jules Goncourt, 1830~1870)를 말한다.

『인간의 조건』(La Condition Humaine)은 앙드레 말로(André Malraux, 1901~1976)의 대표작으로 중국에서는『인간의 운명』(人的命運 또는 人類的命運)으로 번역되어 나왔다. 1927년 상하이 4·12 대참사를 배경으로 한 장편소설로 1933년 출판되었다. 앙드레 말로는 프랑스의 소설가이자 정치가로서 드골 정권하에서 정보·문화장관을 역임했고, 인도에서 현지 민족주의자들의 독립운동을 도와주었다. 중국에는 당시 공산당과 제휴하고 있던 광둥의 국민당 정권에 협력하였다가 나중에 결별했다. 유럽에 전체주의가 대두하자 앙드레 지드(André Gide) 등과 함께 반(反)파시즘 운동에 참가했다.

8) 원문은 "見怪不怪, 其怪自敗"다. 옛날의 속담으로 송대 곽단(郭彖)의『규거지』(暌車

誌)에 나오는 말이다.

9) 오브리 비어즐리(Aubrey Beardsley, 1872~1898)는 영국의 화가이자 삽화가다. 톨루
즈 로트레크와 일본의 풍속화 우키요에(浮世繪)의 영향을 받아 비어즐리 특유의 섬
세하고 장식적인 양식을 확립했다. 아름다우면서도 병적인 선묘(線描)와 흑백의 강
렬한 대조로 표현되는 단순하고 평면적인 형태 묘사로 사회상을 그린 작품이 많다.
그의 회화양식은 아르 누보와 그 밖의 운동에 많은 영향을 주었다. 중국에서는 예링
펑 등이 그의 작품을 모방했다.

메이란팡과 다른 사람들(상)[1]

장페이

유명한 배우를 경배하는 것은 베이징의 전통이다. 신해혁명 이후 배우들의 품격이 향상하였고 이런 숭배도 깍듯해지기 시작했다. 예전에는 담규천[2]만이 연극계에서 영웅으로 불렸고 모두 그의 기예만 출중하다고 말했다. 그런데 이런 숭배 속에는 역시 얼마간의 권세와 실리 추구가 침투하는 것이 아닌가 한다. 왜냐하면 그는 '늙은 부처'인 자희태후가 좋아했던 적이 있기 때문이다.[3] 그러나 그러해도, 아무도 그를 선전해 준 사람이 없었고 그를 대신해 아이디어를 내 준 사람도 없어 세계적인 명성을 얻지는 못했다. 그를 위해 극본을 써 준 사람도 없었다. 내 생각에 그렇게 하지 못한 것은 얼마간은 '감히 하지 못한 것'일 수도 있다.

　나중에 유명해진 메이란팡은 그와 달랐다. 메이란팡은 남자주인공 역인 '성'生이 아니라 여자주인공인 '단'旦이었고, 황실의 배우가 아니라[4] 속인俗人들의 총아였다. 그러자 사대부로 하여금 감히 손을 댈 수 있게 만들었다. 사대부들은 항상 민간인의 물건을 탈취하고자 한다. 죽지사[5]도 사대부들이 문언으로 개작하기도 하고, '가난한 집 고운 딸'[6]을 첩으로 삼기도 한다. 일단 그들의 손에 닿기만 하면 이 물건들 역시 그들을 따라 멸망한다. 그들은 메이란팡을 일반인 대중 속에서 끄집어내 유리 갓을 씌워 자단나무 시렁 위에 올려 놓는 인형 노릇을 하게 만들었다.[7] 대다수 사람들이 이해하지 못하는 말로 그에게 아름다운 「선녀가 꽃을 뿌리다」天女散花, 교태스러운 「대옥이 땅에 꽃을 묻다」黛玉葬花를 연기하게 만들었다. 예전에는 그가 연극을 하는 것이었으나 이제는 그를 위해 연극이 만들어졌다. 무릇 새로운 극본은 모두 메이란팡을 위한 것이었다. 사대부들의 마음과 눈에 맞는 메이란팡이 되었다. 우아하긴 우아하다. 그러나 대다수 많은 사람들은 봐도 이해할 수가 없다. 보러 가지 않으려 하기도 하지만 자신은 보러 가는 것이 어울리지 않는다 생각하기도 한다.

사대부들도 나날이 그 몰락이 드러나고 있는 중이니 메이란팡도 더불어 근자에 아주 쇠락하고 있는 모습이다.

그는 '단' 역을 맡는 배우인데 나이가 너무 들어 어쩔 수 없이 쇠락하고 있는 것일까? 아니다. 라오십삼단[8]도 일흔 살이 되었지만 일단 무대에 오르기만 하면 만당의 갈채를 받지 않았던가? 그럼 왜 그럴까? 그는 사대부들에게 점유당하지 않아 유리 갓 속으로 들어가지 않았기 때문이다.

명성이 일어나고 사그라지는 것은 마치 빛이 일어났다 사그라지는 것과 같다. 일어날 때는 가까운 곳에서 멀리로 퍼져 나가지만 사그라질 때는 먼 곳에 남아 있는 여린 빛만 명멸할 뿐이다. 메이란팡의 도일渡日과 도미渡美는 사실 그의 광채가 발양하고 있는 것을 말함이 아니라 중국에서 그 빛이 쇠하고 있음을 말한다. 그는 끝까지 유리 갓 속에서 뛰쳐나올 생각을 하지 못했다. 그래서 그렇게 타인들에 의해 넣어졌듯 타인들에 의해 되돌아오고 있는 것이다.

그가 아직 사대부들의 보호를 받기 전에 했던 연극들은 당연 속되다. 심지어 상스럽고 추악하기조차 하다. 하지만 발랄하고 생기가 있었다. 그러나 일단 '선녀'로 변하자 고귀해졌다. 그러나 그때부터 뻣뻣하게 죽어 갔고 가련할 정도로 긍지에 가득 차 있었다. 살아 있지도 죽어 있지도 않은 선녀나 임대옥 누이를 보는 것보다는 내 생각에, 대다수 사람들은 우리와 아주 친숙한, 아름답고도 활동적인 시골 아가씨를 더 보고 싶어 한다.

그런데 메이란팡은 아직도 기자들에게 좀더 우아하게 각색한 다른 대본이 필요하다고 말하고 있다.

11월 1일

주)_____

1) 원제는 「略論梅蘭芳及其他(上)」, 1934년 11월 5일 『중화일보』의 『동향』에 발표했다.
2) 담규천(譚叫天, 1847~1917)은 담흠배(譚鑫培)이며 예명(藝名)이 소규천(小叫天)이다. 후베이성 장샤(江夏; 지금의 우창武昌) 사람이다. 경극배우이며 라오성희(老生戱)를 잘했다. 라오성희는 경극에서 재상, 충신, 학자 등 중년 이상의 남자 역을 연기하는 극

을 말한다. 1890년(광서 16년) 청 황실의 부름으로 입궐하여 자희태후를 위해 공연을
했다.

3) 자희태후(慈禧太后, 1835~1908)는 청대 함풍제(咸豊帝)의 왕비이다. 동치(同治) 연간
   에 즉위하여 태후로 추앙을 받았다. 동치와 광서 연간에 막강한 통치력을 발휘하여
   실제 통치자 역할을 했다. '늙은 부처'는 청대 궁중에서 태감(太監)이 태상황(太上皇)
   이나 황태후(皇太后)를 부르던 칭호이다.

4) '황실의 배우' 원문은 '공봉'(供奉)이다. 공봉은 원래 황제 좌우에서 황제를 보필하는
   직책을 맡은 사람을 부르던 칭호였다. 청대에는 궁정에 속한 배우를 부르는 호칭으
   로도 사용했다.

5) 죽지사(竹枝詞)는 대부분 7언으로 되어 있는 중국 고대의 민가다. 송대 곽무천(郭茂
   倩)의 『악부시집』(樂府詩集) 권81에 있는 기록이다. "죽지는 본래 파유(巴渝)에서 나
   왔다. 당나라 정원(貞元) 연간에 유우석(劉禹錫)이 위안샹(沅湘)에 있을 때 속요가 비
   천하다고 생각해 초사의 「구가」(九歌)에 근거하여 「죽지신사」(竹枝新詞)를 만들었다.
   그리고 마을 아이들이 그것을 부르도록 가르쳤다. 그리하여 정원 연간과 원화(元和)
   연간에 크게 유행했다."

6) 가난한 집 고운 딸(小家碧玉)이란 표현은 『악부시집』 「벽옥가」(碧玉歌)에 나온다. "가
   난한 집의 고운 딸, 감히 귀한 신분을 넘보지 못한다네."

7) 자단나무는 귀한 목재로 비싼 가구를 만드는 데 사용한다. 자단나무 가구는 권문세가
   의 사대부가 아니면 사용하기 어려웠다. 여기서는 예인(藝人)이 사대부들의 놀잇감
   이 되어 그 집의 가구와 같은 구실을 하고 있는 것을 비유하고 있다.

8) 라오십삼단(老十三旦)은 허우쥔산(侯俊山, 1854~1935)을 가리킨다. 예명은 시린(喜
   麟)이고, 산시성(山西省) 홍둥(洪洞) 사람이다. 산시방즈(山西梆子)의 단원이었다. 열
   세 살에 연기로 유명해지자 13단(旦)이라고도 불렸다. 청대의 신좌몽완생(申左夢晼
   生)이 『분묵총담』(粉墨叢談)에서 이렇게 말했다. "계유년(1873)과 무술년(1874) 사
   이에 13단이 요염한 연기로 베이징의 무대를 떠들썩하게 했다." 당시 방즈(梆子)의
   노랫가락은 노동 대중들의 많은 사랑을 받았다. 그러나 사대부들은 이에 대해 멸
   시하는 태도를 취했다. 이자명(李慈銘)은 『월만당일기』(越縵堂日記; 청대 동치 12년 2
   월 1일자)에서 이렇게 말했다. "도시에 옛날부터 방즈 가락이 있었다. 대부분 저잣거
   리에서 행해지던 비루하고 속된 연극이었다. 오직 가마꾼과 천한 장사치들만 그것을
   들었다."

메이란팡과 다른 사람들(하)[1]

장페이

그런데 메이란팡이 또 소련에 가려 한다.

이에 대한 의견들이 분분하다. 우리의 대화가인 쉬베이홍 교수도 일찍이 모스크바에 가서 소나무를 —— 말이었나, 기억이 분명치 않다—— 그린 적이 있지만[2] 국내에서는 뭐 그리 시끄럽게 거론하진 않았다. 이것으로도 예술계에서 메이란팡 박사의 위상이 확실히 다른 사람을 능가하는 일등임을 알 수 있게 된다.

또 이로 인해 피곤하게도 『현대』 잡지 편집실도 긴장하기 시작했다. 편집실 수장이신 스저춘 선생께서 말씀하셨다. "그런데 메이란팡은 또 「술 취한 양귀비」를 공연하러 가려 한다!"(『현대』 5권 5기)라고. 이렇게 절규하는 것은 불평이 극에 달했음을 말해 준다. 만일 우리가 스 선생의 성별을 미리 알고 있지 않다면 히스테리 증세가 난 것은 아닌가 의심했을 것이다.[3] 편집실의 차장인 두헝 선생께선 다음과 같이 말씀하셨다.

"극본 검증작업을 마친다면, 가장 진보적인 연극을 몇 개 고른 후 먼저 모스크바로 가 '변신' 이후의 메이란팡 선생의 개인 창작을 선전하는 것도 무방하다. …… 관례대로라면 소련에 간 예술가들은 해야 할 어떤 일에 우선하여 먼저 얼마간의 '변신'을 보여 주곤 해왔기 때문이다."(『문예화보』 창간호)

훨씬 냉정해졌다. 읽자마자 곧 그의 수완이 아주 훌륭함을 알게 된다. 이는 치루산[4] 선생으로 하여금 스스로의 부족함을 부끄러이 여기고 급히 달려가 도움을, 도움에 도움을 청하도록 만들기에 충분하다.

그런데 메이란팡 선생은 중국의 연극은 상징주의이기 때문에 극본의 문장이 좀더 우아해질 필요가 있다고 말씀하고 계신 중이다.[5] 사실 그는 예술을 위한 예술을 하고 계신 중이시다. 그 역시 '제3종인'인 것이다.

그렇다면 그는 "얼마간의 '변신'을 보여 주지" 못할 것이다. 지금 바로 하기엔 너무 좀 이르다. 그는 어쩌면 다른 필명으로 극본을 만들고 지식계급을 묘사하면서 끝까지 전적으로 예술을 위한 삶을 사는, 끝까지 세속의 일은 거론하지 않는, 그런 삶을 살지도 모른다. 그러나 말년이 되기 전에 어쩌면 또 혁명의 편에 서 있게 될지도 모른다. 그렇게 많은 활동을 하고 있으니 어떤 '결말'에 도달하기 전에는 꽃이여, 빛이여 하다가, 만일 그 '결말'에 이르게 되면 이 연극을 만든 것은 나예요, 이 연극은 혁명 편에 있지 않습니까? 하고 말할 것이다.

그러나 나는 메이란팡 박사가 스스로 문장을 지을 줄 아는지, 다른 필명으로 자신의 연극을 칭찬할 수 있을지, 아니면 회사를 허명으로 설립해 무슨 '연극연감' 같은 걸 출판하여 친필 서문을 쓰면서 자신이 연극계의 명인이라고 말할 수 있을지 어떨지 잘 모르겠다.[6] 만일 하지 않는다면 그것은 그런 수완을 부릴 줄 몰라서일 것이다.

만일 수완을 부릴 줄 모른다면 그것은 정말 두헝 선생을 실망시키게 하는 것일 터이니 그에게 '더 많은 빛'을 요구해야 할 것이다.[7]

역시 여기서 그만두기로 하자. '간단히 논함'[8]을 계속했다가는 메이란팡이, 마구 떠드는 비평가들의 비난 때문에 자신이 좋은 극을 연기할 수 없다고 말하게 될 것이니, 나도 이를 미연에 방지해야겠다.

11월 1일

주)_____

1) 원제는 「略論梅蘭芳及其他(下)」, 1934년 11월 6일 『중화일보』의 『동향』에 발표했다.
2) 쉬베이훙(徐悲鴻, 1894~1953)은 저장성 사람으로 1917년 일본에 유학하고 1918년 베이징대학교 화법연구회 강사로 있다가 쿵더학원(孔德學院) 교수가 되었다. 1919년 파리에 유학, 1927년 귀국한 후 1929년 난징 국립중앙대학 예술계 주임교수가 되었다. 1930년 이후 유럽 각지에서 중국근대화전을 개최하고, 1949년 중국의 중앙미술원 원장이 되었다. 그는 1934년 5월 소련 대외문화사업위원회의 초청에 응해 소련에서 열리는 중국미술전에 참가했다. 당시 모스크바 주재 중국대사관에서 열린 초대 모임 석상에서 대나무와 말을 그린 적이 있다. 후기에 여러 형식의 말 그림을 그려 유명하다.

3) 히스테리 증세를 당시에는 여성만의 특이한 정신적, 심리적 병증으로 이해하고 있었다. 스저춘 선생이 남자라서 이런 표현을 한 것이다.

4) 치루산(齊如山, 1876~1962)은 이름이 쭝캉(宗康)이고 자가 루산이며 허베이성 가오양(高陽) 사람이다. 당시 베이핑국극학회(北平國劇學會) 회장이었고 메이란팡을 위해 극본을 썼다. 두헝은 『문예화간』(文藝畵刊) 창간호(1934년 10월)에 발표한 「메이란팡이 소련에 가다」에서 이렇게 말했다. "나는 그의 최우선 과제는 희극의식 검토 전문가 몇 사람을 찾아가 도움을 받거나 아니면 각본개편위원회를 조직해야 한다고 생각한다. 이런 일들은 아마 치루산 선생 같은 분들이 담당할 수 있지 않을까 한다."

5) 1934년 9월 8일 『다완바오』 「전영」(剪影)에 실린 리란(犁然)의 「메이란팡, 마롄량, 청지셴, 예성란의 환영연회석상에서」(在梅蘭芳馬連良程繼先葉盛蘭的歡宴席上)에 메이란팡과의 대담 내용이 나온다. 여기서 메이란팡은 이렇게 말하고 있다. "중국의 전통극은 원래 순수한 상징파 극이기 때문에 사실적인 연극과 다르다."

6) 이 부분은 모두 두헝을 비판, 풍자한 것이다. '연극연감'은 두헝과 스저춘이 1932년에 함께 펴낸 『중국문예연감』을 겨냥한 것이다.

7) '더 많은 빛' 역시 두헝을 비판하기 위해 인용한 것이다. 두헝은 1934년 월간 『현대』의 제5권 제1기에서 제5기까지, 그리고 제6권 제1기에서 장편소설 『더 많은 빛』(再亮些)을 발표했다. 또 연재가 완전히 끝나지 않은 상태에서 단행본으로 출판했다. 단행본의 제목을 『배반의 무리』(叛徒)로 바꾸었다. 이 책의 서두 「제목 설명」(題解)에서 두헝은 릴케가 임종 시에 했다는 말 "더 많은 빛을"을 인용했다.

8) '간단히 논함'의 원문은 '약론'(略論)이다. 이 글의 원제목을 그대로 옮기면 '메이란팡과 기타 사람들을 간단히 논함'이다. 그래서 '간단히 논하'고 이 글을 여기서 그만두겠다는 뜻이다.

욕해서 죽이기와 치켜세워 죽이기[1]

허파何法

오늘날 문학비평에 불만을 가진 사람들이 있다. 그들은 항상 요 몇 년간의 이른바 비평이란 것들은 치켜세우기와 욕하는 것에 불과할 뿐이라고 말한다.

사실 치켜세우다와 욕하다는 칭찬과 공격이란 말을 얄미운 다른 말로 바꾼 것에 불과하다. 영웅을 가리켜 영웅이라 하고 창녀를 창녀라고 말하는 것은 표면적으론 치켜세우는 것과 욕하는 것으로 보일지라도 사실은 사실에 맞게 말하는 것이다. 비평가를 비난할 수 없는 것이다. 비평가의 잘못은 함부로 욕하고 함부로 치켜세우는 것에 있다. 이를테면 영웅을 창녀라고 한다거나 창녀를 들어 올려 영웅을 만들거나 하는 것이다.

비평이 위력을 잃어버리는 것은 '함부로 마구' 하는 것 때문이며 나아가 '함부로 마구' 한 것이 사실과 상반된 데까지 가기 때문이다. 그러나 그 세세한 사실들이 사람들에게 간파되기만 하면 그 비평의 효과는 곧바로 그 반대가 되어 버린다. 그래서 오늘날은 욕을 먹어 죽임을 당하는 사람은 적지만 치켜세움을 당해 죽는 자는 많다.

당사자는 옛사람인데 위와 같은 사태가 최근 발생한 사람이 있다. 바로 원중랑이다. 이 명말明末의 작가들은 문학사상 그들 나름의 가치와 지위를 갖고 있다. 그런데 불행하게도 일군의 학자들에 의해 치켜세움을 받았고, 찬양을 받았으며, 그들의 문장은 구두점이 찍혀서 인쇄되어 나왔다.

색으로부터 빌리고, 해와 달로부터 빌리고, 촛불로부터 빌리고, 푸른 나무와 노란 꽃으로부터 빌리니, 색깔은 무상하도다. 소리로부터 빌리고, 종과 북으로부터 빌리고, 죽은 대나무 구멍으로부터 빌리고…….[2]

'빌린' 결과 원중랑은 엉망진창이 되었다. 마치 그의 얼굴에 잔뜩 꽃을 그려 놓고 여러 사람들에게 보여 주면서 "보세요, 이 얼마나 '성령'이 가득합니까!" 하고 떠들썩하게 칭찬과 감탄을 하는 듯하다. 물론 중랑의 본질과는 아무 상관이 없다. 그러나 꽃을 그린 얼굴을 깨끗이 지우기 이전에는 남들에게 이 '중랑'은 비웃음을 살 것이며 재수 없이 썩어 감을 면치 못할 것이다.

당사자는 오늘날 사람인데 이런 사태가 옛날에 있었던 사람으로 나는 타고르가 기억난다.[3] 그가 중국에 오자 사람들은 강단을 만들어 강연을 하게 하고 그 앞에 가야금을 펼쳐 놓고 향을 태워 올렸다. 왼

쪽에는 린창민, 오른쪽에는 쉬즈모가 각각 머리에 인도식 터번 모자를 쓰고 앉아 있었다.[4] 쉬 시인이 그의 소개를 시작했다. "오옴! 웅얼웅얼, 흰 구름 맑은 바람, 은경 종소리…… 때앵!" 그를 마치 살아 있는 신선인 양 소개했다. 그래서 우리들 땅 위의 청년들은 실망을 했고 흩어져 버렸다. 신선과 범인이 어찌 헤어지지 않을 수 있겠는가? 그런데 나는 올해 그가 소련을 논한 글을 보게 되었다. 그가 천명하여 말하길, "나는 영국 통치하의 인도인이다"라고 했다. 그는 자신을 명료하게 알고 있는 사람이다. 그가 중국에 왔을 때 아마 분명 그리 멍청하진 않았으리라. 만일 우리들의 시인 여러분께서 그를 살아 있는 신선으로 만들어 버리지만 않았더라면 그에 대한 청년들의 태도 역시 그처럼 서먹서먹하진 않았으리라. 지금 생각하니 정말 아주 운이 나빴다.

학자나 시인이란 간판으로 어떤 작가를 비평하거나 소개하는 일은 처음에는 옆 사람을 제법 혼란스럽게 만들어 버릴 수 있지만, 그 옆 사람이 작가의 진면목을 분명하게 간파한 다음에는 소개한 그 사람의 무성의함만 남거나 아니면 학식의 부족함만 남게 된다. 그러나 만일 진면목을 분명하게 비판할 수 있는 옆 사람이 없다면 그 작가는 소개자의 소개로 인해 치켜세움을 당하고 죽게 될 것이다. 몇 년이 걸려야 그것의 반전이 가능할지 모른다.

11월 19일

주)_____

1) 원제는「罵殺與捧殺」, 1934년 11월 23일『중화일보』의『동향』에 처음 발표했다.

2) 원문은 '色借, 日月借, 燭借, 青黃借, 眼色無常. 聲借, 鐘鼓借, 枯竹竅借……'이다. 당시 류다제(劉大杰)가 구두점을 찍고 린위탕이 교열 감수한『원중랑전집』은 문장을 잘못 나눈 것이 심했다. 여기 인용한 인용문은 이 책의『광장』(廣莊)「제물론」(齊物論)에 나오는 일단락이다. 루쉰은 나중에 자신이 보관하고 있던 초판본『꽃테문학』의 이 부분 여백에 붓으로 이런 말을 써 놓았다. "후에 차오쥐런(曹聚仁) 선생이, 이 부분 문장은 이렇게 나누어야 한다고 지적했다. '색은 달과 해로부터 빌리고, 촛불로부터 빌리고, 푸른 나무와 노란 꽃으로부터 빌리고 눈으로부터 빌리니, 색이란 무상하다. 소리는 종과 북으로부터 빌리고 죽은 대나무 구멍으로부터 빌리고……'(色借日月, 借燭, 借青黃, 借眼, 色無常. 聲借鐘鼓, 借枯竹竅, ……) 그래서 재판에서는 더 이상 이런 종류의 '언어 묘미'를 구경할 수 없게 되었다." 차오쥐런은 1934년 11월 13일『동향』에 발표한「구두점 찍기의 세 가지 불후」(標點三不朽)에서 류다제가 구두점을 찍은 책의 오류를 지적했다.

3) 타고르(R. Tagore, 1861~1941)는 인도의 시인이다. 벵골 문예 부흥의 중심이었던 집안 분위기 탓에 일찍부터 시를 썼고 16세에는 첫 시집『들꽃』을 냈다. 초기 작품은 유미적이었으나 갈수록 현실적이고 종교적인 색채가 강해졌다. 교육 및 독립 운동에도 힘을 쏟았으며, 시집『기탄잘리』(Gitanjali)로 1913년 노벨 문학상을 받았다. 1924년 중국을 방문했다. 1930년 소련을 방문하고 1931년『러시아 서간집』을 출판했다. 이 시집 속에서 그는 자신을 "영국의 신민(臣民)"이라고 말했다.

4) 린창민(林長民, 1876~1925)은 푸젠성 민허우(閩侯) 사람으로 일찍 일본에 유학했고 베이양정부의 사법부총장을 지냈으며 푸젠대학교 총장 등을 역임했다. 쉬즈모(徐志摩, 1897~1931)는 저장성 하이닝(海寧) 사람으로 시인이다. 신월사(新月社)의 주요 멤버였다. 저서에『즈모의 시』(志摩的詩),『맹호집』(猛虎集) 등이 있다. 타고르의 중국 방문 시 그의 통역을 맡았다.

독서 금기[1]

엔위

기억하기로 중국의 의학서적은 항상 '음식 금기'를 언급하고 있다. 어떤 음식은 두 가지를 함께 먹으면 사람에게 해롭다고 한다. 심할 경우엔 사람을 죽일 수도 있다 한다. 예를 들면 파와 꿀, 꽃게와 감, 땅콩과 오리 같은 것들이다. 그러나 진실 여부는 알 길이 없다. 왜냐하면 누군가가 실험해 보았다는 소리를 들은 적이 없기 때문이다.

독서에도 '금기'가 있다. 그러나 '음식 금기'와는 좀 다르다. 어떤 유의 책은 어떤 유의 책과, 결코 함께 보아서는 안 된다. 그렇지 않으면 두 책 가운데 하나는 반드시 압사壓死를 당하게 될 것이다. 아니면 적어도 독자에게 반감을 주어 분노하게 만들 것이다. 예를 들어 지금 유행하여 제창되고 있는 명대 소품문의 몇몇 편은 분명 생동적이고 성령이 가득하다. 잠자리나 화장실, 수레나 배 안에서, 정말 딱 좋은 소일거리 독서물이다. 그런데 먼저 요구되는 것은 읽는 독자의 마음이 텅텅 비어 있고 아련하며 흐릿해야 한다. 만일 『명계패사』나 『통사』[2]를 읽었거나 아니면 명말 유민의 저서를 읽었다면 그 독서 효과는 달라지게 된다. 그 두 가지를 함께 읽으면 분명 두 책이 안에서 전쟁을 시작할 것이고 한쪽을 죽이지 않고선 멈추지 않게 될 것이다. 그래서 나는 명대 소품문을 증오하는 평론가들의 심정을 아주 잘 이해할 수 있다고 자부한다.

요 며칠 우연히 굴대균의 『옹산문외』를 보게 되었다.[3] 그 속에 무신년[戊申年](강희 7년) 8월에 쓴 「다이국 북부에서 베이징 입성까지」[4]란 글이 들어 있다. 그의 문필이 어찌 중랑의 글보다 못하겠는가? 그런데 아주 중요한 부분이 있어 여기 몇 구절을 옮겨 본다.

…… 황허를 따라가며 강을 건너기도 하고 걷기도 했다. 높낮이가 다른 서쪽 오랑캐들의 천막들이, 이른바 파오라고 하는 것들이 연이어 마치 산등성이나 언덕처럼 곳곳에 나타났다. 남자와 여자들 모두 몽고어로 말을 했다. 치즈와 요구르트, 양과 말, 모피를 파는 상인도 있고, 두 마리 낙타 사이에 누워 있는 사람, 수레에 앉아 있는 사람, 안장 없이 말을 탄 사람, 붉은 장삼이나 누런 장삼을 걸치고 손에 작은 철륜[鐵輪]을 든 채 『금강예주』[金剛穢呪]를 염불하며 삼삼오오 걸어가고 있는 사람들도 있었다. 말똥과 목탄을 가득 실은 버들광주리를 이고 가는 사람들은 모두 중국 여인들이었다. 하나같이 틀어 올린 머리에 맨발에, 더러운 얼굴에, 양피 저고리를 뒤집어 입고 있었다. 사람이 소, 양과 더불어 함께 자고 덮고 있었다. 그 비린내가 백여 리에 끊이질 않았다.

내 생각에, 이런 문장을 읽고, 이런 광경을 상상하고, 그리고 그것을 완전히 잊지 않고 있다면, 그렇다면, 비록 중랑의 『장자를 확대하여』나 『꽃병의 역사』[5] 같은 글이라 할지라도 분명 쌓인 분노를 깨끗이 씻어 낼 수 없었으리라. 뿐만 아니라 더더욱 분노가 일지도 모른다. 왜냐하면 이것은 정말 자기들끼리 서로 치켜세웠던 중랑시대에 비해 아주 나쁜 상황일 것이며, 중랑 그들은 아직 '양저우십일'과 '자딩감도'를 겪지 않았기 때문에![6]

명대 사람의 소품은 훌륭하다. 어록체도 나쁘지 않다. 그러나 내가 보기에 『명계패사』류와 명말 유민들의 작품 역시 정말 훌륭하다. 지금은 바로 그런 작품에 구두점을 찍고 영인影印을 해낼 때이다. 여러분들께서 좀 깨달아 주시길.

11월 25일

주)_____

1) 원제는 「讀書忌」, 1934년 11월 29일 『중화일보』의 『동향』에 처음 발표했다.

2) 『명계패사』(明季稗史)는 『명계패사휘편』(明季稗史滙編)이다. 청대 유운거사(留雲居士)가 모두 27권으로 편찬했다. 16종류의 회간패사(滙刊稗史)에 기록된 것은 모두 명말의 유사(遺事)들이다. 예를 들면 복왕(福王) 홍광(弘光) 조정의 일을 기록하고 있는 고염무(顧炎武)의 『성안황제 본기』(聖安皇帝本紀), 정성공(鄭成功)의 타이완 수복을 기록하고 있는 황종희(黃宗羲)의 『성씨 하사의 시말』(賜姓始末), 청나라 병사의 잔혹함을 기록하고 있는 왕수초(王秀楚)의 『양저우십일기』(揚州十日記)와 주자소(朱子素)의 『자딩도성기략』(嘉靖屠城記略) 같은 것들이다. 『통사』(痛史)는 낙천거사(樂天

居士)가 편한 것으로 모두 3집으로 되어 있고 명말청초의 야사 20여 종을 모아 발행한 것이다. 총 제목이 『통사』다. 민국 1년에 상하이 상우인서관(商務印書館)에서 출판했다.

3) 굴대균(屈大均, 1630~1696)은 자가 옹산(翁山)이고 광둥성 판위(番禺) 사람으로 작가다. 청나라 병사가 광저우에 입성하기 전, 청에 대한 저항운동에 참여했고 실패 후에는 삭발하고 중이 되었다. 법명은 금종(今種)이다. 나중에 환속하여 북쪽으로 관중(關中) 지역과 산시(山西)를 여행했다. 저서에 『옹산문외』(翁山文外), 『옹산시외』(翁山詩外), 『광둥신어』(廣東新語) 등이 있다. 청나라 옹정(雍正), 건륭(乾隆) 연간에 그의 저서들은 금지되고 파괴되었다. 1910년(선통 2년)이 되어서야 상하이 국학부륜사(國學扶輪社)에서 『옹산문외』 16권과 『옹산시외』 19권이 영인되어 나왔다.

4) 「다이국 북부에서 베이징 입성까지」(自代北入京記)에서 다이(代)는 옛날의 지명으로 진(秦) 이전에는 대국(代國)이었다가 한나라, 진(晉)나라에 와서는 다이군(代郡)이 되었고, 수 당대 이후에는 다이저우(代州; 지금의 산시성山西省 다이현代縣)가 되었다. 지금의 산시성 북부, 허베이성 서북부 일대에 해당하는 지역이다.

5) 『장자를 확대하여』(廣莊)는 원중랑이 『장자』(莊子)의 문체를 모방하여 도가사상을 논한 책이다. 모두 7편으로 되어 있다. 『꽃병의 역사』(瓶史)는 원중랑이 화병과 꽃꽂이를 연구한 소품문으로 12장으로 구성되어 있다. 두 책 모두 『원중랑전집』에 들어 있다.

6) 명말, 청나라 군대가 중원에 들어와 양저우에서 열흘 동안 일으킨 처참한 도륙을 '양저우십일'(揚州十日)이라 한다.
자딩삼도(嘉靖三屠). 자딩성(嘉靖城)이 청나라 군대에게 필사적으로 저항하자 성의 공격은 계속 실패로 돌아갔다. 나중에 성을 점령한 후, 청의 군대가 광기에 가까운 도륙을 자행했는데, 이를 '자딩의 세 가지 도륙'(嘉靖三屠)이라 한다.

해제 | 『꽃테문학』에 대하여

『꽃테문학』에는 루쉰이 1934년 1월부터 11월 사이에 쓴, 「서언」을 제외한 잡문 61편이 수록되어 있다. 『선바오』의 『자유담』, 『중화일보』의 『동향』과 반월간지인 『태백』 같은 곳에 발표했던 글들이다. 1936년 6월 상하이 롄화서국聯華書局에서 묶어 출판했고 나중에 『루쉰전집』에 편집되었다. 이보다 1년 전인 1933년에 쓴 잡문들을 묶은 것이 이 책에 같이 실린 『거짓자유서』와 『풍월이야기』이다.

　루쉰의 글, 특히 잡문은 그 글이 나오게 된 배경과 맥락을 모르면 이해하기가 난감하다. 루쉰의 후기 잡문은 대개 1930년대 중국과 상하이의 정치·사회사적 상황과 시민 생활, 문단 및 지식인들의 언행과 관련 있거나 누군가의 평론, 글과 관련돼 있다. 그것들에 대한 루쉰의 생각들이다. 격려나 응원, 비판이거나 풍자다. 아니면 신랄한 냉소이거나 전면적 싸움걸기의 글들이다. 그러므로 가능한 한 주석을 읽어

가면서 글의 배경을 이해해야만 루쉰 특유의 글의 묘미를 즐길 수 있다. 1934년 전후의 시대배경에 대해서는 본문의 여러 가지 주석들을 읽으면 저절로 정리가 되리라 생각하지만 여기서 간단하게나마 시간 순으로 설명하는 것도 필요하겠다.

1.

1930년 3월 상하이에서는 좌익작가연맹(이하 좌련으로 약칭)이 비밀리에 결성되어 좌익작가들을 결속시키고 혁명활동에 들어간다. 루쉰은 50여 명이 참여한 창립대회에서 주석단의 한 명으로 추대되었고 집행위원의 한 사람으로 피선되었다. 같은 달 20일 루쉰은 펑쉐펑馮雪峰, 러우스柔石 등과 회담을 하는 도중 뒤를 밟는 사람들을 감지하고 우치야마서점內山書店으로 피신, 1개월여 숨어 지냈다. 10월부터 좌련의 활동이 활발해지자 국민당의 압박이 거세졌고 좌익 극작가인 쭝후이宗暉가 피살되었다. 난징 국민당 정부는 '출판법' 44조를 공포, 좌익 서적이나 좌익작가들을 탄압했고 백색테러를 공공연하게 자행했다. 1931년 1월 17일 상하이에서 혁명작가인 러우스, 후예핀胡也頻, 리웨이썬李偉森, 인푸殷夫, 펑컹馮鏗 다섯 사람이 국민당에 체포되어 아무 재판 절차 없이 다른 20여 명과 함께 비밀리에 처형되었다. 당시 러우스의 몸에는 루쉰이 내일서점明日書店과 맺은 계약서가 있어 군경이 러우스에게 루쉰의 행방을 추궁했다. 그러나 러우스는 입을 열지 않았다. 루쉰은 화위안장花園莊 여관으로 피신을 하게 되고 2월 말이 되어서야 귀가한다. 상하이에서의 2차 피신이다. 루쉰은 좌련 오열사의 처형 사건에 분노했다. "우리가 오늘 전사자들을 더 없이 애도하고 마음속에 깊이 새겨두고자 하는 것은, 중국 프롤레타리아 혁명문학사의 첫 장이 동지들이 흘린 붉은 피로 기록되었음을 명심하고자 함이며, 비열하게 폭력을 휘두른 적들을 영원히 폭로하여 동지들에게 끊임없이 투쟁할 것을 깨닫게 하기 위함이다."(「중국 프롤레타리아 혁명문학과 선구자의 피」) 좌련 오열사를 기념하기 위해 루쉰은 펑쉐펑 등과 함께 좌련 기관발행지 『전초』前哨 1기를 발행, '전사자 기념 특집호'를 만들었고 여기에 루쉰이 기초하고 서명한 글, 「국민당 학살 비판을 위한 중국좌익작가연맹의 혁명작가 선언」을 실었다. 이 시기에 나온 잡문집이 『삼한집』과 『이심집』이다.

1931년의 9·18사변 이후 중국 본토에 대한 일본의 침략은 확대되고 중국의 민족주의 항일운동은 고조되기 시작했다. 9·18사변은 일본 관동군이 선양 외곽의 남만철로를 폭파하고는 중국 군대가 파괴한 것이라고 소문을 퍼뜨린 후 이를 빌미 삼아 선양을 폭격한 사건이다. 그런데도 국민당 정부는 '먼저 국내를 안정시키고 후에 오랑캐를 몰아낸다'는 정책을 고수, 대외적으로는 무저항주의를, 대내적으로는 진보세력에 대한 탄압과 공산당 토벌에 주력했다. 그 결과 일본은 더욱 깊이 본토 내륙을 향해 침투해 들어올 수 있었다. 9·18사변 뒤 얼마 안 되어 일본은 중국의 동북 3성을 거의 다 점령해 내륙 침공의 기지를 마련했고 상하이를 겨냥했다. 그러나 국민당은 여전히 무저항주의로 일관했다. 국민당은 정면 대결을 하지 않은 채 국제연맹에 하소

연해 진상조사단의 파견을 요구했다. 조사단이 파견되기도 전, 일본 군은 1932년 1월 28일 저녁 상하이 북쪽 외곽에 주둔해 있던 일본 해 군육군전쟁부대를 통해 상하이 북부 자베이閘北 일대에 있는 부대에 게 상하이 진격명령을 내렸다. 1·28전쟁을 일으킨 것이다. 당시 루쉰 의 아파트는 일본 사령부와 대각선에 위치한 아파트였다. 루쉰은 포 화의 위험을 피해 가족들과 다시 우치야마서점으로 피신했고 30일 일본군은 루쉰의 집을 수색했다. 상하이에서의 3차 피난이었고 루쉰 일가는 3월 19일이 되어서야 귀가했다.

1932년 3월 8일에는 일본군이 동북에서 만주국을 조작해 내 폐 위된 황제 푸이를 데려다가 꼭두각시 정부를 세웠다. 국민당 정부는 제대로 된 저항 한 번 하지 않고 계속 국제사회에 호소만 했다. 청년학 생들은 분노로 들끓었고 각계각층은 국민당에게 내전을 중지할 것과 전면 항일전에 나설 것을 요구했다. 이에 대해 국민당은 여전히 테러 와 탄압으로 일관했다. 한편으로는 유교윤리를 중심으로 한 '신생활 운동'을 전개하고 한편으론 사상 통제와 언론 통제를 강화했다. 이 해 12월 해외에서 돌아온 리례원黎烈文은『선바오』의 문예부간인『자유 담』을 맡아 편집하기 시작했고 루쉰은 1933년부터 이 부간에 글을 싣 기 시작했다.

1933년부터 시작한 일본 관동군의 러허熱河 작전과 전쟁으로 중 국 민중들은 생존을 위협받았고 민족 위기는 날로 심각해져 갔다. 국 민당 정부는 여전히 대외적으로는 화친정책을 실시하고 대내적으로는 반공산당 '포위토벌'에 몰두했다. 일본군이 산하이관을 넘어 러허를 점령하고 수도 베이핑을 압박하고 있는 상황에서도 난징에서 발행된 국민당 신문 『구국일보』에서는 "전략상 베이핑을 잠시 내어 줌으로써 적을 깊이 유인해야 한다"는, 말도 안 되는 주장을 폈다. 중국 공산당은 항일통일전선을 모색하기 시작했으나 국민당의 '포위토벌' 작전에 밀려 1934년 10월 장시江西 소비에트 지구를 포기하고 대장정을 시작했다. 1933년 공산당은 내전 중지와 소비에트 지역에 대한 공격 중지, 민중의 자유와 민주주의적 권리 보장, 민중을 무장시켜 일본과 맞서 싸우게 할 것 등을 골자로 한 공동항일노선을 국민당에게 요구한 바 있었다. 그러나 국민당은 외교적으론 굴욕적이고 양보하는 화친정책으로 일관했고 국내적으론 각지에서 공산당 토벌작전을 강화했다. '백 사람을 죽일지언정 한 사람을 놓쳐서는 안 된다'가 그들의 구호였다. 수천수만에 이르는 애국지사와 혁명청년, 공산당원들이 감옥에 갇히고 비밀리에 총살당했다.

1933년 루쉰은 차이위안페이蔡元培, 쑹칭링宋慶齡, 양취안楊銓 등이 발기한, 민중권리 수호와 체포된 혁명가를 구명하기 위해 결성된 중국민권보장동맹의 집행위원이 되었다. 1933년 8월 세계제국주의 전쟁 반대위원회가 상하이에서 개최되었을 때 루쉰은 회장단의 한 사람으로 피선되었다. 국제적으로는 독일의 히틀러가 1933년 1월 수상에 취임, 수많은 혁명지식인들을 나치 수용소에 감금했고 과학자와 예술가, 작가들을 체포 구금하거나 해외로 축출했다. 2월에는 일본의 유명한 혁명작가 고바야시 다키지小林多喜二가 일본 정부에 의해 살해

되었고, 3월에는 일본 정부가 국제연맹을 탈퇴했으며, 1934년 12월에는 워싱턴 군축조약을 파기했다. 이러한 파시즘의 국제적 강화 속에서 중국국민당의 파시즘 역시 한층 고무되었다. 그들은 1933년 6월 18일 중국민권보장동맹의 부회장인 양취안을 백주 대낮에 대로에서 암살했다. 당시 암살자 명단에 루쉰의 이름도 올라 있었다고 한다. 같은 해 5월에는 좌련 작가인 딩링丁玲이 비밀리에 체포되어 행방을 알 수 없게 되었고, 루쉰이 광저우에 있을 때 루쉰을 데리고 황푸군관학교에 가 강연하도록 주선했던 공산당원 잉슈런應修人이 국민당 특무에게 암살당했다. 루쉰은 도피하면서 분노 속에 이들을 추도했다. "강남의 궂은비도 슬픔에 겨워, 민중 위해 스러져 간 건아를 추모하네."(「양취안을 애도하며」悼楊銓) "만백성 죄수처럼 덤불 속에 파묻히고, 가슴에 맺힌 노래 땅 꺼질 듯 애달프다. 한없는 근심걱정 광활한 천지에 닿았느니. 조용한 침묵 속에 듣노라 무서운 우렛소리."(「무제」無題)

1934년이 되면 국민당은 소비에트 지구 홍군에 대해서는 대대적인 대규모 군사 토벌작전에 돌입하고, 국민당 통치구에 대해서는 대규모의 '문화포위토벌'전을 펼친다. 진보적인 문화사업, 영화사, 서점 등을 대대적으로 폐쇄하고 2월에는 국민당 중앙당부에서 사회과학 서적과 문예서적을 검열, 금지하는 법안을 공포했다. 검열관들을 상하이에 있는 진보적인 서점에 파견하여 수많은 책과 간행물들을 압수, 소각했다. 그 가운데는 루쉰, 궈모뤄, 마오둔 등의 작품 149종의 책들이 들어 있었다. 5월에는 상하이에 국민당 중앙도서잡지 심사위원회를 설립하고 본격적인 압수와 수색에 들어갔다. 루쉰은 『꽃테문학』 「서언」에서 국민당 중앙도서잡지 심사위원회가 진보적인 인사들에게 자행한 언론탄압과 원고검열에 대해 이렇게 고발하고 있다. "'꽃테문학'은 정말 가능하지 않은 일이었다. …… 관청의 간행물 검열부가 갑자기 어찌할 바를 몰라 하더니 일곱 명의 검열관을 잘라 버렸다. 삭제된 곳은 신문에 공백으로 남겨 둘 수도 있었지만, 그땐 정말 심했었다. 이렇게 말해도 안 된다, 저렇게 말해도 안 된다, 또 삭제된 곳은 공란으로 남겨 두어선 안 된다고 했다. 글은 계속 이어 가야 했으므로, 필자는 횡설수설 뭘 말하는지도 모를 글을 쓰게 되었고 그 책임은 전적으로 작가 자신이 지게 되었다. 밤낮으로 살인이 벌어지는 이런 형국에서, 구차하게 연명하며 다 죽어 가는 목숨으로나마 독자들과 만날 수 있었다. 그러하니, 이 글들은 노예의 글이 아니고 무엇이겠는가?" 루쉰이 한 친구와 한담을 나눈 적이 있는데 그 친구가 이렇게 말했다. "요즘 문장은 글의 뼈대가 있을 수 없게 돼 버렸어. 예를 들어 신문사 부간에 투고를 하면 먼저 부간편집자가 몇 가닥 뼈를 빼내고 또 총편집인이 다시 몇 개의 뼈를 더 빼내고 검열관이 또 몇 갤 더 빼내니, 남아 있을 것이 뭐 있겠어?" 검열을 통과한 자신의 글들이 사실은 골기骨氣가 없는 글이며 노예의 글일 뿐이라고 루쉰은 자조하고 있다. 밤낮으로 살인이 벌어지고 구차하게 연명하는 목숨으로 쓴 글이란 것을 토로하고 있다. 그럼에도 그는 그렇게라도 독자들과 만나야 했고 투창을 던져야 했기에 글을 쓰지 않을 수 없었다는 것이다. 정치적 압박이 촘촘한 그물망처럼 사방에서 조여 오는 상황에서도 루쉰은 『문학』, 『역문』譯文, 『태백』太白 등의 잡지를 만들어 청년작가를 양성하는 한편, 청년목각판화 운동을 지원했다.

이러한 혁명과정에서 루쉰은 공산당원들과 긴밀하게 우의를 맺었다. 1932년 홍군의 지휘관 천겅陳賡을 비밀리에 초청해 홍군의 전투상황과 소비에트 지구의 일반 민중들의 생활에 대해 진지하게 물었다. 천겅의 설명에 루쉰은 고무되기도 하고 중국 민족의 희망을 보는 듯했다(張佳鄰, 「陳賡將軍和魯迅先生一次會見」). 그가 설명하면서 그려 준 지도를 루쉰은 소중하게 간직했다. 또 당시 왕밍王明에게 타격을 받은 취추바이瞿秋白는 백색테러의 공포 속에 추격을 피해 1933년과 1934년 사이 여러 차례 루쉰의 집에 피신했다. 작가이자 이상주의자이며 공산당 서기를 지낸 바 있는 취추바이에게 루쉰은 숙식 등 여러 편의를 제공했다. 루쉰과 가까이 지내는 동안 취추바이는 루쉰의 필명으로 적들을 폭로하는 잡문을 지어 공동 발표하기도 했다. 이러한 잡문들은 『남강북조집』南腔北調集, 『거짓자유서』, 『풍월이야기』 속에 들어 있다. 1934년 1월 장시 소비에트 지구에 참여하기 위해 루쉰의 집을 떠났던 취추바이가 병 때문에 장정에 참여하지 못하고 있다가 1935년 6월 국민당에 체포되었다. 그의 구명을 위해 동분서주하는 동안 루쉰은 그의 처형 소식을 접했다. 루쉰의 비애와 분노는 형언하기 어려웠다. 그러나 그는 슬퍼할 겨를도 없이 그를 기리기 위해 서둘러 취추바이의 유고문집을 만들었다. 『해상술림』海上述林 상하 2권을 자비로 묶어 출판했고 서문을 모두 루쉰이 직접 썼다. 취추바이는 생전에 『루쉰잡감선집』을 묶어 출판했다. 취추바이가 쓴 이 책의 「서언」은 가장 처음으로 루쉰 잡문의 우수성을 평가한 학술적인 명문으로 지금까지도 회자되고 있다. 루쉰은 자신보다 18세 연하인 이 젊은이를 인생의 지기로 인정했고 그를 진심으로 경애했다. 루쉰은 1933년 봄, 취추바이에게 "인생에서 한 사람 지기 얻으면 그것으로 족하리. 그와 더불어 같은 가슴으로 이 세상을 바라보리."人生得一知己足矣, 斯世當以同懷視之라는 대련을 써 주었다.

1934년 10월 중국공산당이 지도하는 노농勞農 홍군은 국민당 군대가 겹겹이 쳐 놓은 포위망을 뚫고 저 유명한 2만 5천 리 장정을 시작해 북으로 올라가는 항일의 길에 올랐다. 공산당의 지도하에 국민당 통치구의 노동자와 농민들도 점차 투쟁에 가담하기 시작했으며 상하이 문화계에서도 민주주의 운동이 활발하게 전개되었다. 루쉰이 상하이에서 수많은 필명으로나마 수시로 글을 발표할 수 있었던 것은 이 시기 상하이 출판계에 있었던 일부 진보적 민주주의 운동이 만들어 낸, 숨 쉴 수 있는 작은 공간의 덕이기도 했다. 중국공산당은 내전 중지와 전 민족의 역량을 항일에 집중시킬 것을 주장했고, 이러한 주장은 전국 민중과 각계 각층의 호응을 불러일으켰다. 1935년 12월 베이핑의 학생들은 화베이에 세워진 만주 괴뢰정권에 반대해 12·9운동을 일으켰다. 이 운동이 고조되어 가면서 전국은 내전반대와 항일구국의 운동에 휩싸이게 된다. 『꽃테문학』은 이러한 시기, 1934년 1월부터 11월 사이 상하이에서 쓴 루쉰 정신의 기록물이다.

2.

『꽃테문학』에 실린 글들이 주로 발표된 지면은『선바오』부간『자유담』과『중화일보』부간『동향』이다. 부간이란 신문의 부록 같은 것으로 문예나 오락 등 본간과는 일정한 거리를 둔, 다소 독립적인 내용을 가진 지면을 말한다. 신문의 한 면을 부간으로 정하기도 했지만 독립된 지면을 사용하기도 했다. 이런 부간은 신문에 종속되는 경영상의 한계가 있었지만 때로는 문학가나 문학단체 등이 상대적인 독립성을 유지하면서 독립된 편집권을 갖고 운영한 경우도 많았다. 그러므로 중국 현대문학사에서 신문의 부간이 가진 의미는 매우 중요하다. 특히『선바오』의 부간『자유담』은 역사가 가장 긴 부간으로서 1911년 8월 24일 창간되었다.『선바오』는 1872년 영국 상인에 의해 상하이에서 발간된 신문으로 소유주가 수없이 바뀌면서 1949년 5월, 상하이가 공산당 통치로 넘어가면서 정간될 때까지 '중국의 뉴욕타임스'로 불린, 중국에서 가장 긴 역사를 자랑하는 신문이다.『자유담』창간 당시의 주편은 장쑤성 칭푸靑浦 출신의 왕둔인王鈍銀이었다. 그는 당시『선바오』를 운영하고 있던 동향인 시쯔페이席子佩의 초빙을 받아 처음으로『자유담』이란 부간을 창간하였고 3년 반(1911년 8월~1915년 3월) 동안 이 부간의 편집자가 되었다. 왕둔인은 어려서부터 고소설에 탐닉했고 대중적인 미디어 감각을 지닌 사람으로 나중에『선바오』를 그만두고 나와서는『자유잡지』自由雜誌,『유희잡지』遊戱雜誌,『토요일』禮拜六 등의 소설류 간행물을 만들어 일세를 풍미하게 만든 사람이기도 하다.

왕둔인 이후 수많은 편집자가 교체되었는데, 루쉰이 『자유담』에 처음 글을 발표하기 시작한 시기인 1933년에는 리례원이 이 부간의 책임자였다. 당시의 『선바오』 총책임자인 스량차이史量才는 무척 예민한 개혁의지의 소유자였고 신문 내용의 혁신에 많은 정력을 기울였다. "『선바오』의 발전 역사에서 1932년에서 1934년 사이, 스량차이가 운영을 맡은 이 시기는 가장 찬란하고도 융성하게 발전한 시기였으며 중국 현대문학과의 관계도 가장 밀접했던 시기였다. 이 시기에 추진된 중요 문예부간인 『선바오』의 『자유담』은 중국 현대문학발전사에서 결코 가벼이 할 수 없는 역할을 담당했다. 그 하나는 통속문학의 발생지가 된 것이고, 다른 하나는 그 시대의 전면前面에 용감하게 서 있었던 점이다."(李永軍, 「不容忽視的『申報·自由談』」) 1932년 12월 리례원이 『선바오』에 들어가면서 그는 당시 저우서우쥐안周瘦鵑이 편집을 맡고 있던 『자유담』을 이어받았다. 『자유담』의 주필이었고 언론계의 원로였던 저우서우쥐안은, 신문의 부간이란 것은 시민들의 여가 소일거리나 식후 잡담의 이야깃거리를 제공하면 된다고 생각하고 있었다. 리례원은 이러한 소시민적 취미생활 및 오락주의에 정면으로 반기를 들고, "진보적이고 현대적인 입각점에 굳건히 설 것"을 천명하고 민주주의와 과학의 기치를 다시 들었다. 동시에 독재정치와 암흑통치에 전면 반대했다. 이 시기의 『자유담』은 그의 말대로 "논쟁의 장단을 불문하고 시대의 대사를 마음대로 논하는妄談大事" 그런 시기였다. "여기서 대사란 무엇인가? 국경 깊숙이 침략해 들어온 왜구의 온갖 횡포, 국민당 정부의 소극적 대응과 화친정책, 끊이지 않는 내전과 백성들의 유리걸식" 등을 말한다(康化夷, 「黎烈文與『申報·自由談』的革新」). 스량차이는 리례원이 오랫동안 알고 지내던 선배였다. 리례원이 프랑스에 있을 때도 스량차이는 계속 『선바오』에 실을 특약원고를 부탁하곤 했었다. 스량차이는 리례원의 사상이 진보적이고 문학적 사고가 고루하지 않으며 어떤 단체나 당파에 가입한 적도 없는 점을 주시하다가 『자유담』의 편집인으로 발탁했다. 이렇게 하여 리례원은 1933년부터 『자유담』의 혁신에 주력했다.

1932년 말 루쉰이 위다푸를 만났더니 위다푸가 『자유담』에 리례원이라는 새로운 편집자가 프랑스에서 왔는데 낯설고 물설어 원고가 모이지 않을까 걱정하더라고 하면서 루쉰에게 투고를 권했다(『거짓자유서』 「서문」). 이렇게 해서 루쉰이 『자유담』에 원고를 싣기 시작한 것이다. 이 당시 리례원의 청으로 글을 실은 사람들은 루쉰, 마오둔, 위다푸를 비롯 예성타오, 라오서, 선충원, 두헝, 바진 등에서부터 장타이옌, 류야즈, 우즈후이 등에 이르렀다. 그래서 탕타오唐弢의 말대로 "『자유담』은 5·4 이래 널리 단결을 중시했고 진정으로 '모두 포용하여 받아들이다'兼容幷包를 실천한 출판물"이 되었다. 그러나 이러한 편집방향은 국민당의 눈에 거슬리는 것이었다. 여러 가지의 압력이 스량차이를 통해 리례원에게 전달되었다. 리례원은 1933년 5월 25일 다음과 같은 광고를 냈다. "올해는 말하기가 어려워졌고 붓대를 놀리기가 더욱 어려워졌다." "국내의 문호들에게 이제부터 풍월을 더 많이 이야기하고 근심은 덜 풀어주기를 호소한다. 이것이 작가와 편집

인 모두에게 좋은 일이 되기를 희망한다."(『풍월이야기』「서문」주석 1)

이에 대해 루쉰은 이렇게 맞받아쳤다. "중화민국 건국 22년 5월 25일 『자유담』의 편집인이 '국내의 문호들에게 이제부터는 풍월을 더 많이 이야기해 주기를 호소한다'라는 광고를 실은 뒤로 풍월문호의 노장들은 고개를 끄덕이며 한동안 기뻐했다. …… 사실 '풍월을 더 많이 이야기한다'는 말이 바로 '국사國事를 말하지 말라'는 의미라고 생각하는 것은 오해이다."(『풍월이야기』「서문」) 이것이 이른바 『선바오』의 『자유담』이 '대사를 마음대로 논하는'妄談大事 시기에서 '풍월을 더 많이 이야기하는'多談風月 시기로 넘어가게 된 경위다.

이 광고 후에도 리례원은 1년간 더 『자유담』을 운영했지만 당국의 압박으로 1934년 5월 사직했다. 리례원의 후임으로 온 장쯔성張梓生은 루쉰과 같은 사오싱 출신으로 1931년부터 '선바오'사에 입사하여 『선바오연감』申報年鑑을 편집하고 있었다. 장쯔성이 편집자가 되고 나서도 기고자들은 루쉰을 비롯한 좌익작가 혹은 진보작가들에서부터 차오쥐런曹聚仁 등의 좌우 중간에 위치한 작가들, 그리고 일반 기고자 등 크게 달라지지 않았다. 루쉰은 『꽃테문학』「서언」에서 "편집자인 리례원 선생은 후에 정말 많은 박해를 받았다. 이듬해에 결국 쥐어짜듯 하여 책이 나왔다. 그것으로 붓을 놓을 수도 있었다. 그런데 오기가 생겨 작법을 고치고 필명도 바꾸고 다른 사람에게 베끼게 해 다시 투고했다. 그랬더니 새로 온 사람이 내 글인지를 잘 알아보질 못해 글이 실릴 수 있게 되었다"고 했다. 그러나 위안성다袁省達에 의하면 장쯔성은 필명으로 보낸 루쉰의 원고를 바로 알아보고 게재했을 뿐만 아니라 루쉰의 글이 눈에 띌 수 있게 글 주위를 '꽃테두리'로 장식했다고 한다. 루쉰의 글은 몇 편을 제외하고는 모두 '꽃테'를 둘러 장식했을 뿐만 아니라 대부분 맨 앞에 게재되었다. 그러나 장쯔성에 대한 압력도 강해져 게재 예정인 원고는 모두 국민당 상하이시 당부黨部 신문검사처의 검열을 받아야 했고 각 부간의 편집자들은 특무기관이 소집하는 회의에 참석해야만 했다. 1934년 11월 13일에는 스량차이가 암살당하고 1935년 10월 31일에는 장쯔성도 정간 성명을 발표한 뒤 『자유담』을 떠났다. 이에 『자유담』도 종지부를 찍게 되었다(丸山昇,「『花邊文學』解說」).

『중화일보』는 국민당의 왕징웨이汪精衛를 중심으로 한 개혁파가 운영한 신문으로 1932년 4월 11일 상하이에서 창간되었다. 린바이성林栢生이 사장을 맡았는데 그는 나중에 왕징웨이파 국민당 정권의 선전부장이 되었고 항전에서 승리한 후인 1946년에는 한간漢奸으로 몰려 사형을 당했다. 『동향』은 이 신문의 문학부간으로 1934년 4월 11일부터 간행되었다. 녜간누聶紺弩가 주편을 맡았고 항상 진보적인 작가들의 작품을 실었다. 녜간누는 린바이성과 모스크바 중산대학에서 만나 알고 지내던 사이였다. 당시의 『중화일보』는 이름도 없었고 판로도 좋지 않았다. 『중화일보』의 사장 린바이성은 신문을 개혁하여 유수의 일간지로 만들고자 고심하고 있었고 부간을 창간해 독자수를 늘리고 싶어 했다. 마침 상하이에 온 녜간누에게 부간 편집을 부탁하게 된다. 녜간누는 일본에서 후펑과 교류하며 동경의 좌익작가연맹에도 가입했고 반일 간행물을 만드는 등 활발하게 활동했다. 그는 1933 년 말 일본경찰청에 의해 강제출국 조치를 당했고 하는 수 없이 상하이로 되돌아와 있었다. 부간『동향』은 녜간누 1인의 편집체제로 갔고 사실상 좌련의 영향하에 있었다. 좌련의 기수였던 루쉰을 비롯 쑹즈더宋之的, 톈젠田間, 저우얼푸周而復, 아이칭艾青, 어우양산歐陽山 등이 기본 투고자였다.『동향』은 문학계의 환영을 받았고 영향이 커져 갔으며 이에 따라『중화일보』의 독자수도 급증했다. 1934년 대중어 문제 논쟁 시, 이와 관련된 글이 가장 많이 실린 매체 역시『중화일보』의 『동향』이었다. 그 영향으로『선바오』,『다완바오』도 이 논쟁에 가담하는 글을 싣게 되었다. 당시『중화일보』의 사설을 후펑, 두궈양杜國庠 등 좌련의 인물들이 썼고『동향』역시 거의 좌련의 간행물이 되다시피 하자 계속 간행할 수가 없게 되었다.『동향』은 8개월 동안 발행되고 1934년 10월 31일 정간당하게 된다(녜간누 제공 자료, 爾矛,「聶紺弩與 『動向』,『新墾地』」) 녜간누는『동향』의 활동과 전후해서 1934년 중국공산당에 입당했고, 국민당과의 관계에서 아는 사람들이 많아 비밀공작을 담당하는 중앙특과中央特科의 활동에 참가했으며 딩링의 옌안延安으로의 탈출 등을 도와줬다. 항전 중에는 잡지 편집에 종사했고, 1949년 중화인민공화국 수립 후에는 작가협회의 이사 등 요직을 맡았다. 1958년 반우파투쟁 당시에 우파분자로 분류되었고 문화대혁명 10년 간 수감되었다가 1979년에 겨우 복권이 되었다. 녜간누는 필명으로 투고된 루쉰의 글을 단박에 알아보고 루쉰을 면담했으며 린바이성과 상의해 루쉰의 원고료를 편당 3원으로 특별대우했다. 다른 원고는 천자당 1원이었다(丸山昇, 「『花邊文學』解說」). 루쉰이 투고한 글은 대개 천자 내외였다. 이렇게 해서 비록 짧은 기간이긴 했으나 루쉰은 『동향』의 주된 집필자의 한 사람이 되었고 여기 실렸던 글들이 고스란히 이 『꽃테문학』에 실리게 된다.

3.

마지막으로 '꽃테문학'의 명칭에 대한 이야기다.

'꽃테'花邊는 루쉰의 글 「거꾸로 매달기」의 부록으로 실린 린모林默의 글 「'꽃테문학'론」에서 왔다. 루쉰의 글 「거꾸로 매달기」는 중국인이 상하이 조계지의 닭·오리만도 못하다고 불평하는 당시 중국 인사들을 향해 개혁과 반항을 촉구한 글이다. 루쉰은 외국인들이 중국인들을 닭이나 오리보다 더 나은 동물로 대우해 주길 기대할 필요가 없다는 생각이다. 수천 년 전통으로 내려온 중국인의 노예 심리상태와 은사恩賜에 익숙한 심리상태에 대한 비판을 통해 루쉰은 침략자들에게 비굴하게 사람 대접해 달라고 청원하는 것보다는 차라리 중국인 스스로 사람다운 사람이 되는 일이 더 중요함을 주장했다. 그는 "차라리 개로 살지언정 여럿이 힘을 합쳐 개혁하는 일은" 죽어도 하지 않으려는 동족을 비난하고 있는 것이다. "사람은 조직을 만들 수 있고 반항할 수 있으며 노예가 될 수도 있고 주인이 될 수도 있다"는 것이 그 글의 요지다. '궁한'公汗이란 필명으로 발표된 루쉰의 이 글을 읽고 린모(좌련 회원, 랴오모사廖沫沙의 필명)의 비판 글이 실렸다. 궁한의 글은 "첫째 서양인은 결코 중국인을 닭·오리보다 못하게 취급하지 않았다는 것, 닭·오리보다 못하다고 자탄하는 사람들은 서양인을 오해하고 있다는 것, 둘째 서양인의 그런 우대를 받고 있으므로 더 이상 불평하지 말아야 한다는 것, 셋째 그가 비록 인간은 반항할 수 있는 존재라고 정면으로 인정하고 있고, 중국인으로 하여금 반항하게 하려 하지만 그는 사실 서양인이 중국인을 존중하여 생각해 낸 이 학대는 결코 사라질 수 없을 것이며 더욱더 심해질 것이라는 것, …… 넷째 만일 어떤 사람이 불평을 하려 한다면 그는 그 중국인이 가망 없는 사람이라는 것을 '고전'에서 찾아 그 증거를 댈 수 있다는 것"이다. 그는 온갖 필명으로 발표되는 루쉰의 글이 친서양적이고 반민족적이며 매판적이라고 비난했다. 루쉰의 글은 글 가장자리에 '꽃테'를 두른 문체라고 비판했다. "사방에 꽃테를 두른 듯한 글이 최근 모 간행물 부간에 게재되고 있다. 이 글들은 매일 한 꼭지씩 발표되고 있다. 조용하고 한가로우며, 치밀하고 조리가 정연해 겉으로 보기엔 '잡감' 같기도 하다가 '격언' 같기도 하다. 그 내용이 통렬하지도 답답하지도 않으며 그렇다고 전혀 뒤떨어진다는 느낌도 없다. 마치 소품문 같기도 하다가 어록의 일종 같기도 하다." 이에 대해 루쉰은 나중에 『꽃테문학』을 묶어 출판하면서 이렇게 말하고 있다. '꽃테'란 명칭은 "나와 같은 진영에 있는 한 청년 전우가 자신의 이름을 바꾼 후 나에게 암전을 쏜 것인데, 그것을 그대로 제목으로 정했다. 그 전우의 발상은 제법 훌륭했다. 그 하나는, 이런 종류의 단평이 신문에 실릴 때는 항상 한 다발의 꽃테를 두르고 나타나 글의 중요성을 돋보이게 하려 하기 때문에 내 전우가 글을 읽는 데 무척 골치가 아프다는 것이다. 둘째는, '꽃테'가 은선의 별칭이기도 하기 때문에 나의 이런 글들은 원고료를 위한 것이고 그래서 사실 별로 읽을 만한 것이 못 된다고 하는 것이다."(「서언」)

이에 대해 마루야마 노보루는 그의 「『꽃테문학』 해설」에서 당시 랴오모사에게 가해진 비난에 대해 승복하기 어려운 점이 있다고 다른 의견을 제시하고 있다. 서양인이 중국인을 학대한다, 서양인은 중국인을 닭 이하로 보고 있다고 불편을 말해도 의미가 없다, 인간에게는 단결하고 싸울 수 있는 능력이 있는 것이 아닌가, 라는 루쉰의 주장은, 일본 유학 중 서석린徐錫麟 살해에 대해 청조에 항의전보를 보내자는 당시 유학생 사회의 주장에 대해 적에게 자비를 구하는 것과 같은 행동은 무의미하다, 청조는 타도할 수밖에 없다고 주장한 것과, 위안스카이가 민국 초 혁명파를 죽인 것에 대해 위안스카이가 실수로 사람을 죽였다, 중국의 불행이다, 라는 의견을 낸 차오쥐런曹聚仁의 주장을 반박하며 위안스카이는 위안스카이 나름대로 죽일 만한 적을 죽인 것이다, 실수는 위안스카이에게 있는 것이 아니라 위안스카이를 자기 편이라고 잘못 생각한 혁명파 쪽이다, 라고 하는 사고의 연장선에서 루쉰다운 발상이며 주장이다. 그러나 익명으로 쓰인 이 문장의 복잡한 사고를 제대로 읽어 내고 이 문장의 진의를 틀림없이 이해할 수 있는 것은 오늘날 우리들이 『루쉰전집』을 읽으면서 이해하는 것만큼 그렇게 간단한 것이 아니지 않았을까 하고 그는 반문한다. 마루야마 노보루에 따르면, 루쉰 특유의 사고를 이해하지 못한 랴오모사가 곡해를 한 것은, 그것도 필명으로 게재된 루쉰 글을 곡해한 것은 있을 수 있는 일이었다는 것, 게다가 랴오모사는 좌련 회원으로 열심히 활동하고 있던 상황에서 『자유담』의 편집자인 리례원이 경질될 것이라는 소문을 듣고 이는 좌익작가들의 발표 지면을 하나 잃는 일이 되는 것이라고 생각하고, 『자유담』을 자세히 읽으면서 어딘가 홈을 잡을 만한 글을 만나면 반격하는 글을 쓰겠다고 생각하고 있었다는 것이다. 그런 상황에서 궁한이란 이름으로 발표된 「거꾸로 매달기」를 본 것이다. 『자유담』이 반좌익 혹은 비좌익의 경향으로 흐르지 않을까 신경이 날카로워졌던 랴오모사에게는 루쉰 특유의 몇 겹의 비틀기를 통해 쓰인 이 문장의 참뜻을 이해하기는 어려웠을 것이라는 것이 마루야마 노보루의 생각이다. 랴오모사는 즉시 린모라는 필명으로 쓴 「'꽃테문학'론」을 리례원에게 투고했다고 한다. 이는 리례원이 정말 해고됐는지 확인하기 위해서였다 한다. 원고는 편집실의 이름으로 된 "「거꾸로 매달기」는 한 노선생님이 쓰신 것이니 비판을 자제해 달라"는 편지와 함께 반려되어 왔고 랴오모사는 이 글을 『다완바오』에 다시 투고해 발표했다(丸山昇, 「『花邊文學』解說」).

　　이러한 맥락에서 랴오모사의 다음 글을 다시 읽어 본다면 루쉰 글에 대한 오해의 여부를 떠나 혈기왕성한 27세 청년 애국자의 진지한 울분 같은 것을 느낄 수도 있다. "불평을 끌어안고 사는 중국인은 과연 꽃테문학가가 주장한 '고전'의 증명처럼 죄다 가망이 없는 사람들이란 말인가? 결코 그렇지 않다. 9년 전의 5·30운동과 2년 전의 1·28 전쟁, 지금도 여전히 고난 속에 행군하고 있는 동북 의용군들은 우리들의 고전이 아니란 말인가? 이러한 것들이 중국인들의 분노의 기운이 결집하여 만들어 낸 용감한 전투가 아니며 반항이 아니라고,

누가 감히 말할 수 있는가? '꽃테두리 체' 문장이 대중적 인기를 얻는 점은 여기 있다. 지금 비록 잘 유포되고 있고 일부 사람들이 그것을 옹호하고 있긴 하지만 머잖아 그에게 침을 뱉을 사람이 생길 것이다. 지금은 '대중어' 문학을 건설하는 때다. 내 생각에 '꽃테문학'은 그 형식과 내용을 막론하고 대중들의 눈에서 사라지게 될 날이 올 것이다."

루쉰은 이에 대해 직접 답변하지 않고 2주 후에 발표한 「농담은 그저 농담일 뿐」이라는 글에서 '캉바이두'康伯度란 필명을 사용했다. 이는 '매판'이란 의미를 지닌 말이다. 또 그에 앞서 발표한 「수성」이란 글에서는 "이 '수성水性을 안다'를 '매판'의 백화문을 가지고 좀더 상세하게 설명을 더해 본다면"이라고 하여 자신의 언어를 '매판'의 백화문이라고 짐짓 '자학적으로' 표현하고 있다. 랴오모사가 루쉰이 쓴 「거꾸로 매달기」식 글쓰기는 '매판'적인 붓에서 나온 것이라고 말한 것을 그대로 옮겨 자신에게 사용하고 있는 것이다. 이는 같은 진영의 청년작가가 자신의 글을 곡해하여 자신을 서양 앞잡이, 매판이라고 비난한 것에 대한 일차적인 비분과 분노는 속으로 삭이며, 랴오모사의 글을 존중한다는 것으로 해석할 수도 있지 않을까. 그렇지 않다면 같은 혁명 진영 내에서 일어난 그러한 오해와 비판과 공격이 당시 사회상의 한 단면을 보여 주는 거울이라고 생각하거나 그것을 수긍하는 노작가의 어떤 면모라고 할 수도 있지 않을까. 그렇지 않고서야 자신을 비난하는 상대의 글을 자신의 글을 모아 문집으로 묶을 때 '소중하게' 부록으로 활자화하는 정성을 기울였을까. 이러한 자료들의 모음으로 인해 1930년대 루쉰의 잡문집은 1930년대 중국의 한 축도로서

상하이 도시를 읽을 수 있는 귀중한 민속지ethnography적 보고이기도 하다.

4.

루쉰은 중국 최고의 게릴라 작가였다. 국민당의 통제와 탄압 속에 겨우 숨 쉴 만한 매체의 좁은 난을 통해 루쉰이 활발하게 잡문을 발표할 수 있었던 방법 가운데 하나는 필명을 자유자재 사용한 것이었다. 그는 일생 동안 140여 개의 필명을 사용했고 1932년에서 1936년까지 4년 동안에 무려 80여 개의 필명을, 1933년과 1934년 2년 동안에는 60여 개의 필명을 사용했다. 세계 문학사상 이렇게 많은 필명을 사용한 작가는 없을 것이다. 이 가운데 어떤 필명들은 무척 깊은 의미를 담고 있다. 이를테면 『꽃테문학』에 나오는 '웨커'越客는 오나라와 월나라의 관계에서 월나라의 처절한 복수심의 의미를, '웡쥔'翁隼은 늙은 매란 뜻으로 루쉰이 그토록 찬양한 맹금猛禽 매의 정신을 상징한다. '모전'莫朕은 내가 아니다라는 의미를 넌지시 던진다. '캉바이두'康伯度는 영어 'comprador'를 음역한 것으로 '매판'이란 의미를 지니고 있다. 같은 진영의 청년작가가 루쉰을 '매판'이라고 비판하자 루쉰은 고의로 이 필명을 만들어 내 사용했다. 이러한 필명의 사용은 본문과 유기적인 관계를 유지하면서 글의 내용과 내적인 긴장감을 고조시켜 주는 역할을 하거나 때로 루쉰 자신을 희화시킨다. 또 때로는 상대방이 던진 돌을 루쉰이 '소중하게' 주워 한 시대를 성실하게 기록하고 있는 듯한 느낌을 준다. "내 투고의 목적은 발표에 있다. 당연히 글에 뼈대를 드러낼 수 없다. …… 그런데 오기가 생겨 작법을 고치고 필명도 바꾸고 다른 사람에게 베끼게 해 다시 투고했다."(『꽃테문학』 「서언」) 이것이 그 당시 루쉰의 방법이었다.

1927년 상하이에 도착한 루쉰은 낮이고 밤이고 물불 가리지 않고 싸우면서 이미 정상적인 생활을 상실해 갔다. 간혹 우치야마서점에 나가거나 우연히 영화를 보는 것 말고 거의 수인처럼 아파트에 갇혀 지냈다. 자신이 거주하는 지역이 '반조계지'半租界地였던 까닭에 루쉰은 자신의 아파트를 '차개정'且介亭이라고 회화화하여 불렀다. '차개'의 차(且)는 '조계'租界의 '조'(租)에서 글자 반에 해당하는 '차'(且)만을 취한 것이고, '개'(介)는 '계'(界)의 아랫부분만을 취해 만든 글자다. 일종의 특수한 정자라는 뜻이다. 형제들과 소원하게 지냈고 첸쉬안통이나 린위탕 같은 옛날 친구들과도 대부분 결별하거나 만나지 않았다. 젊은 친구 가운데 각별하게 지냈던 러우스나 취추바이 같은 사람은 비명으로 세상을 떠났고 펑쉐펑은 소비에트 구역으로 갔으며 샤오훙蕭紅을 일본으로 가고 없었다. 남아 있는 사람이라곤 샤오쥔蕭軍, 후펑 등 몇몇에 지나지 않았고 모임도 적었다. 그를 주변과 이어 주는 사회적 연결망은 대량의 간행물과 제한적인 통신뿐이었다. 그는 헤엄치는 물고기이고 자유인이고 싶었다. 그러나 그는 이미 메마르고 뜨거워진 강변에 떨어져 버린 지친 물고기와 같았다(林賢治, 『魯迅最後十年』).

그럼에도 그는 1935년 10월 4일자 샤오쥔에게 보낸 편지에서 이렇게 말하고 있다. "『역문』譯文이 정간된 데 대해 자네는 몹시 격분하고 있는 듯하네. 그러나 난 그렇지 않네. 평생 이런 일을 수없이 겪어 왔기에 이젠 거의 마비가 되었지. 게다가 이건 아주 작은 일에 불과하네. 그런데, 우린 계속 싸워 나가야 할 것인가? 물론일세. 계속 싸워 나가야지! 상대가 누구이든지 간에 말일세." 실의에 빠진 젊은 작가를 위로하는 말이기도 하지만 루쉰 자신에게 하는 말의 울림으로도 들려온다. 루쉰이 세상을 뜨기 1년 전의 글이다.

옮긴이 유세종